1. La cité de l'ombre
2. Le peuple d'en haut
3. L'oracle de Yonwood

Titre original : *The Prophet of Yonwood*

Publié initialement aux États-Unis par Random House Children's Books,
un département de Random House, Inc., New York, 2006
© Jeanne DuPrau, 2006, pour le texte
© Éditions Gallimard Jeunesse, 2009, pour la traduction française

Jeanne DuPrau

L'oracle
de Yonwood

Traduit de l'anglais
par Julien Ramel

GALLIMARD JEUNESSE

L'univers n'est pas seulement plus étrange qu'on l'imagine, il dépasse les limites de notre entendement.
                                                J. B. S. Haldane

La vision

Par un chaud après-midi de juillet, dans la ville de Yonwood, en Caroline du Nord, une femme nommée Althea Tower sortit dans son jardin pour remplir la mangeoire aux oiseaux. Elle ouvrit son sac de graines de tournesol et, à l'instant précis où elle soulevait le couvercle de la mangeoire, elle eut une vision, claire comme le jour.

Les arbres et l'herbe et les oiseaux disparurent dans de fulgurants éclairs. Des éclairs si aveuglants qu'elle en lâcha son sac de graines et tomba à la renverse. D'immenses flammes s'élevèrent partout autour d'elle en rugissant. Des bourrasques brûlantes se mirent à souffler en tourbillonnant, la propulsant très haut dans le ciel, d'où elle observa la scène avec horreur. La terre bouillait littéralement sous la puissance des flammes. Une épaisse fumée noire obscurcissait l'horizon. Un horrible fracas résonnait dans les airs – une longue plainte hurlante, ponctuée de détonations. Finalement, quand la tempête de feu se tut, lui succéda un lourd silence, plus inquiétant encore.

La vision laissa Althea choquée et hébétée. Elle gisait sur le sol, incapable de bouger, l'esprit complètement retourné tandis que les oiseaux picoraient les graines éparpillées autour d'elle. Elle serait peut-être restée là des heures si Mme Brenda Beeson n'était venue quelques minutes plus tard lui apporter un panier de fraises.

La voyant étendue par terre, Mme Beeson se précipita. Elle s'agenouilla auprès d'elle et lui parla, mais Althea ne lui répondit que par un long gémissement inarticulé. Mme Beeson saisit aussitôt son téléphone portable pour appeler de l'aide. Quatre de ses meilleurs amis : le docteur, le chef de la police, le maire de la ville et le prêtre de la paroisse, ne mirent que quelques minutes pour arriver sur les lieux. Le docteur se pencha au chevet d'Althea.

– Qu'est-ce qui ne va pas ? demanda-t-il d'une voix claire et forte, en détachant chaque syllabe.

Pour toute réponse, Althea frissonna. Puis ses lèvres tremblèrent. Elle essayait de dire quelque chose. Tous tendirent l'oreille.

– C'était… Dieu…, murmura-t-elle. J'ai vu… Oh, mon Dieu… J'ai vu…

Et elle s'interrompit.

– Miséricorde ! s'exclama Brenda Beeson. Elle a eu une vision.

Ne sachant pas ce qu'elle avait vu, ils pensèrent d'abord que Dieu lui était apparu. Mais pourquoi cela l'effrayait-il tant que ça ? Pourquoi marmonnait-elle des bribes de phrases évoquant un feu immense, de la fumée, un cataclysme ?

Le temps passa sans que l'état de santé d'Althea s'améliore. Elle garda le lit des jours entiers, le regard perdu dans le vague, bougonnant des phrases inintelligibles. Une semaine exactement après l'incident, un événement vint éclairer ce mystère. Le Président des États-Unis annonça en effet que les discussions avec les Nations de la Phalange avaient atteint un point de non-retour. La partie adverse refusait obstinément d'accéder aux demandes américaines et inversement. Les pourparlers se trouvant dans une impasse, le Président évoqua la possibilité d'une guerre.

Brenda Beeson fit immédiatement le rapprochement. La guerre ! C'était ça qu'avait vu Althea Tower ! Mme Beeson appela ses amis, qui appelèrent les leurs. Les journaux relayèrent l'affaire si bien que, bientôt, toute la ville fut au courant : Althea Tower avait vu l'avenir… et celui-ci était terrifiant.

Partout dans Yonwood, des gens apeurés se rassemblaient par petits groupes pour discuter. Se pouvait-il que ce soit vrai ? Le problème, c'était que plus ils y pensaient et plus l'éventualité semblait plausible. En outre, Althea avait toujours été une personne calme et posée, pas du genre à inventer des histoires. Et puis, les temps étaient troubles. Les échos des conflits résonnaient un peu partout dans le monde, la menace terroriste se faisait de plus en plus présente, les discours de fin du monde se répandaient comme des traînées de poudre – exactement le genre d'époque où les visions et les miracles ont le plus de chances de se produire.

Brenda Beeson créa un comité pour s'occuper d'Althea et être attentif à tout ce qu'elle pourrait dire à l'avenir. Les gens écrivaient des lettres aux journaux à son sujet ; ils déposaient des fleurs, des rubans et des petits mots devant sa porte ; le prêtre la citait dans ses causeries à l'église. Bref, la nouvelle agita tant et si bien la petite communauté qu'au bout de quelques semaines, rares étaient ceux qui, parlant d'Althea Tower, ne l'appelaient pas simplement l'Oracle.

1
L'héritage

Un haut clocher blanc émergeant d'une forêt de pins à flanc de montagne, voilà la première image de Yonwood que garderait Nickie Randolph.

– C'est là ? demanda-t-elle en approchant son nez du pare-brise.

Sa tante Crystal, assise au volant, observa un instant l'horizon embrasé par le soleil couchant en se protégeant les yeux du plat de la main.

– Mmh… C'est là, finit-elle par déclarer.

– Ma nouvelle maison, ajouta Nickie.

– Tu ferais mieux de t'ôter cette idée de la tête, objecta Crystal. Car ça n'arrivera pas.

« Moi je vais faire en sorte que ça arrive », répliqua mentalement Nickie, en se gardant bien d'en dire un mot, Crystal était d'assez mauvaise humeur comme ça.

– Quand est-ce qu'on arrive ?

– Dans vingt minutes, répondit Crystal. À condition, bien sûr, que rien d'autre ne vienne nous barrer la route.

Il faut dire que, jusqu'ici, les obstacles n'avaient pas manqué. La liaison ferroviaire était interrompue à cause des événements, aussi avaient-elles été contraintes de prendre la voiture. Et cela faisait maintenant sept heures qu'elles étaient parties, alors que, depuis Philadelphie, le trajet ne prenait d'ordinaire pas plus de cinq heures. Mais les interminables files d'attente aux stations-service, les détours pour éviter les trous dans la route, les portions d'autoroutes enneigées et les barrages militaires les avaient considérablement ralenties. Et Crystal, en femme efficace et énergique, n'aimait pas les retards. Quand un contretemps se présentait, elle devenait horriblement nerveuse et ses lèvres se crispaient en deux petites lignes droites.

Elles arrivèrent en vue de la sortie « Yonwood ». Crystal quitta l'autoroute et s'engagea sur une route qui serpentait à flanc de colline. Plus elles grimpaient et plus les arbres étaient épais, leurs branches nues se rejoignant au-dessus du ruban d'asphalte, pour former un plafond végétal qui obscurcissait la route. De grosses gouttes de pluie s'écrasaient contre le pare-brise de la voiture.

Quelques kilomètres plus loin, elles passèrent un panneau annonçant « Yonwood. Pop. 2 460 ». La forêt se fit moins dense, la pluie en revanche redoubla. Elles croisèrent quelques cabanons, une grange en ruine et une décharge, après quoi des maisons apparurent au bord de la route – des petites maisons de bois, aux toits mouillés, usées par le poids des ans, sous le porche desquelles on pouvait voir des rocking-chairs et des canapés où les gens, en d'autres saisons, se seraient sans doute prélassés. Mais on était au cœur de l'hiver.

Un policier portant un vêtement de pluie émergea d'une petite guérite en briques en brandissant un panneau de stop à fond rouge. Crystal ralentit, s'arrêta à sa hauteur, et baissa la vitre. Le policier se pencha. Une rigole de pluie roula dans les plis de sa capuche et inonda son nez.

– 'Jour, m'dame. Vous êtes résidante ?

– Non, répondit Crystal. Ça pose un problème ?

– Contrôle de routine, m'dame. On vérifie les entrées. Sécurité oblige. On a récemment découvert des indices qui nous laissent penser que des terroristes se cachent dans ces bois. Motif de votre voyage ?

– Mon grand-père est mort, répondit Crystal. Ma sœur et moi avons hérité de sa maison. Nous venons régler les formalités et essayer de la vendre.

L'homme jeta un regard à Nickie.

– C'est votre sœur ?

– Non, ma nièce. La fille de ma sœur.

– Comment il s'appelait votre grand-père ?

– Arthur Green.

– Ah ! Un bien brave homme ! s'exclama le policier avec un sourire. Bon ! Faites attention tant que vous êtes là. On nous a signalé la possible présence de membres de la Phalange, qui voyageraient dans le coin, seuls ou en petits groupes. Vous n'auriez pas été abordées par des individus suspects par hasard ?

– Non. Juste vous. Mais... vous êtes bien soupçonneux.

– Bah, déformation professionnelle, répondit l'homme avec un sourire forcé. Vous pouvez y aller,

11

m'dame. Désolé pour le dérangement, mais, comme vous le savez, on est en alerte rouge. Autant être prudent.

Il recula. Elles démarrèrent.

— Des terroristes ? *Ici* ? s'étonna Nickie.

— N'importe quoi, rétorqua Crystal. Qu'est-ce qu'un terroriste viendrait faire dans ces bois ? Oublie ça, va…

Nickie en avait assez de ce qu'on appelait communément la Crise. Voilà des mois que ça durait. À la télé, à la radio, on n'entendait parler que de ça : des pourparlers entre les deux camps, des points de divergence, des interminables discussions sur le fait de savoir si notre camp et le leur étaient effectivement sur le point de se déclarer la guerre. Depuis environ une semaine, la radio diffusait toutes les heures des messages alarmistes : « Dans l'éventualité d'une déclaration de guerre ou d'une attaque terroriste de grande envergure, les villes seront évacuées selon la procédure d'urgence… Les habitants seront conduits en lieu sûr… Tout le monde devra garder son calme… »

Aux yeux de Nickie, le monde entier s'était mis à tourner de travers, y compris sa propre famille. Huit mois plus tôt, son père avait été muté par le gouvernement. Il lui était interdit de dévoiler sa destination, pas plus que la nature de sa mission. En outre, il les avait prévenues qu'il lui serait sans doute difficile de leur donner régulièrement de ses nouvelles. Un avertissement qui se vérifia dans les faits puisque sa mère et elle n'avaient reçu qu'une malheureuse carte postale depuis qu'il était parti. Le cachet de la poste avait été effacé, aussi leur était-il impossible de dire d'où elle provenait. Le contenu du message ne leur était pas d'un grand secours non plus. Il disait simplement :

Chère Rachel, chère Nickie,

Je travaille dur, tout se passe bien, ne vous faites pas de souci. J'espère que vous allez bien. Je vous aime,

Papa.

Mais elles n'allaient pas bien. La mère de Nickie ressentait douloureusement l'absence de son mari ; qui plus est, elle supportait très mal de ne pas savoir où il était. Et puis, elle avait peur de perdre son emploi, alors elle travaillait d'arrache-pied et, de ce fait, était constamment fatiguée et triste. Nickie en subissait le contrecoup et cela faisait longtemps qu'elle ne s'était pas sentie heureuse et en sécurité. Elle détestait Philadelphie. Dans cette ville de malheur, on avait tout le temps l'impression que quelque chose d'affreux allait arriver. Les sirènes hurlaient jour et nuit. Les hélicoptères des forces de l'ordre sillonnaient le ciel en permanence. En ville, où le vent charriait les papiers gras et les sacs en plastique, on pouvait aisément craindre une mauvaise rencontre à chaque coin de rue. L'école — une haute bâtisse lugubre avec des toilettes puantes — ne valait pas mieux. Les manuels étaient plus vieux que les élèves, les enseignants trop éreintés pour enseigner et d'affreux gamins teigneux erraient dans les couloirs. Nickie détestait y aller.

Elle n'aimait pas davantage être à la maison, dans cet appartement de standing où sa mère et elle avaient élu domicile au dixième étage d'une tour sans âme, avec ses pièces poussiéreuses — où personne n'allait jamais – et ses immenses baies vitrées qui offraient une vue effrayante sur la rue, minuscule, tout en bas. Et puis, ces derniers temps, elle était bien trop souvent seule chez elle, ce qui la rendait nerveuse et agitée. Elle lisait quelques pages d'un livre et le lâchait. Elle s'attelait à son recueil de « Choses incroyables » et se lassait après avoir collé une seule image. Elle prenait alors ses jumelles et observait les passants dans la rue – ce qui, il y a peu de temps encore, pouvait l'occuper des heures –, mais le cœur n'y était plus et, rapidement, elle abandonnait. À croire que cette ville avait émoussé jusqu'à sa curiosité, pourtant insatiable. Quand elle était vraiment désespérée, elle allumait la télévision, même s'il n'y avait guère d'autres choses à regarder que les infos et que celles-ci étaient toujours les mêmes : des porte-parole du gouvernement au ton hiératique et à l'air grave succédaient à des images de troupes en tenue de camouflage se déployant sur des terres étrangères avec, en plans de coupe, des carcasses de voitures et de bus calcinées. Quelquefois, le Président en personne apparaissait à l'écran ; ses cheveux blancs, toujours impeccablement coiffés, et sa barbe de la même teinte lui donnaient un air de vieux sage. « Les temps sont durs, et les difficultés immenses, disait-il. Mais, avec l'aide de Dieu, nous les surmonterons. »

Seule à la maison, depuis que son père était parti et que sa mère se laissait totalement accaparer par son travail, elle était également seule à l'école, puisque ses *deux* meilleures amies avaient déménagé – Kate à Washington, l'année dernière, et Sophy en Floride, deux mois plus tôt. Parfois, tard le soir, alors que sa mère n'était toujours pas rentrée du travail, Nickie avait l'impression d'être une naufragée, à bord d'un frêle esquif, voguant sur un océan sombre et menaçant.

C'est la raison pour laquelle, dès qu'elle avait entendu parler de Greenhaven, la maison de son arrière-grand-père à Yonwood, elle avait décidé, avant même de la voir, que ce serait là qu'elle habiterait. Rien que son nom était déjà une promesse de bonheur. *Greenhaven*. « Havre vert ». Un abri, un refuge, voilà tout ce dont elle avait besoin. Le problème, c'était que Crystal et sa mère voulaient la vendre.

– Pourquoi ne vendrait-on pas cet appartement plutôt ? avait plaidé Nickie auprès de sa mère. Comme ça, on pourrait quitter cet horrible endroit et vivre un peu au calme, dans la nature… Ça nous changerait.

Dans les faits, Nickie n'était allée qu'une seule fois dans la maison de son aïeul, et elle était alors trop petite pour s'en souvenir. Cela ne l'empêchait pas de se l'imaginer avec précision et, à n'en pas douter, elle était très proche de la réalité. Elle avait ainsi décidé que Yonwood ressemblait à un village de la montagne helvète où, l'hiver, de belles bûches flambaient dans les âtres et où tous les lits étaient ornés de gros édredons duveteux. La neige y était d'un blanc immaculé et non grise et sale, comme en ville. À l'inverse, l'été à Yonwood devait être chaud et vert, avec quantité de papillons voletant dans les prés. À Yonwood, elle serait heureuse et en sécurité. Elle mourait d'envie d'y aller.

Après des jours de discussion passés à tenter de

convaincre sa mère de la laisser au moins voir la maison avant que celle-ci ne soit vendue, elle avait fini par avoir gain de cause. Nickie avait ainsi obtenu l'autorisation de manquer l'école pendant quinze jours afin d'accompagner Crystal (sa mère ne pouvant se permettre de quitter son travail) et de l'aider à vider la maison avant la mise en vente. Nickie avait accepté, mais ses projets étaient différents : d'une manière ou d'une autre elle allait persuader Crystal de garder la maison, de renoncer à la vendre, après quoi sa mère et elle (ainsi que son père quand il rentrerait) s'y installeraient et tout serait différent, c'est-à-dire mieux.

Tel était son but premier. Mais puisqu'elle était certaine que ce voyage allait changer sa vie, elle avait jugé raisonnable de se fixer également d'autres objectifs. Cela en faisait trois, pour être précis :

1. Empêcher que la maison de son aïeul ne soit vendue afin qu'elle puisse s'y installer avec ses parents.

2. Tomber amoureuse. Elle avait onze ans maintenant et elle estimait que l'heure était venue d'éprouver les vertiges de l'amour. L'idée n'était pas de tomber amoureuse pour toujours, non, juste l'expérience d'être follement, passionnément amoureuse. Elle avait conscience d'être quelqu'un de passionné, avec une immense quantité d'amour dans le cœur. Il fallait qu'elle en fasse profiter quelqu'un.

3. Faire quelque chose de bien pour l'humanité. Quoi exactement, elle n'en avait aucune idée ; en revanche, ce qui était sûr, c'est que l'humanité avait grandement

besoin qu'on l'aide. Elle devait guetter la moindre opportunité.

Elles remontaient la rue principale. De fait, celle-ci s'appelait Grand-Rue – elle l'avait lu sur un panneau. Puis elles passèrent devant l'église dont la jeune fille avait aperçu le clocher depuis l'autoroute. Devant l'édifice, un écriteau de bois, peint à la main, annonçait « Église de la Vision-Ardente ». Nickie remarqua néanmoins que la peinture était fraîche et que l'ancien nom était encore visible.

Après l'église commençait le quartier commerçant. En été, ça devait être joli, pensa Nickie. Mais pour l'heure, en plein mois de février, c'était gris, morne et froid. Certains magasins étaient ouverts ; les clients entraient et sortaient. D'autres, en revanche, semblaient définitivement fermés, leurs vitrines irrémédiablement noires. Il y avait également un cinéma, mais son guichet était condamné par de larges planches, et puis aussi un parc, dont les balançoires et les tables de pique-nique étaient dans le même état d'abandon que le cinéma.

Crystal tourna à gauche, et s'engagea dans un raidillon qui grimpait à flanc de colline. À l'intersection suivante, elle prit à droite et déboucha dans une rue bordée de vieilles maisons – Cloud Street, disait le panneau. À cause de la pente, les maisons du haut semblaient se dresser fièrement dans les airs, à la crête de leurs pelouses. C'étaient de grandes demeures à colonnade, avec de vastes porches et d'innombrables cheminées sur le toit. Nickie s'imaginait déjà les occupants, confortablement installés devant une flambée, une tasse de chocolat chaud à la main.

— Voilà, c'est celle-là, dit Crystal en s'arrêtant lentement le long du trottoir.

— Quoi ? Celle-là ? s'exclama Nickie.

— J'en ai bien peur…

Mâchoire béante, Nickie fixait la maison d'un air vague, abasourdi. En dépit de la pluie qui tombait dru, elle ouvrit sa vitre pour mieux voir.

C'était plus proche d'un château que d'une maison. L'édifice les toisait du haut de ses deux étages. À un angle, il y avait une tourelle, arrondie, percée de hautes fenêtres. Le toit d'ardoise, aux pentes aiguës, était constellé de cheminées. Les éléments de zinc de la toiture, ruisselant de pluie, scintillaient dans les dernières lueurs du jour.

— On ne peut pas vendre cette maison, s'indigna Nickie. Elle est trop belle !

— Pff, elle est affreuse, répliqua sa tante. Tu vas voir.

Une bourrasque de vent agita les branches d'un grand pin, qui se pencha vers la bâtisse. Nickie crut voir une lumière briller à la fenêtre du dernier étage.

— Quelqu'un vit encore ici ?

— Non, répondit Crystal. Juste des souris et des cafards.

Quand Nickie releva les yeux, la lumière n'y était plus.

2
Le deuxième étage

Elles rabattirent leurs capuches et se précipitèrent hors de la voiture, sous une pluie battante. Elles coururent dans l'allée, avalèrent la volée de marches, filèrent sous le porche et ne s'arrêtèrent que lorsqu'elles eurent atteint la lourde porte de chêne. L'agence immobilière de Yonwood avait envoyé une clé à Crystal. Elle l'introduisit dans la serrure, déverrouilla et ouvrit.

Elles pénétrèrent dans un vaste hall d'entrée. À tâtons, Crystal chercha l'interrupteur. La lumière électrique révéla de hauts murs ornés de peintures à cadres dorés représentant des gens d'autrefois. Les toiles étaient si patinées qu'elles en étaient presque noires. Au bout du hall, un escalier en colimaçon disparaissait dans l'obscurité.

Sur la gauche, derrière une ouverture arrondie, se trouvait la salle à manger, avec une grande table entourée de chaises. Sur la droite, derrière une autre arcade, le salon.

– Le petit salon, annonça Crystal en allumant une lampe.

C'était une pièce sombre, avec de lourds rideaux vermillon accrochés aux fenêtres où d'imposantes bibliothèques couraient sur tous les murs dont les rares parties visibles étaient tapissées d'un papier peint lie-de-vin. Des tapis persans, fins comme des feuilles de papier, couvraient le sol d'un camaïeu de bleus éteints et de rouges passés. Un long canapé où étaient posés trois oreillers et deux couvertures soigneusement pliées occupait un des seuls espaces vides, à côté de la fenêtre.

— C'est sûrement là que grand-père a passé ses derniers jours, déclara tristement Crystal.

— Qui veillait sur lui ?

— Je crois me souvenir qu'il avait engagé une assistante ménagère. Les derniers temps, il ne pouvait plus se faire à manger seul et il avait aussi besoin qu'on l'aide pour se déplacer.

Crystal se pencha et attrapa quelque chose sur une petite table.

— Tiens, regarde. C'est lui, là, dit-elle en tendant la photo d'un vieil homme aux cheveux blancs, dans un cadre argenté. Il t'aurait plu. Il était curieux de tout, exactement comme toi.

Nickie observa la photographie avec intérêt. L'homme paraissait vraiment vieux. Sa peau était très ridée, mais ses yeux pétillaient de vie.

Crystal s'approcha de la fenêtre et ouvrit les rideaux.

— Je vais commencer par établir une liste des objets de valeur, dit-elle en sortant un carnet du grand fourre-tout en cuir dont elle ne se séparait jamais. Je pourrais aussi bien commencer par ici. Je crois me rappeler qu'il y a des éditions originales dans la bibliothèque.

– Moi je vais faire un tour, d'accord ? Je veux tout voir.

Sa tante acquiesça d'un hochement de tête.

Nickie rebroussa chemin et traversa la salle à manger avant de pousser une porte à battants qui donnait dans la plus ancienne cuisine qu'elle ait jamais vue. Il y régnait une odeur si repoussante qu'elle décampa aussitôt par un couloir qui passait derrière le petit salon.

Elle découvrit deux chambres à coucher, contenant chacune un grand lit à baldaquin ainsi qu'une lourde commode de bois sculpté surmontée d'un miroir au cadre ouvragé. Quatre autres chambres étaient situées à l'étage. Elle ouvrit çà et là quelques tiroirs, s'attendant à les trouver vides. Elle fut surprise d'y découvrir quantité de vêtements bien pliés, de boîtes à bijoux, de brosses à cheveux et de vieux flacons de parfum. À croire que personne n'avait fait le ménage dans ces chambres depuis que leurs occupants avaient déserté les lieux.

Au même étage, elle tomba également sur un bureau, avec un ordinateur installé sur une table de travail et des dizaines de classeurs, de chemises et de livres éparpillés partout dans la pièce. Sûrement là que travaillait son arrière-grand-père. Il enseignait à l'université, avant de prendre sa retraite, mais Nickie ignorait dans quelle discipline. Une science quelconque, croyait-elle se rappeler.

C'était bizarre de penser que cette maison avait été habitée sans discontinuer depuis cent cinquante ans et que, en quelques jours seulement, elle s'était vidée. Cela ne s'était jamais produit auparavant. Elle avait toujours été dans la famille. Des enfants y avaient grandi, des vieillards y avaient rendu leur dernier soupir. La demeure avait si longtemps résonné des échos de la vie qu'elle devait certainement se sentir vivante elle-même. Aujourd'hui, avec ce vide soudain, et sachant que sa famille n'en voulait plus, elle devait avoir peur et se sentir désespérément seule. « Eh bien *moi* je te veux, pensa Nickie. Je te trouve formidable. »

Se rappelant subitement qu'il y avait un deuxième étage, Nickie chercha un autre escalier. Elle le découvrit derrière une porte, à gauche de l'escalier principal. Contrairement aux marches de l'escalier monumental donnant dans le hall, celles-ci étaient étroites et mates. Il n'y avait pas de rampe le long du mur.

Une porte close l'attendait au sommet des marches. Elle l'ouvrit et déboucha dans une entrée, avec deux portes de chaque côté. Elle inspecta les pièces une à une. Deux d'entre elles, servant de débarras, étaient pleines à craquer de choses diverses et variées : valises, boîtes en carton, boîtes en métal, boîtes à chapeaux, vieilles malles imposantes avec poignées en cuir, piles de papiers, portraits aux cadres cassés, livres mangés par la moisissure ainsi que moult sacs en papier et ballots, contenant on ne savait trop quoi, le tout recouvert d'une épaisse couche de poussière et de toiles d'araignée.

La troisième pièce consistait en une minuscule salle de bains, pas nettoyée depuis des lustres.

Mais la quatrième était extraordinaire. D'abord son volume était particulièrement agréable, grand, ouvert, avec des fenêtres sur deux côtés. La tour qu'elle avait remarquée du dehors constituait un des angles, formant une alcôve semi-circulaire avec une rangée de fenêtres tout du long et un banc épousant le mur en dessous. L'endroit rêvé pour s'installer avec un livre un jour de grand soleil, ou avec une liseuse au-dessus de l'épaule un jour gris et pluvieux comme aujourd'hui. Nickie présuma que la pièce avait servi de nursery car elle découvrit des tonnes de vieux jouets dans les armoires. Un tapis roulé avait été remisé dans un coin, un rocking-chair attendait devant la fenêtre, un lit métallique, impeccablement fait, occupait le fond de la pièce, comme s'il avait été installé là spécialement pour elle.

Elle décida dans l'instant que ce serait sa chambre. Elle l'adorait déjà.

Alors qu'elle s'apprêtait à sortir, un bruit l'arrêta. Un petit cri, un glapissement étouffé, comme si quelqu'un avait plaqué sa main sur la bouche de quelqu'un d'autre pour le faire taire. Nickie s'immobilisa et tendit l'oreille. D'abord, elle n'entendit rien – que le martèlement de la pluie sur les carreaux. Elle était sur le point de repartir quand elle le saisit à nouveau – deux petits cris cette fois, suivis d'un bruit sourd qui semblaient venir du placard.

Elle se figea, se souvenant soudain de la lumière qu'elle avait aperçue depuis la rue. Et si un individu dangereux se cachait dans le placard ? Un cambrioleur surpris au milieu de son forfait ? Un clochard qui se serait introduit en douce dans la maison ? Ou même un terroriste ? Elle hésita.

Un autre glapissement – très ténu, mais venant incontestablement du placard.

– Y a quelqu'un ? demanda Nickie d'une voix étranglée.

Pas de réponse.

Sa curiosité fut la plus forte – comme c'était souvent le cas. Sa volonté de tirer les choses au clair était si grande qu'elle triomphait le plus souvent de la prudence et même du bon sens le plus élémentaire. Aussi, bien qu'elle fût terrorisée, elle se précipita vers le placard, ouvrit violemment la porte, et recula d'un pas.

Au fond du réduit, collée au mur, et à moitié cachée parmi les vêtements qui pendaient aux cintres, se trouvait une grande fille toute maigre, au regard terrifié, qui plaquait ses deux mains sur le museau d'un chien jappant follement.

3
La fille dans le placard

Les deux filles se dévisagèrent un instant en silence tandis que le chien se débattait comme un diable, battant frénétiquement des pattes.

– Qui êtes-vous ? demanda Nickie.

Pour toute réponse, la jeune fille rentra la tête dans les épaules et baissa les yeux. Elle avait un visage allongé et de longs cheveux en désordre. Ses dents de devant étaient un peu de travers.

– S'il te plaît, ne dis pas que je suis là. Je t'en prie, finit-elle par supplier d'une voix cassée en sortant prudemment du placard. Je ne suis pas supposée me trouver là.

Le chien parvint enfin à libérer son museau et à pousser un jappement. Elle le força à nouveau à se taire. Elle portait un jean délavé et un sweat vert à la teinte passée. Elle était plus âgée que Nickie de quelques années.

– Mais qui êtes-vous ? répéta Nickie.

– C'est moi qui m'occupais du vieux monsieur, répondit la fille dans un filet de voix chevrotant. Pendant les six derniers mois. Avant qu'il meure. Mais, maintenant, j'ai plus nulle part où aller et, s'ils me trouvent, ils vont me mettre dans une maison et me séparer de lui. (Elle fit un geste du menton vers le chien.) C'est pour ça que j'ai besoin de pouvoir rester un peu. Le temps de trouver quoi faire.

— Comment tu t'appelles ? demanda Nickie, qui, sans s'en rendre compte, s'était elle aussi mise à chuchoter.

— Amanda Stokes. Et toi ?

— Nickie. Arthur Green était mon arrière-grandpère. La maison appartient à ma famille maintenant.

— Oh Dieu, répondit Amanda d'un air soucieux qui semblait coller si naturellement à ses traits qu'on aurait pu croire que sa vie tout entière n'avait été qu'une longue succession de soucis et de revers. Vous allez venir vivre ici ?

— Oui, acquiesça Nickie avec assurance. Mais pas dans l'immédiat.

— Alors tu ne diras pas que je suis là ?

Nickie considéra un instant la question. Est-ce que c'était mal de cacher la présence de cette fille ? Elle ne voulait nuire à personne. En même temps, il lui semblait que révéler l'existence d'Amanda créerait plus de problèmes que de n'en rien dire. Après tout, qu'elle passe encore quelques jours ici ou non ne changeait rien à l'affaire.

— Je peux rester là. Vous ne vous apercevrez même pas de ma présence.

Le chien se débattit entre ses bras et tenta d'aboyer.

— Même avec lui, il n'y aura aucun bruit, ajouta

Amanda en baissant les yeux vers l'animal. Il est très calme d'habitude.

— Comment il s'appelle ?

— Otis. Je l'ai trouvé il y a quelques jours, près de la décharge. J'ai tout de suite su qu'il n'avait pas de maître parce qu'il n'avait pas de collier et qu'il était très sale. Je l'ai lavé dans l'évier de la buanderie.

Nickie caressa la tête du chien. Il avait de petites oreilles pointues. Son pelage était clair, presque blond, et il avait deux grands yeux marron, ronds comme des billes. Son poil long et désordonné lui donnait un air de tournesol fané.

— Nickie ! Où es-tu ? résonna la voix de Crystal depuis le rez-de-chaussée.

Nickie se précipita dans le vestibule.

— Je suis là ! En haut, hurla-t-elle, penchée par-dessus la rambarde de l'escalier.

— Descends ! On a des choses à faire.

Nickie retourna prestement dans la chambre.

— Bon, très bien. Je ne dirai pas que tu es là, mais, surtout, il ne faut pas que tu fasses de bruit. Mets des chiffons au bas de la porte. Celle-ci et celle du vestibule. Je vais essayer de faire en sorte que ma tante ne monte pas ici. Si jamais c'était le cas… j'essaierais de te prévenir.

— Merci, répondit Amanda. Vraiment ! Merci beaucoup. Tu sais, c'est juste pour quelques jours. Je cherche un travail, dès que j'en aurai dégoté un, je me trouverai un endroit où aller.

Nickie hocha la tête.

— À plus tard, dit-elle finalement.

Et elle courut au bas de l'escalier.

Le repas du soir consista en une boîte de soupe à la tomate que Crystal avait trouvée dans un placard. Assises à la grande table de la salle à manger, elles dînèrent au son de la pluie qui battait aux carreaux. Tout au long du repas, Crystal griffonna un bloc de papier pour faire l'inventaire de ce qui l'attendait : *Appeler le service de nettoyage. Appeler la salle des ventes. Appeler le notaire. Appeler les peintres. Appeler les plombiers.* Nickie en conclut à juste titre que Crystal allait passer beaucoup de temps au téléphone.

— Crystal ! l'interrompit Nickie. Je ne vois rien de si horrible à Greenhaven. Pourquoi as-tu dit que c'était affreux ?

— C'est immense et sombre, atroce à nettoyer, la cuisine est quasiment impraticable, la plomberie date de Mathusalem et toute la maison a une odeur de souris. Et encore, ça, c'est que le début.

— Mais ça pourrait s'arranger, non ?

— Sûrement. Mais à quel prix ! En plus ça prendrait des mois…

Et elle retourna à sa liste, à laquelle elle ajouta : *Planifier des jours de visite.* Puis elle s'arrêta pour réfléchir en tapotant la table d'un ongle rouge.

Crystal n'était pas vraiment belle. Mais elle s'habillait avec goût et mettait un soin particulier à son vernis, à son maquillage et à ses bijoux. La teinte de ses cheveux, une sorte de blond vénitien avec des mèches, requérait de fréquentes visites chez le coiffeur. Elle avait été mariée deux fois. D'abord il y avait eu oncle Brent, puis plus tard oncle Brandon. Maintenant il n'y avait plus personne, ce qui expliquait sans doute pourquoi elle était plus nerveuse et cassante que d'habitude.

— Crystal ! Si tu pouvais t'installer dans la maison de ton choix, elle serait comment ?

Crystal leva un instant les yeux de son bloc-notes et jeta un regard vide à Nickie, l'esprit ailleurs.

— Je peux au moins te dire ce qu'elle ne serait pas, répondit-elle après un silence. Certainement pas une vieille ruine comme Greenhaven, pas plus que le petit appartement mal foutu et ringard dans lequel je vis actuellement.

— Mais alors quoi ?

— Une maison charmante ! Avec de grandes chambres, de grandes fenêtres, un vaste jardin, et… (elle se pencha en avant, un sourire coquin au coin des lèvres) un gentil bonhomme pour y vivre avec moi.

Nickie éclata de rire.

— Encore un mari ? demanda-t-elle avec un sourire.

— Bah ! Les deux premiers n'étaient pas tout à fait satisfaisants.

— Et tu voudrais un chien ?

— Un chien ? Grands dieux, non. Ça abîme tous les meubles.

— Mais si un chien perdu se présentait à ta porte, tu le garderais ?

— Sûrement pas. Il irait directement à la fourrière en attendant de trouver un maître aimant auprès de qui vivre une heureuse vie de chien. (Elle avala ses dernières cuillerées de soupe.) Pourquoi tu me parles de chien tout à coup ?

– Comme ça, répondit Nickie, le cœur gros. Parce que moi j'aime les chiens.

Après le dîner, Crystal alla prendre un bain. Nickie en profita pour se ruer au second. Elle frappa doucement à la porte de la nursery. Amanda, en pyjama, lui ouvrit. Otis se dressa sur ses pattes arrière pour faire la fête à Nickie, qui le câlina et le caressa un instant avant de demander :

– Tout va bien ?

– Très bien. Jamais été aussi silencieux.

– Bon, parfait. Parce que j'ai appris que Crystal n'avait aucune affection pour les chiens. On va devoir faire très attention.

– OK. Je le ferai dormir avec moi sous les couvertures pour cette nuit.

Nickie fit une dernière caresse à Otis et redescendit en vitesse. Sa tante et elle passèrent le reste de la soirée dans le petit salon, à regarder les informations.

« Plusieurs résidants de Kickory Cove et de Creekside ont fait état de signes d'activités suspectes dans les bois des environs, disait le présentateur du journal local. Un promeneur a même déclaré avoir aperçu un homme portant un manteau blanc, ou beige, au fond des bois. Il est expressément demandé aux habitants de la région de rester sur leurs gardes et de signaler aux autorités tout événement inhabituel, comme la présence d'étrangers ou tout comportement suspect autour des habitations, des conduites d'eau et de gaz et des équipements électriques. En un mot, soyez sur le qui-vive et rapportez toute manifestation vous paraissant sortir de l'ordinaire, quelle qu'en soit la nature. »

Ensuite, le Président apparut à l'écran. Nickie n'aimait pas l'écouter car sa voix était toujours trop douce, presque mielleuse. Il évoqua les Nations de la Phalange, le déploiement de missiles dans quatorze pays et l'élévation de l'état d'alerte au niveau sept.

— Mmh, ça se précise de jour en jour, bougonna Crystal en se renfrognant.

— Quoi donc ?

— Les gros ennuis, répondit Crystal avec une moue désabusée.

Le Président termina son discours par la formule dont il était coutumier : « Prions Dieu pour qu'il protège notre peuple et couronne nos efforts de succès. »

Nickie s'était toujours beaucoup interrogée à ce sujet. En effet, à entendre le Président, il semblait que si l'on priait très fort — encore mieux si beaucoup de gens priaient en même temps — alors peut-être que Dieu, dans sa grande miséricorde, allait changer le cours des choses. Mais que se passerait-il si l'ennemi priait lui aussi ? Laquelle des deux prières Dieu allait-il exaucer ?

Elle poussa un profond soupir.

— Crystal ! J'en ai marre de la Crise.

— Je sais, répondit sa tante en éteignant la télé. On en est tous là. Mais ça ne sert à rien de se morfondre. Faisons contre mauvaise fortune bon cœur ! Il ne faut surtout pas se laisser gagner par la peur et, au contraire, continuer de toutes nos forces à nous comporter comme des gens de bien afin de ne pas ajouter à la morosité ambiante. (Elle lança un sourire rassurant à Nickie et se leva.) Fatiguée ?

Nickie acquiesça d'un hochement de tête.

– Dans quelle chambre tu veux dormir ? À toi l'honneur !

La chambre que Nickie aurait vraiment voulu occuper était celle du second, mais, hélas, elle était déjà prise. Aussi choisit-elle une des chambres du premier. Crystal s'installa dans l'autre. Elles prirent des draps et des couvertures dans une armoire à linge et firent les lits, après quoi elles défirent leurs valises et accrochèrent leurs vêtements dans les placards. Nickie enfila sa chemise de nuit et se glissa dans les draps de l'immense lit. Elle pensait à Amanda et à son petit chien, cachés au-dessus. Eux aussi devaient être couchés en ce moment. « Ça doit être chouette de dormir avec un chien pelotonné à côté de soi », pensa-t-elle.

Les sombres montants du lit à baldaquin se dressaient fièrement vers le plafond. Dans l'obscurité, ils ressemblaient à deux soldats en faction, fins et élancés. Nickie se demanda à qui cette chambre avait appartenu par le passé. Qui d'autre qu'elle avait admiré ces montants depuis la chaleur douillette du lit, ou essayé de compter les violettes de la tapisserie, ou s'était laissé absorber par la contemplation des taches au plafond ? Elle aurait voulu tout savoir de ces vies, pas seulement celle de son arrière-grand-père, mais celle de tous ceux qui avaient vécu dans cette maison, celle de tous ces ancêtres qu'elle n'avait pas connus.

Oui. Nickie était comme ça. Elle voulait tout savoir sur tout et pas seulement des informations comme on en trouve dans les encyclopédies, non, des choses ordinaires comme ce que les gens faisaient à leur travail, à quoi ressemblait leur intérieur et de quoi ils parlaient autour de la table familiale. Quand elle croisait deux ou trois personnes marchant ensemble dans la rue, elle espérait toujours capter une intrigante bribe de conversation comme « c'est là que je l'ai trouvée étendue sur le sol, morte ! » ou « et c'est précisément ce jour-là qu'il est parti. On n'a plus jamais eu de nouvelles ! ». À son grand désespoir, ce qu'elle entendait le plus souvent, c'étaient des conversations ennuyeuses avec leurs sempiternelles : « alors moi je lui ai dit... » ; « mais grave... » ou encore « genre, elle lui fait comme ça... » Et le temps qu'ils disent ce qui venait ensuite, les passants étaient hors de portée.

Elle voulait aussi apprendre des choses moins anodines, des choses étranges et extraordinaires comme : y a-t-il des formes de vie sur d'autres planètes ? Les médiums existent-ils vraiment ? Y a-t-il encore des terres qu'aucun homme n'a jamais foulées ? Y a-t-il des espèces animales qu'on n'a pas encore découvertes ? Dans un magazine, elle était tombée sur la photo d'un acarien prise au microscope. Un acarien était invisible à l'œil nu, du fait de sa taille minuscule ; en revanche, quand on agrandissait des dizaines de fois son image, on pouvait s'apercevoir que c'était une créature étrange, avec des poils, des crochets, des tentacules, bref une bête plus bizarre et plus effrayante encore que les monstres des films de science-fiction.

En voyant l'image, Nickie avait soudain pris conscience de l'existence d'un monde parallèle qui, pour ne pas être visible à l'œil nu, n'en était pas moins réel. Dans la poussière sous les meubles, dans la trame des tapis et même sur sa propre peau ou dans ses entrailles, vivaient d'innombrables bestioles incroyablement étranges. Et, dans un sens, ça lui faisait du bien de savoir ça. Elle emportait la photo de l'acarien partout où elle allait.

Puis elle écouta la pluie tambourinant aux fenêtres et ferma les yeux. Elle eut une pensée pour toutes les âmes qui avaient vécu là. Peut-être qu'elles flottaient encore dans la maison, se demandant qui allait leur succéder. « Ce sera moi, leur dit-elle mentalement. Je vais m'installer ici et y vivre pour toujours. » Ce disant, elle se rappela quelque chose qu'elle avait oublié de faire. Elle se redressa et alluma la lumière. Elle fouilla le tiroir de la table de nuit à la recherche d'un stylo et d'un morceau de papier sur lequel elle écrivit :

1. *Garder Greenhaven*
2. *Tomber amoureuse*
3. *Faire quelque chose de bien pour l'humanité*

C'est-à-dire les trois objectifs – qu'elle était bien déterminée à atteindre.

4
Effraction

Au beau milieu de cette nuit-là, alors que la pluie tombait toujours et que Nickie dormait à poings fermés, quelqu'un – ou quelque chose – sortit de la forêt au-dessus de la ville. La nuit était noire et sans lune, et, quelle que fût cette créature, elle approcha si silencieusement que personne ne l'entendit. Wayne Hollister, le gérant de l'auberge du Chêne Noir, au nord de la ville, jeta un œil par la fenêtre aux environs de deux heures du matin, alors qu'il s'était levé pour aller aux toilettes. Il était pratiquement certain d'avoir vu quelque chose bouger sur la route, mais il n'avait pas ses lunettes, aussi ne pouvait-il pas dire précisément ce que c'était. Peut-être un homme avec un imperméable.

Quoi qu'il en soit, le matin suivant – un vendredi –, un garçon répondant au nom de Grover Persons, flânant sur le chemin de l'école, remontait l'allée qui se trouve derrière le Bon Coin, quand il remarqua que la fenêtre contiguë à la porte du café-restaurant était cassée. Il s'arrêta et poussa plus avant ses investigations dont il ressortit que la fenêtre avait sans aucun doute été fracturée depuis l'extérieur. En effet, si quelques morceaux de verre étaient tombés dans la cour, l'essentiel des débris se trouvaient à l'intérieur, éparpillés sur le plan de travail du restaurant. Des tessons aigus étaient encore fixés au chambranle de la fenêtre. Mais il y avait également autre chose. Ce qui semblait bien être un torchon de cuisine, blanc, était accroché à un bout de verre. Et le tissu était maculé d'une tache noirâtre. Grover y regarda de plus près. Ça ressemblait à du sang.

Il fit le tour du restaurant et tomba sur Andy Hart, le patron, qui s'apprêtait justement à ouvrir.

— Andy, déclara Grover, affolé, quelqu'un a brisé la fenêtre de derrière, cette nuit.

N'en croyant pas ses oreilles, Andy regarda Grover une seconde, bouche bée. Un rayon de soleil, qui réussit à crever le tapis de nuages dont le ciel était encore chargé, fit scintiller ses lunettes cerclées et illumina son front, qu'il avait haut et brillant. Après quoi il se précipita dans l'arrière-cour, Grover sur ses talons. Quand il avisa la fenêtre brisée et le torchon taché, il poussa un cri strident qui fit accourir des gens de partout. En quelques minutes, les quatre hommes qui composaient la brigade de police locale, ainsi qu'une bonne douzaine de badauds, s'étaient rassemblés derrière le Bon Coin. Tous les regards étaient tournés vers la fenêtre fracturée, qui ressemblait à une grosse bouche hérissée de crocs pointus, avec une langue sanguinolente pendant à la mâchoire inférieure.

Restez en arrière, ordonna le chef de la police, Ralph Gurney. Et ne touchez à rien, vous pourriez endommager la scène de crime.

Les gens reculèrent. Des conciliabules inquiets résonnèrent dans les rangs.

– Andy ! T'es là ? cria le chef Gurney à travers la fenêtre. Qu'est-ce qu'on a volé ?

– Pas grand-chose, répondit Andy depuis l'intérieur du restaurant. A priori, rien qu'une barquette de poulet.

– Mmh ! bougonna Gurney. Dans ce cas, il s'agit soit d'une farce, soit d'un acte d'intimidation.

Une fois encore, la foule fut parcourue de murmures anxieux.

En d'autres temps, cette fenêtre fracturée eût passé pour un incident mineur. Après tout, personne n'était blessé et l'on n'avait presque rien volé. Mais les gens étaient à cran. Cela faisait plus de six mois qu'Althea Tower avait eu sa terrible vision et, chaque jour, celle-ci semblait plus proche de s'accomplir. Pas plus tard que la nuit dernière, les Nations de la Phalange avaient annoncé qu'elles possédaient des missiles déployés dans quatorze pays. Les États-Unis avaient répliqué en haussant l'état d'alerte au niveau sept. Tout le monde savait que les terroristes étaient partout. Les fléaux du monde étaient bien trop présents pour continuer à vivre dans le confort.

Armé d'un ruban de plastique jaune, le chef Gurney établit un périmètre de sécurité autour de l'arrière-cour du café pour protéger le site, puis il dévisagea la foule.

Ses yeux s'arrêtèrent sur une femme bien en chair, emmitouflée dans une veste molletonnée de couleur rouge qui la faisait paraître encore plus ronde. Une petite queue-de-cheval châtain sortait de l'ouverture que possèdent toutes les casquettes de base-ball au niveau de la patte de réglage.

– Brenda, l'apostropha le chef Gurney. Qu'est-ce que tu en penses ?

Le temps jouait contre Grover, qui risquait d'être sérieusement en retard à l'école. Cela lui était déjà arrivé deux fois ce mois-ci, et, en cas de récidive, l'école enverrait sûrement un mot à ses parents. Tant pis. Il prenait le risque. Toute cette affaire était bien trop intéressante pour passer à côté.

La femme s'avança. Bien entendu, Grover la connaissait. Comme tout le monde. En effet, Brenda Beeson était la personne qui avait transcrit les prophéties de l'Oracle et expliqué aux gens ce qu'elles signifiaient. Elle et son comité – le révérend Loomis, le maire Orville Milton, le chef de la police Ralph Gurney et quelques autres – étaient les notables les plus influents de la ville.

Le chef Gurney souleva le ruban jaune pour faciliter le passage de Mme Beeson. Elle demeura un long moment devant la fenêtre, tournant le dos à la foule qui attendait avidement ce qu'elle allait dire. Des nuages avancèrent lentement devant le soleil. La scène passa de l'ombre à la lumière puis rentra à nouveau dans l'ombre.

Aux yeux de Grover, ils restèrent là une éternité,

suspendus à ses lèvres. Il se résigna à être en retard à l'école et profita de cet intermède pour échafauder les grandes lignes d'une excuse originale. Il lui fallait faire preuve de créativité. La porte de sa maison était coincée, il n'avait pas réussi à sortir ? Son père lui avait demandé un coup de main pour repêcher les rats crevés qui flottaient dans la cave inondée ? Sa rotule s'était démise et il n'avait pas pu bouger pendant une demi-heure ?

Mme Beeson se tourna enfin vers eux.

— Bien. Ça semble évident, dit-elle. Jusqu'ici nous n'avons jamais vu quelqu'un casser des fenêtres et violer la propriété d'autrui. Ce qui signifie qu'en dépit de tous nos efforts, il y a encore des brebis galeuses parmi nous. (Elle poussa un profond soupir de dépit ; un nuage de buée s'échappa de sa bouche dans la fraîcheur de l'air matinal.) Si celui qui a fait ça a voulu s'amuser, il devrait réviser au plus vite son sens de l'humour. Le moment est bien mal choisi pour faire n'importe quoi.

— C'est sûrement des gosses, lança un homme, debout à côté de Grover, qui se demanda aussitôt ce qui poussait les gens à rejeter la faute sur les plus jeunes dès qu'un événement de ce type venait à se produire.

Jusqu'à preuve du contraire, les adultes créaient beaucoup plus de problèmes que les enfants.

— D'un autre côté, poursuivit Mme Beeson, il pourrait également s'agir d'une menace ou d'un avertissement. Des témoins ont vu quelqu'un errer dans les collines. (Elle tourna la tête et fixa le torchon ensanglanté.) Il pourrait même s'agir d'une sorte de message.

Cette tache ressemble fort à une lettre. Je trouve qu'on dirait un P, ou un R.

Grover se concentra sur la tache. Il avait beau faire, il y voyait éventuellement un A, mais, à ses yeux, ça ressemblait surtout à un vulgaire gloubi-boulga.

— C'est peut-être un B, lança quelqu'un.

— Ou un H, nuança une autre voix.

— Ça se pourrait, marmonna Mme Beeson avec un hochement de tête pénétré. P comme péché. R comme ruine. Si vous me permettez, Ralph, je vais prendre ce chiffon et le montrer à Althea, pour voir ce qu'elle en dit.

C'est alors que Wayne Hollister, voyant la foule, s'invita dans les discussions et raconta ce qu'il avait vu cette nuit-là. Ses propos effrayèrent encore plus les gens que le sang et la vitre brisée. Grover les entendit s'interroger à voix basse : « Y a quelqu'un là, dehors. Il nous a envoyé un message. Que veut-il qu'on fasse ? Il essaie de nous effrayer. »

Une femme se mit à pleurer. Hoyt McCoy, comme à son habitude, fit valoir que Brenda Beeson devait se garder de toute conclusion hâtive et éviter de se prononcer sur des faits dont, fondamentalement, on ignorait tout. Il ajouta également que, selon lui, la tache de sang ressemblait davantage à une cuiller qu'à un R. Plusieurs voix courroucées lui demandèrent de se taire.

Mais ces péripéties n'intéressaient plus Grover maintenant qu'il avait entendu le verdict de Mme Beeson. Après tout, s'il courait vraiment vite, il ne serait peut-être pas en retard pour l'école. Il s'éclipsa.

Quand il arriva dans la cour, il raconta ce qu'il avait vu, et ce qu'il avait appris sur les lieux du crime, à la première personne qu'il croisa. Puis il fit de même avec la suivante et, rapidement, les gamins se pressèrent autour de lui. Son ami Martin lui tendit une feuille de papier en lui demandant de dessiner la fameuse tache de sang, en étant aussi précis que possible.

— Je me rappelle pas *exactement* comment elle était. Mais, en gros, ça ressemblait à ça, dit-il avant de dessiner un pâté approximatif.

— Et ça, c'est supposé ressembler à une lettre ? s'exclama Martin d'un air dubitatif, fixant le dessin de Grover à travers ses épais verres de lunettes.

— Ouais, mais mon dessin n'est pas parfait. En fait, c'était plus comme ça, répondit-il en dessinant un autre pâté. Non, c'est pas ça non plus.

Il s'excusa avec un petit rire. Mais Martin ne comptait pas en rester là.

— Dessine-le correctement, dit-il, le sourcil froncé. J'aime pas quand t'essaies de faire le pitre.

Grover recommença son dessin, s'appliquant de son mieux.

— Et elle a dit que ça pourrait être un P ou un R ? demanda Martin.

— Mmh mmh ! Elle hésitait entre les deux.

— Et elle a dit ce que ça pourrait vouloir dire ? demanda quelqu'un.

Il répondit à cette question, ainsi qu'à beaucoup d'autres, allant jusqu'à mimer le chef Gurney établissant un périmètre de sécurité avec son ruban jaune, à répéter mot pour mot les paroles de Mme Beeson, ou à imiter, avec force cris aigus, les sanglots de la femme qui avait fondu en larmes. Il imita également Hoyt McCoy, reproduisant son air sombre avec un tel réalisme qu'il déclencha l'hilarité générale.

— Hoyt McCoy a dit que ça lui faisait penser à une cuiller, dit-il finalement.

— Ouais, peut-être, mais Hoyt McCoy est zarbi, objecta Martin.

— Sûrement, confirma Grover. Mais Mme Beeson ne sait pas tout pour autant.

— Grover ! s'indigna Martin dont le teint prit une nuance presque aussi flamboyante que celle de ses cheveux roux. C'est elle qui, la première, a pris les visions de l'Oracle au sérieux. Contrairement à toi.

La cloche sonna. Au bout du compte, Grover était en retard, comme d'ailleurs tous ceux qui avaient prêté l'oreille à son récit.

— C'est la première fois de toute l'année que je vais être noté en retard, maugréa Martin d'une voix courroucée.

— Hé ! C'est pas ma faute, se défendit Grover. T'avais qu'à pas rester là à m'écouter.

Mais Martin avait déjà tourné les talons. « Il a changé, pensa Grover en hâtant le pas vers sa classe. Il n'est plus aussi sympa qu'avant. »

5
La vision ardente

Ce matin-là, Crystal eut beau fourrager dans les placards de la cuisine, elle ne trouva rien de décent pour le petit-déjeuner.

– Tu veux bien aller en ville nous acheter quelques trucs à manger ? demanda-t-elle à Nickie. Moi, pendant ce temps, je commencerai le nettoyage de cette immonde cuisine.

Nickie mit son blouson de bonne grâce et descendit à pied jusqu'à la Grand-Rue, tout heureuse de pouvoir ainsi sortir seule et de se sentir en sécurité – chose parfaitement inenvisageable en ville. Il faisait frais. Le soleil apparaissait par intermittence entre les nuages. La ville donnait l'impression d'avoir été lavée par la pluie. Il y avait déjà des gens dans les rues, nombre d'entre eux marchant avec leur téléphone portable collé à l'oreille. Bien sûr, elle était habituée à voir les passants téléphoner dans la rue – en ville, la moitié de ceux qu'elle croisait jacassaient dans leur appareil. Mais, ici, les gens ne parlaient pas, ils se contentaient d'écouter. C'était bizarre.

Elle arriva à la hauteur d'un petit café-restaurant appelé le Bon Coin et remarqua un attroupement. Les gens discutaient avec véhémence et une voiture de police quittait les lieux. Quelque chose avait dû se passer ici – peut-être qu'un client s'était senti mal.

Plus loin, elle longea une pharmacie, une boulangerie, un magasin de chaussures ainsi qu'un cinéma fermé au guichet duquel était accroché un écriteau au message singulier : « Priez plutôt ! » Quelques mètres plus loin, dans la vitrine d'un magasin de vêtements, elle vit un stock de T-shirts blancs marqués de grosses lettres rouges : « Non ! Ne faites pas ça ! » Après quoi, elle remarqua que nombre des passants qu'elle croisait dans la rue les portaient. « Mais ne faites pas quoi ? » se demanda-t-elle.

En passant devant une allée, entre une quincaillerie et un magasin de réparation d'ordinateurs, elle entendit un bruit étrange. Une sorte de bourdonnement régulier – MMMM-mmmm-MMMM-mmmm – comme le bruit d'une machine. Elle s'arrêta et jeta un œil autour d'elle, mais elle était incapable de dire d'où cela provenait. Elle était sûre que les autres passants l'entendaient aussi, pourtant ceux-ci ne semblaient guère y accorder d'importance. Ils se contentaient de baisser la tête en se renfrognant, l'air ennuyé, ou peut-être même un peu effrayé ; certains hâtaient soudain le pas, comme s'ils avaient voulu fuir. Le bruit cessa au bout de quelques instants. Nickie supposa qu'il s'agissait d'un gadget du magasin d'informatique.

Plus loin, elle trouva enfin le marché de Yonwood

où elle acheta du pain, du lait, des œufs et du cacao en poudre. Elle prit également une petite boîte de biscuits pour chien, qu'elle cacha sous son blouson.

Nickie venait de quitter la Grand-Rue pour remonter vers Greenhaven quand un vrombissement sourd, se changeant rapidement en un long hurlement strident, déchira le ciel. Cinq avions de chasse crevèrent les nuages. Ils passaient de plus en plus souvent ces derniers temps. Ils lui faisaient peur. Elle s'arrêta de marcher, posa son sac de commissions sur le sol, et se boucha les oreilles à deux mains jusqu'à ce que les avions aient disparu.

C'est alors qu'elle sentit quelqu'un lui toucher l'épaule. Elle tourna la tête et découvrit une vieille femme.

— C'est peut-être le début, dit-elle d'une voix chevrotante. Ça a peut-être commencé — on ne sait jamais —, mais il vaut mieux ne pas céder à la panique si on peut l'éviter. Il faut garder la foi. Voilà ce que je dis. Il ne nous arrivera rien si on arrive à garder la foi. C'est le plus important.

Joignant le geste à la parole, elle tapota l'épaule de Nickie d'une longue main décharnée aux doigts grêles.

— Ne t'inquiète pas, ma petite chérie. Et n'oublie pas de prier... Il ne nous arrivera rien, ajouta-t-elle en levant les yeux au ciel. Il ne nous arrivera rien parce que...

Et elle se retira d'un pas traînant, laissant Nickie en proie à des sentiments contradictoires. En tout cas, elle était tout sauf rassurée. Peut-être que, finalement, les gens d'ici étaient tout aussi inquiets qu'ils l'étaient en ville. Cette éventualité l'attrista. D'un autre côté, la vieille femme avait dit : « il ne nous arrivera rien... » C'était à n'y rien comprendre.

Heureusement, le temps d'arriver à Greenhaven, elle n'y pensait déjà plus. Elle cacha les biscuits pour chien dans sa chambre puis alla à la cuisine où Crystal prépara deux bons bols de chocolat. Elles s'installèrent à l'immense table de la salle à manger sur laquelle Crystal posa aussitôt son bloc-notes.

— Cette pièce est si... majestueuse, déclara Nickie, qui avait décidé de souligner les qualités de la maison aussi souvent que possible afin de convaincre Crystal de renoncer à la vendre.

— Mmh... On peut dire ça, répondit Crystal en levant les yeux de sa liste. Ce qui est sûr, c'est que cette table est très belle. On doit pouvoir en tirer un bon prix... Je vais commencer par aller voir l'agence immobilière. Ensuite, j'irai à la salle des ventes et j'essaierai de trouver une entreprise de nettoyage. Je devrais être revenue pour midi.

— Moi je reste là, rétorqua Nickie. Je vais m'occuper du tri.

— Pas de bêtises, hein ? Ne va pas tomber dans les escaliers ou te pencher à la fenêtre.

— Pas de danger. Je vais juste fouiner dans les placards et dans les boîtes, pour voir ce que je trouve comme trésors. Je ferai deux piles : les choses à garder et les choses à jeter.

— M'est avis que la deuxième va de loin dépasser la première...

Quand Crystal fut partie, Nickie alla chercher les biscuits pour chien et se précipita au second.

– Amanda ! C'est moi ! cria-t-elle en gravissant les marches quatre à quatre.

Arrivée devant la porte, elle fut accueillie par une série de jappements. Elle tourna la poignée, ouvrit le battant. Otis traversa l'entrée comme une flèche et s'arrêta en dérapage à ses pieds, où il se dressa sur ses pattes arrière, s'étirant de tout son long, comme s'il avait voulu se faire assez grand pour lui lécher le visage. Nickie s'agenouilla et lui caressa les oreilles.

– Salut, toi. C'est vrai que tu es mignon.

Amanda apparut bientôt dans l'entrée. Elle était encore en robe de chambre.

– En montant l'escalier, j'ai entendu Otis aboyer. Je ne sais pas comment on va faire pour cacher sa présence s'il fait autant de bruit. Crystal va l'entendre.

– Oh, mon Dieu ! Je pourrais peut-être lui mettre une muselière ? suggéra Amanda.

– Oh non ! C'est trop cruel. On va bien trouver autre chose.

Nickie entra dans la nursery et jeta un regard circulaire à la pièce. Le long rouleau que formait le tapis lui donna une idée.

– On pourrait isoler cette pièce, dit-elle. Je suis sûre qu'on n'entendrait plus rien.

Elles passèrent les deux heures suivantes à mettre ce plan à exécution. Elles déroulèrent le grand tapis, en trouvèrent d'autres, plus petits, dans les pièces voisines et les étalèrent sur le sol de manière à couvrir l'intégralité de la pièce. Puis elle récupérèrent dans les armoires à linge et dans les meubles de salles de bains des serviettes et des couvertures qu'elles accrochèrent aux fenêtres et derrière la porte avec des punaises. Régulièrement, Nickie descendait au rez-de-chaussée et tendait l'oreille tandis qu'Amanda faisait aboyer Otis. Finalement, à la quatrième tentative, elle n'entendit plus rien du tout.

— Ça marche ! dit-elle d'un ton triomphant, une fois remontée.

Elle contempla alors le résultat de leurs efforts. Plus qu'une pièce antibruit, c'était un espace étrangement beau et chaleureux, qui, avec son sol couvert de tapis et ses murs tendus de couvertures, évoquait l'intérieur d'une tente. Les motifs et les tons s'entremêlaient dans un formidable kaléidoscope : un camaïeu de teintes rouges et bleues par terre ; du rose, du violet, du vert pâle et du doré sur les murs. La lumière était très tamisée maintenant, car elles avaient recouvert certaines fenêtres. Aussi allèrent-elles chercher une lampe dans l'une des chambres, une lampe avec un abat-jour en parchemin, ainsi que d'autres coussins pour le banc sous la fenêtre et un second rocking-chair.

— Si seulement on pouvait faire du feu dans la cheminée, dit Nickie. Ce serait la pièce la plus douillette du monde.

— Oui, en effet, c'est très joli, concéda Amanda. Mais Otis va peut-être mâchouiller quelques tapis.

— Je lui achèterai des jouets, répondit Nickie en s'agenouillant près du chien pour le caresser. Tu lui

48

apprendras à se faire les dents dessus plutôt que sur les tapis. Bon, c'est pas tout ça, mais faut que je commence à faire le tri.

– Le tri de quoi ?

– De tout. Tout ce qu'il y a dans la maison. Je veux tout voir. Au fait, tu ne saurais pas où sont rangés les albums photos, les carnets, ou, mieux, les journaux intimes ?

Amanda considéra un instant la question.

– Peut-être dans le petit salon, finit-elle par répondre.

Nickie se rendit prestement au rez-de-chaussée où elle remplit un carton de tous les vieux papiers qu'elle trouva dans le petit salon. Après quoi elle retourna à la nursery, où Amanda et elle, assises dans la niche de la fenêtre, entreprirent d'en faire l'inventaire, à la lumière d'une lampe électrique. L'essentiel était sans intérêt : de vieux jeux de cartes cornées, un calendrier de 1973 et un album contenant dix-huit tirages passés d'un épagneul breton à la robe noire. Mais il y avait aussi des lettres, de vieux exemplaires du *National Geographic* ainsi que plusieurs albums avec des photos de famille. À la fin de l'un d'eux, coincées entre les pages, elle découvrit trois cartes à bord noir qui semblaient très anciennes. Elles portaient des signatures différentes, mais étaient toutes datées de 1918. Les messages, rédigés avec les pleins et les déliés des écritures d'antan, disaient tous plus ou moins la même chose : *Sincères condoléances pour cette perte tragique.* Quelle était donc cette perte tragique ? Aucune des cartes ne le précisait.

– Hé ! Je me rappelle quelque chose qui devrait t'intéresser, dit Amanda. Je vais le chercher.

Elle descendit les escaliers et reparut quelques instants plus tard, tenant à la main un petit carnet marron.

– De temps en temps, quand je m'occupais de lui, le vieil homme écrivait des trucs là-dedans, dit-elle en tendant le carnet à Nickie, qui l'ouvrit précautionneusement.

La page de garde portait le nom de son arrière-grand-père : Arthur Green. Elle feuilleta rapidement les pages. Ça ressemblait plus à une suite de notes qu'à un véritable journal. La première était datée de décembre, soit seulement quelques mois plus tôt. Elle disait :

7/XII J'ai l'impression qu'il se passe des choses bizarres en ce moment. Peut-être le fait de mon cerveau déclinant. Je ne suis pas encore certain qu'il faille les coucher sur le papier.

Intéressant, pensa Nickie. Elle posa donc le carnet dans la pile des choses à garder, avec l'idée de le reprendre plus tard.

Pendant ce temps, Otis se faisait consciencieusement les dents sur un pied de chaise. Le temps qu'elles s'en aperçoivent, il avait déjà laissé de belles marques de crocs. Par chance, il s'était attaqué à un pied arrière et cela ne se voyait pas trop.

Amanda attrapa un vieux *National Geographic* et le parcourut nonchalamment.

– Oh, mon Dieu ! Regarde ça, s'exclama-t-elle en tendant le magazine ouvert à une page montrant l'éruption d'un volcan, avec des flammes et d'énormes panaches de fumée. C'est ça que l'Oracle a vu.

– Qui ?

– L'Oracle ! Althea Tower ! Tu n'as pas entendu parler d'elle ? Elle est célèbre ! Toute la ville, ou presque, suit ses préceptes.

– Pourquoi tu l'appelles l'Oracle ?

– Parce qu'elle a vu l'avenir, pardi !

Amanda posa les coudes sur ses genoux et se pencha vers Nickie avant d'ajouter, de la voix étouffée qu'on prend pour distiller les informations vraiment extraordinaires :

– Elle a eu une vision.

– Et qu'a-t-elle vu ?

– Eh bien… Elle n'a pas pu le dire précisément parce que sa vision l'a rendue affreusement malade. Elle n'a pu donner que des bribes. Elle a répété « feu » plusieurs fois et aussi « cataclysme ». C'est sûr que ça doit ressembler à ça, dit Amanda en appuyant son doigt sur l'image. Sauf que ce sera dans le monde entier. En tout cas, depuis sa vision, elle n'a pas bougé de son lit.

– C'est incroyable, dit Nickie. Mais je ne comprends pas. Qu'est-ce que ça voulait dire ? C'était comme un mauvais rêve ?

– C'était pas un *rêve*, coupa Amanda en fronçant le sourcil. C'est le futur. Un avertissement. Une mise en garde. Enfin, ça, c'est Mme Beeson qui l'a trouvé.

– Qui est Mme Beeson ?

— La dame qui habite au bout de la rue. Une femme très bien et très intelligente. Avant elle était directrice de l'école. Elle a un chien qui s'appelle Saucisse. Tu la verras certainement le promener un de ces jours. (Elle se pencha à nouveau en avant.) La vérité, c'est que les gens se sont éloignés de la voie du Seigneur, c'est pour ça que tout va de mal en pis. Mais Dieu veut nous sauver, alors il a donné à Althea le don de vision. Si nous nous comportons bien, il nous accordera son salut et les augures d'Althea ne se produiront pas, du moins pas pour nous.

— Mais… qu'est-ce qu'on est censé faire ?

— Tout ce que dit l'Oracle, car, par sa bouche, c'est Dieu qui s'adresse à nous. L'Oracle nous dit ce qu'il faut arrêter de faire.

— Arrêter ?

— Mmh mmh. Par exemple, l'Oracle dit souvent « plus de vice », ce que Mme Beeson a traduit par « plus de péchés ». Nous devons faire tout ce qui est en notre pouvoir pour faire le bien. Elle dit aussi « plus de chant », donc nous n'écoutons plus ni radio ni CD, pas plus que nous ne regardons de films où il y a des chansons. À la télé, on ne regarde que les infos.

Otis s'approcha d'elles. Amanda tendit machinalement le bras pour le caresser.

— Mais pourquoi ?

— Pour nous apprendre à être moins égoïstes, à ne pas penser qu'à nous. Comme ça, on aura plus d'amour à donner à Dieu.

À ces mots, Amanda étendit les jambes et regarda

Nickie d'un air satisfait. D'une chiquenaude, elle ferma le *National Geographic*.

Nickie médita ce qu'elle venait d'entendre. La privation était effectivement un des ressorts principaux des religieux. Les moines et les prêtres de l'Église catholique ne renonçaient-ils pas au mariage ? D'autres faisaient même vœu de silence, vivant toute leur vie sans prononcer un mot. Dans d'autres pays, il y avait des croyants qui abandonnaient leurs lits douillets pour dormir sur des planches à clous. Des gens comme ça se vouaient entièrement à Dieu. Peut-être qu'elle aussi devrait renoncer à quelque chose, juste pour voir ce que ça faisait.

— Et toi ? Tu as renoncé à quoi ? demanda-t-elle à Amanda.

— Aux romans d'amour. De toute façon, Mme Beeson dit que c'est une perte de temps, alors… ça ne peut pas me faire de mal.

— C'est sûr, marmonna Nickie, pensive.

Toute cette histoire était exactement le genre de choses qui enflammait son imagination. On l'aurait crue tout droit sortie d'un livre de science-fiction, quand les forces des ténèbres essaient d'étendre leur emprise sur l'univers et que seul un petit groupe de vaillants guerriers est assez brave et assez malin pour les vaincre. Elle repensa à son objectif numéro trois : faire quelque chose de bien pour l'humanité. Peut-être que renoncer à certaines choses était un moyen de l'atteindre. Elle aurait voulu poser d'autres questions, mais Amanda avait lâché le *National Geographic* et s'était levée.

— Je vais aller me faire une tartine, tu viens ?

Nickie opina du chef. Elles laissèrent Otis seul dans la pièce et descendirent les escaliers. Dans la cuisine, Amanda se coupa une tranche de pain pendant que Nickie, l'esprit occupé à imaginer comme ce devait être intéressant d'avoir des visions, et ce qu'elle ferait si elle en avait, mettait la bouilloire à chauffer pour se refaire un chocolat. Amanda n'avait pas encore ouvert le pot de beurre de cacahuète qu'elle avait pris dans le placard qu'un imprévu les interrompit brutalement, l'une dans son goûter, l'autre dans sa rêverie. En effet, bien qu'elles n'aient pas entendu le moindre bruit jusqu'ici, une tête apparut soudain au carreau de la porte du jardin.

— Bonjour, bonjour ! cria la voix.

Avant qu'elles aient pu esquisser le moindre mouvement de repli, la porte s'ouvrit.

6

L'idée de Mme Beeson

– Ça va, les chéries ? J'ai pensé que j'allais m'arrêter pour vous faire un petit coucou, dit la femme en pénétrant dans la maison. Je suis Brenda Beeson.

Nickie la regarda, interdite. Brenda Beeson, la confidente de l'Oracle ! À voir comme ça, elle n'avait rien d'une sainte. C'était une femme d'âge mûr, pas vraiment grosse, mais replète, avec des joues roses. Elle portait une veste matelassée de couleur rouge et ses yeux bleus brillaient sous la visière de sa casquette de base-ball, assortie à sa veste. Nickie trouvait qu'elle évoquait un étrange hybride de gentille mamie et d'entraîneur de foot.

– Tu es sans doute la petite-fille du professeur Green, déclara Mme Beeson.

– Arrière-petite-fille, corrigea Nickie avant de dire son nom.

– Nickie ? répéta Mme Beeson. Un diminutif de Nicole ?

– Oui, concéda Nickie, qui n'utilisait jamais son vrai nom.

C'était pourtant un joli prénom, mais elle pensait qu'il était presque trop joli pour elle, qu'il ne cadrait pas avec sa silhouette rebondie, sa petite taille, son menton arrondi, son nez trop court et ses cheveux raides qui pendaient sans style sur ses épaules. Elle se considérait comme quelqu'un d'intelligent, doté d'une imagination fertile, mais d'un physique ordinaire, aussi « Nickie » lui seyait-il davantage.

— Ravie de faire ta connaissance, dit Mme Beeson. Nous sommes voisines maintenant. J'habite à trois maisons d'ici, sur le trottoir d'en face.

Elle retira sa casquette et la fourra dans la poche de sa veste. Nickie remarqua alors que ses cheveux avaient une teinte caramel, qu'ils étaient coiffés en une queue-de-cheval assez haute et que de petites boucles dansaient à ses lobes d'oreilles.

— En revanche, je ne m'attendais pas à te trouver toi, ajouta-t-elle en fixant du regard Amanda, qui, adossée à l'évier, une tranche de pain dans une main, un pot de beurre de cacahuète dans l'autre, semblait pétrifiée de crainte. Pourquoi n'es-tu pas partie, maintenant que le professeur Green est décédé ?

— Je vais le faire, répondit Amanda. Dès que j'aurai trouvé un endroit où aller.

— Un endroit où aller ? N'as-tu donc point de famille ?

Amanda secoua la tête.

— Pas de parents ?

— Ma mère est morte. Mon père est parti faire sa vie ailleurs.

— Personne, personne ?

56

— Juste ma cousine LouAnn, répondit tristement Amanda. Mais je l'aime pas.

— Mais ça ne va pas du tout, ça, dit Mme Beeson en tirant sèchement sur la fermeture à glissière de sa veste et en s'asseyant à la table de la cuisine, bien décidée à prendre en main l'avenir d'Amanda.

Nickie remarqua un minuscule badge bleu, épinglé à son chandail, dont l'effigie semblait être un petit gratte-ciel.

— On peut sûrement trouver quelque chose, affirma Mme Beeson. J'ai des amis aux services sociaux. Je vais les contacter immédiatement. Ils trouveront forcément une maison où te placer.

Joignant le geste à la parole, elle sortit un petit boîtier de sa poche, un téléphone cellulaire, supposa Nickie, pourtant il avait une forme différente de ceux auxquels elle était habituée.

Amanda fit un pas en avant. La terreur se lisait sur son visage. Elle lâcha la tranche de pain et posa lourdement le pot de beurre de cacahuète sur la table. Les deux mains en opposition, comme deux panneaux de stop, elle persuada Mme Beeson d'arrêter son geste.

— Je ne veux pas aller dans une maison. J'ai dix-sept ans. Je peux trouver un travail, je peux…

— Ne dis pas de bêtises, répondit gentiment Mme Beeson. Tout le monde a besoin d'une maison.

Elle marqua une pause, la bouche entrouverte. Quelques instants plus tard, ses yeux s'éclairèrent.

— En fait, reprit-elle, je connais quelqu'un qui cherche une aide en ce moment même. Une bonne amie à moi.

— Quel genre d'aide ? demanda Amanda d'un air soupçonneux.

— Une aide ménagère, répondit Mme Beeson. À demeure.

— Je ne sais pas, marmonna Amanda, les épaules voûtées, fixant ses pieds.

— L'amie dont je parle n'est autre que Mme Althea Tower, ajouta Mme Beeson avec un sourire.

Amanda se redressa d'un coup, les yeux écarquillés.

— L'Oracle ? s'exclama-t-elle d'une voix s'égarant dans les aigus.

— Absolument. Tu sais qu'elle ne va pas fort et la jeune fille que nous avions engagée pour s'occuper d'elle s'en va. Tu pourrais prendre sa place, non ? Tu as fait tellement de bien au professeur.

En moins de cinq secondes, Amanda était transfigurée. Le visage radieux, les épaules bien droites, elle recoiffa une mèche derrière son oreille.

— Bien sûr que je pourrais le faire. J'adorerais, même.

— Parfait, dit Mme Beeson. Si tu es prête, on peut y aller tout de suite et voir si on peut trouver un arrangement.

Il apparut clairement à Nickie que Brenda Beeson était quelqu'un de décidé qui aimait agir vite. Et puis elle semblait gentille. Aussi, après qu'Amanda eut disparu à l'étage, se décida-t-elle à lui poser quelques questions. Mais, avant qu'elle ait eu le loisir d'ouvrir la bouche, de petites clochettes se mirent à tinter. Mme Beeson colla son téléphone à son oreille.

— Oui ? Ah, bonjour, Doralee. Qu'est-ce qui se passe ?

(Elle écouta.) Non, ma chérie, j'ai bien peur que non. (Nouvelle pause.) Je sais bien que tu te fais du souci, ma chérie, mais Althea ne peut pas voir l'avenir des gens sur commande. C'est l'Oracle, pas une diseuse de bonne aventure. (Silence.) Je suis sincèrement désolée, Doralee, mais c'est hors de question. Et, je t'en prie, ne me demande plus ce genre de choses. (Elle raccrocha et poussa un profond soupir.) Les gens n'arrêtent pas de me demander ça. Ils sont si anxieux.

Saisissant sa chance, Nickie posa la question qui lui brûlait les lèvres depuis un moment.

– Madame Beeson, pensez-vous qu'une horrible catastrophe va se produire, comme dans la vision de l'Oracle ?

– Eh bien… Je ne voudrais surtout pas t'alarmer, répondit Mme Beeson. Mais je le crains. Il y a des tas de gens dans le monde qui nous veulent du mal. Les forces obscures sont puissantes. Mais notre pays est bien décidé à leur résister et nous, à Yonwood, nous le sommes encore davantage.

Elle marqua une pause, rangea le pot de beurre de cacahuète et le pain dans le placard et, du tranchant de la main, ramassa les miettes sur la table.

– Notre Oracle nous aide, dit-elle finalement.

– Je sais, approuva Nickie. Amanda m'a raconté.

– Et est-ce qu'elle t'a parlé de la hotline ? demanda Mme Beeson. C'est un message téléphonique préenregistré. Tous les jours, à n'importe quelle heure, les gens peuvent appeler pour connaître les dernières révélations de l'Oracle et apprendre comment les interpréter.

En cas d'urgence, je peux leur envoyer à tous un message instantané. J'ai tout programmé sur mon téléphone IFT.

Elle exhiba alors son petit téléphone sous les yeux ébahis de Nickie, qui n'avait jamais vu autant d'écrans, de boutons et de claviers rétractables sur un seul appareil.

— J'adore la technologie et les nouveaux gadgets, pas toi ? Je l'ai baptisé IFT parce qu'Il Fait Tout. Enfin, pas vraiment tout, mais pas loin. (Elle pressa une touche.) Regarde, tu attends une seconde et tu as la température extérieure. (Elle appuya sur un autre bouton.) Quoi ? Déjà presque onze heures ! Mais qu'est-ce qu'elle fabrique ? J'ai pas toute la journée, moi.

Nickie n'en avait pas terminé avec ses questions. Elle prit rapidement la parole.

— Vous savez quoi, madame Beeson ? J'aimerais vraiment faire quelque chose de bien pour l'humanité.

— Dans ce cas, ma chérie, tu es au bon endroit, répondit Mme Beeson en rangeant son téléphone dans sa poche, un sourire au coin des lèvres. Chacun ici fait de son mieux pour améliorer le monde. C'est une passion chez nous. Si tu savais combien de réunions publiques et de votes on a déjà organisés… Quand les temps sont durs, il est essentiel que les gens soient solidaires, que les communautés se ressoudent. Malheureusement, il y en a encore quelques-uns qui persistent à se comporter en égoïstes et ça c'est très ennuyeux. Un seul récalcitrant peut mettre tout l'édifice en danger, tout comme une seule fraise pourrie peut gâter tout le panier.

Les pas d'Amanda résonnèrent dans l'escalier. Mme Beeson se leva. Mais Nickie avait une dernière question à poser.

– Qu'est-ce que je peux faire ?

Mme Beeson remit sa veste, enfonça sa casquette rouge sur son crâne et passa sa queue-de-cheval dans l'ouverture arrière.

– Qu'est-ce que tu peux faire ? répéta Mme Beeson. Mmh, voyons… Par exemple, tu peux me prévenir si jamais tu remarques un problème quelque part.

– Quel genre de problème ? demanda Nickie.

– Me voilà, l'interrompit Amanda en apparaissant sur le seuil de la cuisine.

Elle portait de beaux vêtements et ses cheveux étaient soigneusement coiffés.

– Tu es superbe, ma chérie, la complimenta Mme Beeson. Je vais chercher ma voiture. Je passe te prendre devant la maison.

– Madame Beeson ! Vous ne m'avez pas dit quel problème, se plaignit instamment Nickie.

Mme Beeson s'immobilisa dans l'encadrement de la porte.

– Tu cherches les pécheurs, Nickie, dit-elle, l'air grave. C'est une des choses que l'Oracle dit le plus souvent : « plus de vice ». Il faut donc traquer les lieux de perdition, et les pécheurs qui les peuplent.

– Les pécheurs ? répéta Nickie. Comme des hors-la-loi ?

– Par exemple, mais pas seulement. Parfois, il n'est pas besoin de violer une loi pour faire le mal. Tu verras.

61

C'est quelque chose qu'on « sent », dit Mme Beeson en remontant la fermeture éclair de sa veste. Tiens, par exemple, est-ce que tu connais Hoyt McCoy ? Qui habite un peu plus loin sur Raven Road.

— Non, je ne connais personne ici.

— Bien sûr, suis-je bête. Enfin, lui, c'est un bon exemple. Il porte le mal en lui. Le diable incarné. Très puissant.

Elle fit quelques pas vers la porte et s'arrêta subitement.

— Au fait, tu crois bien en Dieu ? demanda-t-elle en tournant la tête.

— Bien sûr, répondit Nickie. Enfin, je pense.

La vérité était qu'elle n'y avait jamais réfléchi. Ses parents l'avaient élevée hors de toute référence à Dieu, aussi ne connaissait-elle pas grand-chose de la religion.

— Excellent, lança Mme Beeson avec un grand sourire. Nous devons croire en Dieu de toutes nos forces. C'est le plus important. Si tu t'en remets à lui, alors tout ira bien et, grâce à nos bonnes actions, nous construirons tous ensemble un rempart contre le mal. Un bouclier du bien.

Et elle s'en alla.

— N'est-ce pas incroyable ? demanda Amanda quand Mme Beeson fut partie. J'ai eu si peur quand elle s'est montrée à la porte. Je veux dire, c'est quelqu'un de très gentil, mais j'ai tout de suite pensé qu'elle allait m'envoyer dans une famille d'accueil. Jamais je n'aurais cru qu'une chose pareille pouvait arriver. C'est moi qui vais veiller sur l'Oracle. Waouh ! Comment je suis ?

– Parfaite, répondit Nickie. Mais… Et pour Otis ?

– Oh, mon Dieu, Otis ! Tu peux t'en occuper ? Avec lui j'ai peu de chances d'avoir la place. Tu veux bien lui donner à manger ? Et le sortir une ou deux fois par jour ? Juste pendant quelque temps ? Allez… S'il te plaît…

Bien entendu, Nickie accepta sans se faire prier.

Amanda était à peine partie avec Mme Beeson que Nickie attrapa un stylo et un morceau de papier sur lequel elle écrivit les choses suivantes : *Pécheurs. Lieux de perdition. Forces du mal. Immoralité. Bouclier du bien.* C'étaient des choses à ne pas oublier. Tout se passait idéalement. Elle allait pouvoir atteindre son objectif numéro trois en participant à la bataille contre les forces du mal et en contribuant à renforcer le bouclier du bien. Au simple énoncé de ces mots, elle se sentait déjà dans la peau d'un guerrier. Et, au fond, pourquoi ne ferait-elle pas comme les autres ? Pourquoi ne renoncerait-elle pas à quelque chose ? Ce faisant, elle aurait certainement plus d'amour à donner à Dieu car, il fallait bien l'admettre, pour l'heure, son amour était un peu faible. Elle ne connaissait quasiment rien au sujet de Dieu et ne s'était même jamais demandé si elle avait la foi ou non. C'était difficile de croire en une puissance à laquelle on n'avait jamais été confronté. Tirer un trait sur quelque chose l'aiderait sans aucun doute à raffermir sa dévotion. Oui, mais quoi ? Elle étudia un instant la question, sans réel succès, puis elle fila à la nursery, pour voir Otis.

Elle s'agenouilla devant le petit chien et le prit par

les pattes de devant afin qu'ils puissent se regarder les yeux dans les yeux.

– Otis ! Amanda a dû partir. C'est moi qui vais m'occuper de toi maintenant, d'accord ?

Otis la regarda attentivement. Ses yeux brillaient d'un éclat presque minéral. Il hocha la tête, comme s'il essayait d'intégrer ce qu'il venait d'entendre.

Pour autant, la tâche n'allait pas être simple. Il faudrait empêcher Crystal de monter au second. Qui plus est, elle devrait s'arranger pour nourrir le chien et le sortir sans que sa tante s'en aperçoive. Elle détestait le laisser seul dans la nursery sans rien d'autre à faire que mordiller ce qui lui tombait sous les crocs. Les chiens dépriment-ils quand on les laisse trop longtemps seuls ? Elle ne voulait pas qu'Otis déprime. Par chance, Crystal semblait avoir tant de choses à faire et tant de personnes à voir que Nickie serait probablement seule à Greenhaven au moins quatre heures par jour.

Elle attira Otis sur ses genoux et le prit dans ses bras. Il se tortilla pour échapper à l'étreinte – son petit corps au pelage blond était étonnamment fort –, après quoi, il esquissa une sorte de danse, les pattes avant battant l'air sur un rythme connu de lui seul. « Ouaf ! » Nickie comprit aussitôt le sens de ce ouaf. Ça voulait dire « jouer ».

Dans le placard, elle dénicha une petite chaussure marron qui, dans des temps anciens, avait dû appartenir à un enfant.

– Regarde ça, Otis ! cria-t-elle avant de lancer la chaussure à travers la pièce.

Otis bondit après l'objet. Il planta ses crocs dans la chaussure et retourna près d'elle à toute allure. Il secoua la tête, pour s'assurer que sa proie était bien morte, puis la laissa tomber sur le sol et attendit, ses yeux bruns brillants d'espoir levés vers Nickie.

Ils jouèrent ainsi un bon moment à ramène-la-chaussure. En fait, jusqu'à ce qu'Otis soit distrait par une araignée sur le sol. Nickie descendit à la cuisine pour se faire une autre tasse de chocolat. Quand elle revint, elle trouva Otis accroupi, les yeux perdus dans le vague, et la queue tendue. Elle n'eut que le temps d'attraper un vieux magazine et de le poser sous son derrière pour éviter qu'il ne salisse le tapis.

« Sors-le deux fois par jour », avait dit Amanda. Elle avait oublié. Dans le placard, elle trouva une laisse pendue à un clou. Elle l'attacha au collier d'Otis et le conduisit au bas des escaliers avant de le faire sortir par la cuisine.

Tandis que le chien trottait dans les fourrés, elle jeta un regard autour d'elle. Dans cette partie du jardin, il y avait une corde à linge et une terrasse en béton ceinte par un petit muret. La tourelle arrière de la maison était percée d'une porte donnant sans doute accès à la cave. Elle tenta de l'ouvrir, mais elle était fermée.

Quand Otis en eut terminé avec ses besoins, ils remontèrent à la nursery. Nickie se demanda si Amanda avait son entretien avec l'Oracle en ce moment même. Elle était très curieuse à propos de l'Oracle. Elle brûlait de la rencontrer.

Presque midi. Crystal n'allait pas tarder à rentrer.

Nickie se décida donc à inspecter la pièce voisine, celle qui servait de débarras et où s'empilaient les coffres et les boîtes. Elle mit de côté une pile de vieux magazines et ouvrit une imposante vieille malle dans laquelle elle découvrit un incroyable méli-mélo de papiers. Elle en prit une brassée et retourna à la nursery pour les inspecter.

Personne n'avait pris la peine de mettre de l'ordre dans ces papiers, pas même de les ranger de manière à ce qu'ils ne soient pas pliés ou froissés. Il y avait beaucoup de vieilles cartes de Noël, des polaroïds passés représentant des bébés joufflus, des dizaines de factures, de courriers administratifs et de documents scolaires. Au fond du tas, elle découvrit une enveloppe si ancienne que ses bords avaient été rognés par le temps. À l'intérieur se trouvait une photo contrecollée sur un carton. Elle y jeta un rapide coup d'œil et nota aussitôt quelque chose de bizarre, bien qu'elle fût incapable de dire quoi. La voiture de Crystal, qui venait de s'arrêter devant la maison, l'incita à repousser à plus tard un examen plus approfondi. Nickie remit la photo dans son enveloppe, prit le tas de papiers dans ses bras, et alla le déposer dans le placard à jouets, à l'abri d'Otis.

— Maintenant, tu dors, ordonna-t-elle au chien avant de quitter la pièce.

Elle referma derrière elle et bourra le bas de la porte avec des tapis avant de se précipiter au rez-de-chaussée.

Elle débeula au pied de l'escalier au moment où Crystal franchissait la porte. Celle-ci retira aussitôt son manteau et l'accrocha dans l'entrée.

– J'ai vu l'agent immobilier, Len Caldwell. Il m'a fait une très bonne impression. Grand avec une impayable petite moustache. (Elle se tourna vers Nickie et lui lança un franc sourire.) Et ici ? Que s'est-il passé en mon absence ?

Nickie ouvrit la bouche et se ravisa aussitôt.

– Oh, rien. Je me suis juste baladée un peu partout. C'est génial d'avoir une grande maison, avec de l'espace où s'étaler, tu ne trouves pas ?

– On voit bien que ce n'est pas toi qui fais le ménage.

Nickie était sur le point de mentionner le magnifique escalier et la vue sur les montagnes depuis les fenêtres du fond quand le téléphone sonna.

– Allô, dit Crystal en saisissant le combiné. Rachel ! Comment vas-tu ?

C'était la mère de Nickie.

– Mmh mmh, bougonna Crystal. Mmh, je sais, c'est dur.

– Je veux lui parler ! murmura Nickie en roulant de grands yeux et en articulant à outrance.

– Vraiment ? reprit Crystal. Et qu'est-ce qu'il disait ?

– Qui disait quoi ? demanda Nickie.

– Ah ? ! ? Bizarre ! Tiens, je te passe Nickie, elle veut te parler.

– M'man ! Tout va bien ?

– Oui, oui, ça va, répondit sa mère d'une voix fatiguée. J'ai reçu une carte de ton père.

– Que dit-il ?

– Pas grand-chose. J'espère qu'il va bien. J'aimerais tant savoir où il est.

– Lis-moi la carte, ordonna Nickie. Non, attends une seconde, je prends un stylo, je veux la recopier.

Sa mère lui lut la carte et Nickie nota ce qu'elle disait. Après quoi, elles parlèrent un moment du travail de sa mère, des alertes à la bombe en ville et du froid qu'il faisait. Nickie lui expliqua à quel point elle adorait la maison de Yonwood et comme il serait regrettable de la vendre. À l'instant de se dire au revoir, Nickie aurait sans doute été triste, si elle n'avait eu les mots de son père auxquels se raccrocher.

Chères Rachel et Nickie,
Ici, tout va bien. Le travail avance. J'aimerais pouvoir vous dire où je suis, mais c'est strictement interdit.
Je vous aime,

Papa
P.-S. Trois mésanges sont venues à la mangeoire aujourd'hui!

Sa mère avait raison. Il ne disait pas grand-chose. Ces quelques mots lui apprenaient toutefois quelque chose sur son père : elle ignorait qu'il nourrissait une passion pour les oiseaux.

7
Le raccourci pour la maison

Ce jour-là, à l'école, Grover eut beaucoup de mal à se concentrer. Les salles de classe bruissaient, tout le monde y allant de son commentaire à propos de la présence supposée de terroristes dans les bois, de la lettre de sang sur le chiffon et de l'interprétation qu'en avait faite Mme Beeson. Même la maîtresse était nerveuse, remarqua Grover. Elle n'arrêtait pas de regarder par la fenêtre et, par deux fois, elle s'était emmêlé les pinceaux dans les problèmes qu'elle était pourtant censée expliquer.

Après la classe, une foule encore plus dense qu'au matin se pressa autour du héros du jour pour lui demander de raconter ce qu'il avait vu. Il aurait aimé pouvoir leur dire que l'Oracle en personne s'était déplacée pour examiner le torchon ensanglanté, mais tel n'était pas le cas. De fait, l'Oracle concentrait toutes les interrogations. Malheureusement, personne ne l'avait plus revue depuis qu'elle avait eu sa vision – enfin, mis à part le docteur, Mme Beeson et son petit groupe de dévots. Grover se souvenait d'Althea Tower, quand elle tenait encore sa librairie. Mais elle n'était pas intéressante à l'époque. Juste une femme ordinaire avec une improbable mise en plis, des lunettes sans cerclage et les doigts toujours pleins de poussière à force de manipuler de vieux livres. Chaque fois qu'il avait poussé la porte de son magasin, elle l'avait accueilli avec un grand sourire. Pour autant, ils n'avaient jamais eu de véritable discussion. Dans son souvenir, elle était pâle, toute fine et parlait d'une voix douce et posée.

Mais c'est maintenant qu'il eût aimé la voir, pour se rendre compte par lui-même si elle avait les yeux blancs, les cheveux hérissés sur le crâne, le visage momifié dans une expression de terreur ou, au contraire, figé dans une perpétuelle béatitude. En un mot, il aurait vraiment voulu voir de ses propres yeux à quoi ressemblait la personne à qui Dieu avait envoyé un message, sous la forme d'une vision. Si tant est que Dieu fût derrière tout ça – Grover n'en savait rien et, pour faire court, il s'en fichait, du moment que les conséquences ne l'affectaient pas personnellement.

Au bout du compte, il passa tellement de temps à parler aux copains dans la cour de l'école qu'il se mit sérieusement en retard. En effet, il était convenu qu'il soit de retour à la maison à trois heures et demie pour aider sa grand-mère à s'occuper des petits. S'il arrivait plus tard, c'est-à-dire quand sa mère était déjà rentrée, elle le dirait à son père qui lui passerait sans nul doute un sacré savon. Aussi décida-t-il de faire quelque chose qu'il ne faisait que rarement car ce n'était pas sans risque : prendre le raccourci.

Le raccourci passait par le jardin de Hoyt McCoy, si l'on pouvait appeler jardin l'immense étendue de broussailles au milieu de laquelle était plantée la maison de Hoyt McCoy. Celui-ci possédait deux ou trois fois plus de terrain que la plupart de ses voisins. Au fond, quelques lames de bois qui composaient la clôture étaient tombées sur le côté, faisant un trou assez large pour permettre le passage d'un enfant. Ses livres de classe serrés contre sa poitrine, Grover passait tout juste.

Couper par le jardin de Hoyt faisait gagner cinq bonnes minutes sur le trajet jusqu'à la maison. Grover, qui l'avait déjà expérimenté plusieurs fois, était bien placé pour le savoir. Le risque, c'était qu'on ne pouvait pas tout le temps rester à couvert. À un moment, il fallait bien passer devant la maison et on avait une chance d'être vu des fenêtres. Mais les broussailles étaient si épaisses et les fenêtres si poussiéreuses et si sales que Grover avait évalué – jusqu'ici à juste titre – que les chances de se faire pincer étaient proches de zéro.

Pourtant, cette fois, la réalité allait lui prouver qu'il avait tort. En effet, alors qu'il avançait prudemment dans le jardin, restant le plus près possible de la clôture et faisant très attention à ne pas faire craquer trop de branches mortes sous ses pieds, une fenêtre à l'étage s'ouvrit brutalement et la profonde voix de Hoyt McCoy résonna dans le jardin.

– Halte-là ! Je vous ai en ligne de mire ! Vous êtes prié de quitter les lieux sur-le-champ !

Grover tressaillit si fort qu'il en laissa tomber ses livres. Puis il s'immobilisa, espérant secrètement se fondre dans les broussailles, les yeux rivés sur la fenêtre ouverte. Hoyt était-il sérieux ? Avait-il vraiment un fusil pointé sur lui ? Serait-il capable d'ouvrir le feu ? Grover l'ignorait. Aussi demeura-t-il immobile jusqu'à ce que la fenêtre se ferme enfin. Après quoi, il attendit encore quelques instants, se baissa pour ramasser ses livres, et se remit en route, restant dans l'ombre, posant chaque pied avec une extrême prudence, jusqu'à ce qu'il atteigne l'allée de gravier menant à la rue. Et il détala à toutes jambes.

Hoyt McCoy était une des bizarreries de Yonwood. Il y avait emménagé voilà une dizaine d'années, en provenance d'une quelconque ville universitaire dont on ne savait guère davantage. L'année qui avait suivi l'achat de la maison, des ouvriers d'ailleurs étaient venus tous les jours, assommant le voisinage par d'incessants bruits de perceuse, de scie et de marteau. Les gens avaient pensé un temps que la famille de Hoyt allait venir s'installer avec lui, mais non, celui-ci vivait seul. Il lui arrivait de quitter sa maison pendant des semaines entières, auquel cas il fermait sa grille avec un cadenas. Quand il était chez lui, il ne recevait presque jamais personne, bien que Grover ait aperçu, à de rares occasions, une berline vert foncé se garer dans son allée, de laquelle étaient sortis deux hommes en costume. Probablement des agents du fisc, avait supposé Grover, tant il semblait peu vraisemblable que Hoyt McCoy possédât des amis. L'homme était grand et émacié, ses joues creuses accentuant encore les cernes bleutés autour de ses yeux. Il marchait les épaules voûtées en regardant ses pieds, comme si, prêt à bondir, il cherchait constamment quelque chose à écraser sous sa semelle. Il faut dire qu'à sa manière, certes singulière, il était particulièrement retors. Il était contre tout, tout le temps. Les jours où il se montrait au marché, à la poste ou au drugstore, Grover l'avait vu invectiver des enfants trop bruyants, lever le poing contre des voitures qui, selon lui, l'avaient frôlé de trop près et s'emporter contre des employés pour leur manque de courtoisie. Il s'élevait également contre tout ce que Mme Beeson pouvait dire à propos de l'Oracle et de sa vision.

— Un message du Ciel, se moquait-il avec un air pincé. Inepties ! Ça n'a pas de sens. Le spécialiste du ciel, c'est moi, pas elle. Si vous voulez apprendre quelque chose sur la matière céleste, adressez-vous à moi !

Pourtant, de ce que Grover en savait, jamais personne ne lui avait posé la moindre question, ce qui s'expliquait sans doute par le fait qu'on ne lui adressait pas la parole si l'on pouvait l'éviter.

En arrivant à la maison, Grover trouva sa grand-mère assise à sa place habituelle, dans le fauteuil près du poêle, un bébé sur les genoux. Partout autour d'elle, des marmots de tous âges babillaient, crapahutaient, pleuraient et braillaient. La télé était allumée. Le présentateur du journal annonçait que le Président avait lancé un ultimatum aux Nations de la Phalange, leur laissant une semaine, pas un jour de plus, pour retirer leurs missiles. Dans le cas contraire, les États-Unis n'auraient d'autre choix que…

D'une pression sur la télécommande, sa grand-mère coupa le sifflet au présentateur.

— J'ai entendu dire qu'il y avait encore eu des problèmes, en ville.

— Et j'étais aux premières loges, mémé Carrie, répondit Grover en posant ses livres sur une petite table. C'est moi qui suis arrivé le premier sur les lieux, et c'est moi qui ai prévenu Andy.

— Ça ne m'étonne pas de toi, mon petit, répondit sa grand-mère. T'es toujours là où il faut quand il faut.

Un des petits frères de Grover frappa sa sœur avec une peluche. La fillette fondit en larmes. Le bébé que sa grand-mère tenait sur ses genoux se mit à hurler lui aussi.

C'était toujours comme ça chez Grover. Il avait six frères et sœurs, tous plus jeunes, qui faisaient régner un vacarme incessant dans la maison. Son père travaillait à son compte, il faisait toutes sortes de réparations chez les gens. Sa mère travaillait au magasin de confection. Par conséquent, c'était sa grand-mère qui s'occupait le plus souvent des petits. Et Grover devait l'aider quand il rentrait de l'école. Résultat ? Il était toujours en retard. En retard pour les devoirs, et en retard pour ces autres choses qui, à ses yeux, comptaient davantage que les devoirs.

— Regarde, lança mémé Carrie en se penchant pour attraper une pile de magazines posés par terre. J'en ai trouvé des bien. Y en a un où tu peux gagner dix mille dollars et un autre où tu peux gagner une voiture, mais tu peux l'échanger contre de l'argent.

– Super ! s'exclama Grover en attrapant le premier magazine et en l'ouvrant à la page que sa grand-mère avait marquée.

La fabuleuse loterie Dorfberry ! disaient les grosses lettres rouges qui s'étalaient en travers de la page. *Des centaines de prix à gagner ! Un gros lot de dix mille dollars !* Il parcourut les petits caractères. Tout ce qu'il fallait faire, c'était découper cinq coupons présents sur les boîtes de biscuits Dorfberry et remplir un bulletin de participation. Facile. Sa famille consommait des tonnes de muffins et de cookies. En moins d'une semaine, il aurait ses cinq coupons.

– Pour celui-là, poursuivit mémé Carrie en ouvrant un autre magazine, il faut que tu écrives un petit texte. « Pourquoi acheter les cornichons Armstrong ? À vous de nous le dire ! En moins de cent mots. »

Le gros lot consistait en un chèque de cinq cents dollars, ce qui suffirait amplement.

– C'est génial, dit Grover en éloignant le magazine des petites mains avides de son plus jeune frère. Merci, mémé. Je vais sûrement gagner un max avec tout ça. J'aurai même de l'argent de reste. Je t'achèterai une Cadillac.

– Poh poh poh ! Tu ferais mieux de m'acheter de nouvelles pantoufles, répondit mémé Carrie en levant ses pieds, chaussés de deux chaussons jaunes ornés de canards. Regarde, celles-ci ont fait leur temps.

Effectivement, leurs bords s'effilochaient.

– Ça marche, répondit Grover, tout disposé à acheter à sa grand-mère tout ce qu'elle voulait.

À cinq heures et demie, sa mère poussa la porte de la maison, les bras encombrés de sacs de victuailles. Elle avait l'air épuisée.

– Y a un rôdeur dans les bois, dit-elle en posant les sacs par terre et en enlevant son manteau.

– Je sais, répondit Grover.

– Ne t'avise pas d'aller traîner là-haut, embraya aussitôt sa mère en rangeant les courses. Pour une fois, tu me feras le plaisir de rester dans les parages.

Un peu plus tard, ce fut au tour du père de rentrer. Comme souvent, il passa par la porte de derrière, afin de déposer sa boîte à outils sous le porche.

– Y a eu un cambriolage, dit-il à peine entré.

– On sait, répondit tout le monde.

– Gurney et ses hommes feraient bien de monter là-haut avec leurs armes et de faire sortir le gars, déclara le père de Grover.

– Arrête de parler d'armes, répliqua la mère. Ça me fait peur.

– On n'attrape pas les mouches avec du vinaigre, répondit simplement le père en haussant les épaules.

– Le bouclier du bien est une meilleure protection, dit la mère.

– Parfait, rétorqua le père. Tu t'occupes du bouclier et moi je m'occupe de charger les fusils.

– Ça pourrait bien n'être qu'un pauvre vagabond, fit valoir la grand-mère.

— C'est bien là le problème, poursuivit le père. On ne sait rien de ce gars. Si ça se trouve, c'est effectivement un vagabond. Mais il peut également s'agir d'un terroriste qui prépare un attentat. Et dans le doute…

Grover remarqua une tache de graisse sur le cou de son père. Il avait sûrement fait de la plomberie aujourd'hui. De fait, il pouvait pratiquement tout faire, plomberie, charpente, électricité. Il avait toujours beaucoup de travail. Généralement, il rentrait à la maison fatigué et de mauvais poil.

— Bon, je descends au cabanon, annonça Grover.

Le dîner ne serait pas servi avant une bonne demi-heure, ce serait toujours ça de pris.

— Écoute-moi bien, lança son père. Je ne sais pas trop ce que tu trafiques dans cette foutue baraque, mais je trouve que tu y passes un peu trop de temps. Et tes devoirs ? Tu ne vas pas me dire que tu n'as rien à faire pour l'école ?

— Non, mais je les ferai plus tard.

— C'est quoi le plus important selon toi ? Préparer ton avenir ou perdre ton temps en enfantillages ? demanda le père de Grover en posant un pied sur une chaise pour délacer sa chaussure. Si tu veux faire quelque chose de ta vie, mon petit, t'as intérêt à t'y mettre. Et vite !

— Justement, je vais faire quelque chose d'utile, répondit Grover.

— De cette façon ? Ça m'étonnerait, dit son père en délaçant l'autre chaussure et en la laissant tomber sur le sol. Tu n'en prends pas le chemin, mon garçon. (Et le voilà reparti dans le sermon qu'il lui avait déjà servi un millier de fois.) Pense *pratique*. Le monde va droit au désastre. Ça, je crois qu'on peut le dire sans peur de se tromper, mais après, car il y aura un après, il faudra bien reconstruire, assurer la survie de la race humaine. Alors on aura besoin de quantité de bâtisseurs, d'architectes, d'ingénieurs. Et si tu te concentrais un peu plus sur tes études, tu pourrais être l'un d'eux.

Mais Grover avait d'autres idées en tête. Il attrapa ses livres et monta dans sa chambre, où il se laissa tomber sur le lit. Qu'à cela ne tienne, au lieu de descendre au cabanon, il allait apporter la touche finale à son bulletin d'inscription, celui qui allait changer sa vie, et qui était glissé dans le petit carnet bleu qu'il emportait partout avec lui.

Au fait, où était donc passé ce carnet ? Il avait son livre d'anglais, son livre de maths, son livre d'histoire, mais pas son carnet bleu. L'aurait-il oublié à l'école ? Impossible. Il était peut-être… Une affreuse pensée lui glaça le sang. Et, soudain, il sut.

Son carnet bleu gisait dans les broussailles derrière l'horrible maison de Hoyt McCoy.

8
Une fissure dans le ciel

Il fallait qu'il y aille ce soir, à la faveur de la nuit, sans quoi Hoyt le verrait et il ressortirait son fusil. Cette seule pensée lui nouait l'estomac et il eut du mal à avaler son dîner. Après le repas, quand les petits furent couchés, ses parents s'installèrent dans le salon pour regarder la télé. Un porte-parole du gouvernement commentait l'ultimatum que le Président avait lancé aux Nations de la Phalange pour accéder aux demandes des États-Unis sous peine de graves conséquences. Néanmoins, personne ne devait paniquer puisque des mesures d'urgence étaient prévues et que…

— Je sors un moment, annonça Grover.

— Entendu, répondit sa mère sans même détourner les yeux de l'écran. Pas plus tard que neuf heures et demie.

Grover sortit par la porte de derrière, dans le jardin, comme s'il allait à son cabanon, mais, au lieu de s'y rendre, il fit discrètement le tour de la maison et descendit la rue. Encore une chance qu'il ne pleuve pas, se dit-il. En effet, la pluie aurait transformé son précieux carnet bleu en bouillasse. Une chance également que l'éclat de la lune fût réduit à une fine échancrure scintillante au creux de la nuit. Ça l'aiderait à échapper aux yeux perçants de Hoyt.

Grover descendit rapidement la butte, pressé d'en finir avec cette sale affaire. S'il n'avait pas déjà rempli la quasi-intégralité du questionnaire, il aurait aussi bien pu le laisser là et s'en faire envoyer un autre. Mais il s'était appliqué des heures durant pour tout faire bien. En plus, on n'était qu'à une semaine de la date limite, il n'avait plus le temps d'en recevoir un autre. Non, s'il voulait l'envoyer à temps, il fallait qu'il retrouve celui qu'il avait perdu.

Il passa devant la dernière maison de la rue et prit à gauche sur Raven Road. Il faisait plus sombre par ici car il y avait moins de maisons et, par voie de conséquence, moins de lumière qui filtrait par les fenêtres. Cinq minutes plus tard, il atteignit l'allée menant à la maison de Hoyt et s'y engagea. Ses chaussures faisaient crisser le gravier. Dans le silence de la nuit, ce bruit semblait effroyablement fort. Il essaya de marcher au bord de l'allée, là où le gravier rencontrait la terre, mais ses pieds n'arrêtaient pas de se prendre dans les buissons qui la bordaient.

Il bifurqua vers la gauche et se rapprocha de l'arrière de la maison, rampant lentement, le plus près possible de la clôture. La masse noire de la bâtisse le dominait de toute sa hauteur. Seule une fenêtre du dernier étage était allumée. Avançant parmi les ronciers et les broussailles qui s'accrochaient à ses manches, Grover arriva bientôt à proximité du buisson où, cet après-midi, il s'était figé en entendant la voix de Hoyt. Il était sûr et certain que c'était là. Son carnet devait encore y être, à condition que Hoyt ne l'ait pas déniché et jeté à la poubelle ou qu'un animal ne s'en soit emparé pour faire son nid. Là où il était, il se trouvait sous la menace directe de la fenêtre qui brillait obstinément au dernier étage et éclairait les arêtes de la maison d'un halo jaunâtre. Il était totalement à découvert.

Grover tâta le sol. Mais où était ce foutu carnet ? À l'ombre des buissons, l'obscurité était si épaisse que c'était tout juste s'il voyait ses mains. Il ratissa soigneusement le sol : galets, mottes de terre froide, ronces, feuilles mortes, mais aucune trace du carnet. Il étouffa un grognement de dépit. Il fallait qu'il le trouve, sinon il ne pourrait pas y aller, quand bien même il aurait l'argent. Et il fallait qu'il y aille, tout son avenir en dépendait. Il était furieux contre lui-même. Comment avait-il pu le perdre ?

Et… Et ses doigts effleurèrent quelque chose de lisse. Il avança la main et reconnut la spirale. Son carnet ! Il l'attrapa et se releva. Prudemment, il feuilleta les pages, cherchant la feuille volante. Elle était bien là, coincée au milieu, là où il l'avait laissée. Parfait. Maintenant, ficher le camp.

Il tourna les talons et avança vers l'allée, s'appuyant sur les troncs d'arbres et contournant les arbustes, puis il rampa sous la voiture noire de Hoyt, garée à l'angle de la maison. Il longea ensuite le mur, jusqu'à l'endroit où il n'avait plus d'autre choix que de se lancer à découvert. Là, il s'immobilisa et leva les yeux. La maison était toujours plongée dans le noir, à l'exception de la fenêtre du dernier étage. Pourtant, alors qu'il la regardait, celle-ci s'éteignit. Surpris, Grover se plaqua contre le mur. Hoyt avait peut-être décidé d'aller se coucher – ou cela voulait dire qu'il avait entendu un bruit et qu'il s'apprêtait à regarder par la fenêtre. Dans le doute, Grover attendit, tous les sens en alerte. Et une chose étrange se produisit.

Au début, il pensa que son imagination lui jouait des tours, tant c'était ténu. Une lueur semblait palpiter derrière les volets et les rideaux du rez-de-chaussée. Une lumière laiteuse, tirant sur le bleu, comme l'éclat de la lune. Un faible halo filtra très doucement par les fenêtres, à travers les interstices des huisseries, par les fentes des volets, jusqu'à ce que toutes les ouvertures du rez-de-chaussée scintillent d'une intense lumière bleutée. De quoi s'agissait-il ? Hoyt avait-il vingt postes de télévision qui s'allumaient en même temps ? Se livrait-il à d'étranges expériences ? Quoi que ce fût, Grover se sentit pris d'un frisson glacé.

Il demeura immobile un moment, sur le qui-vive. Puis, comme si ses oreilles s'étaient soudainement remplies de coton, un lourd silence sembla s'abattre sur le monde et une étroite fissure étincelante apparut dans le ciel au-dessus de la maison de Hoyt, crevant la nuit. Une fraction de seconde plus tard, ça avait disparu – et les sons étaient revenus : le bruissement du feuillage, le hululement d'un oiseau au loin… Pourtant il l'avait bien vue. Aucun doute là-dessus. Ça ressemblait à une longue fissure, comme si les deux moitiés du ciel s'étaient ouvertes un court instant, juste assez pour laisser entrevoir une lumière qui se serait trouvée de l'autre côté. La chose la plus étrange qui lui fut jamais donné de voir.

Mais rien d'autre ne se produisit. La lumière bleue continua de briller derrière les fenêtres, la maison était silencieuse, le ciel resta noir. Quelques minutes plus tard, serrant son carnet contre lui, Grover quitta son abri. Il avança dans l'allée avec la silencieuse lenteur d'un chat en chasse, jusqu'à ce qu'il se trouve assez loin de la maison. Puis il détala à toutes jambes vers Raven Road, où il bifurqua avant de monter chez lui d'un pas serein.

9
Chez l'Oracle

Crystal passa la matinée du samedi à courir dans tous les sens, s'assurant que tout allait selon ses instructions et notant de nouvelles tâches sur son bloc-notes. Les plombiers ne tardèrent pas à arriver – on les entendit cogner dans la cuisine et dans les salles de bains –, bientôt suivis par les peintres – qui se mirent aussitôt à poncer les fenêtres et à étendre des bâches sur le sol. Crystal virevoltait d'une pièce à une autre, donnant des ordres à tout va.

Régulièrement, des gens s'arrêtaient pour présenter leurs condoléances et dire à quel point ils regrettaient le professeur Green. Certains restaient plus longtemps que d'autres, à discuter de tout et de rien. Nickie remarqua qu'ils étaient curieux à propos de Crystal, et même un peu soupçonneux. Ils lui posaient toutes sortes de questions indiscrètes – « Vous êtes mariée, très chère ? », « Allez-vous venir vous installer à Yonwood ? », « De quelle église êtes-vous ? », « Vous avez rencontré Mme Beeson ou pas encore ? » –, jusqu'à ce que Crystal leur dise qu'elle était désolée, qu'elle aurait tant voulu poursuivre cette discussion mais que, malheureusement, elle avait mille choses à faire.

— Je pars faire la tournée des antiquaires, dit-elle à Nickie quand elle se fut enfin débarrassée des derniers fâcheux. Je vais essayer de vendre ces sinistres meubles. Après ça, j'ai rendez-vous avec l'agent immobilier. On se revoit dans l'après-midi.

Dès que Crystal fut partie, Nickie passa devant les peintres en courant et fila dans les escaliers. Elle ouvrit la porte de l'entrée, puis celle de la nursery. Otis l'attendait derrière la porte, ses grands yeux ronds levés vers elle, oscillant de l'arrière-train, sa petite queue en forme de virgule pointée vers le plafond. Elle le sortit sans attendre. Quand il eut terminé, elle le ramena à l'intérieur et fit un arrêt à la cuisine pour se préparer une tasse de chocolat chaud. C'est alors que le téléphone sonna.

Ici, il était rare qu'elle décroche puisque ce n'était jamais pour elle. Le répondeur se chargeait d'enregistrer l'éventuel message si Crystal n'était pas là. Le plus souvent, la voix sur le répondeur évoquait les travaux à faire à la maison. Pourtant, cette fois, la voix était celle d'Amanda.

— Allô ? Euh… Bonjour… C'est Amanda Stokes… Je voulais… Euh…

Nickie arracha pratiquement le combiné.

— Amanda ? C'est moi, dit-elle.

— Ah ! Tant mieux, répondit Amanda. J'savais pas trop quoi dire, au cas où ç'aurait été ta tante qui ait le message.

– T'as eu la place ? Chez l'Oracle ?

– Oui ! Ça y est. Quelle chance ! Mais j'appelle parce que j'ai besoin de mes affaires. Pourrais-tu me les apporter ?

– Bien sûr, acquiesça Nickie. De quoi as-tu besoin ?

– De tout ce qui est dans ma valise, sous le lit. Sauf les livres. Ceux-là, j'y ai renoncé. Tu peux les garder si tu veux.

– Entendu. Je viens tout de suite. C'est quoi l'adresse ?

– 248 Grackle Street, répondit Amanda.

Puis elle lui expliqua comment s'y rendre et la remercia chaudement. Nickie raccrocha et esquissa une petite danse de joie dans l'entrée. Elle allait voir la maison où vivait l'Oracle ! Elle allait la rencontrer en personne !

Elle ramena Otis à l'étage et sortit la valise d'Amanda de sous le lit. Elle l'ouvrit et la fouilla rapidement pour trouver les livres (et aussi parce qu'elle était curieuse). Culottes, chaussettes, chemise de nuit en pilou rayé, quelques T-shirts, plusieurs pantalons. Plus un petit chat en peluche, si vieux qu'il était presque entièrement pelé, ainsi qu'une carte postale écornée représentant une plage. Nickie ne put résister à la tentation de la lire. D'une grosse écriture arrondie, elle disait :

Mon poussin,

Quel endroit merveilleux ! Des plages magnifiques ! À très bientôt,

Maman.

La date sur la carte remontait à douze ans. Nickie se demanda si c'était tout ce qu'Amanda possédait de sa mère.

Elle trouva les livres tout au fond de la valise. Il y en avait quatre, tous des éditions de poche. Elle en prit un au hasard. Sur la couverture, une femme avec une luxuriante chevelure brune tombant en cascade sur ses épaules, lovée dans les bras d'un homme qui la regardait amoureusement. Ça s'appelait *Le Paradis entre ses bras*. Un deuxième avait pour titre *Cœur en flammes*, l'illustration de couverture montrait un couple sur une falaise battue par les vents sur fond de coucher de soleil. Les autres étaient du même tonneau. Ça avait l'air intéressant. Elle ne manquerait pas de les lire. Ça pourrait s'avérer utile pour l'objectif numéro deux.

Elle remit tout en place et descendit. Dans l'entrée, elle enjamba les outils du menuisier occupé à réparer la porte et se mit en route pour la maison de l'Oracle.

Dehors, il faisait un temps de chien. De puissantes rafales d'un vent glacial balayaient les rues, faisant courir les feuilles mortes sur les trottoirs, et de lourds nuages noirs filaient dans le ciel. Nickie s'engagea dans la Grand-Rue. Une certaine agitation régnait en ville. Les gens se tenaient par petits groupes, discutant passionnément. En passant devant le drugstore, Nickie remarqua un groupe aggluté devant un poste de télé, à l'intérieur du magasin. Ils écoutaient les infos. Même chose au vidéo-club et au Bon Coin. Le Président devait certainement faire une allocution – son visage solennel et ses cheveux blancs s'étalaient sur tous les écrans –, mais elle ne voulait pas s'arrêter pour l'écouter maintenant. Elle voulait aller chez l'Oracle. Elle aurait bien le temps plus tard d'apprendre ce qu'il vait dit.

Elle dépassa quatre pâtés de maisons sur Grackle Street avant d'arriver devant le numéro 248. C'était une jolie bâtisse blanche, avec un porche, que rien ne différenciait des autres maisons de la rue sinon des bouquets de fleurs fanées, des angelots, des images saintes et quelques mots manuscrits accrochés à la barrière. L'un d'eux disait : *Althea, notre Prophète !*, un autre : *Croyons !* Une mangeoire à oiseaux pendait sous le porche, mais elle était vide. Tous les volets étaient fermés.

Nickie appuya sur la sonnette. Quelques instants plus tard, Amanda ouvrit la porte.

— Oh, 'jour, dit-elle en tendant la main vers sa valise. Merci de m'avoir apporté ça.

— De rien, répondit Nickie.

— Bon, ben… à plus tard, dit Amanda en faisant un pas en arrière et en refermant la porte.

— Mais… je ne peux pas entrer ? demanda Nickie en se penchant pour regarder à l'intérieur, où elle crut entendre des voix. Je ne peux pas voir l'Oracle ?

— Grands dieux, non ! répondit Amanda, presque inquiète qu'on puisse lui poser pareille question. Les règles sont très strictes.

— Même si je reste à la porte et que je dis juste tout doucement « bonjour » ?

— Oui, même. Je ne peux absolument pas te le permettre. J'aurais des ennuis.

— Qui a le droit de lui rendre visite ?

— Rien que Mme Beeson et son comité. Tu sais… le révérend Loomis, le maire, le chef de la police et quelques autres. Il y a quelqu'un de chez eux quasiment en permanence, qui veille sur elle, au cas où elle dirait quelque chose d'important.

Amanda marqua une pause et jeta un coup d'œil par-dessus son épaule avant d'ajouter, sur le ton de la confidence :

– Ils sont là en ce moment même.

– Là, maintenant ?

– Mmh mmh. Ils parlent des trucs qu'elle leur a dits.

– Parce qu'elle leur parle ?

– Enfin… elle marmonne. Eux l'écoutent attentivement, se penchent à son chevet, puis ils chuchotent entre eux pour voir ce qu'ils ont compris. Ensuite, ils sortent sur la pointe des pieds et, parfois, comme maintenant, ils se réunissent dans le salon pour discuter de l'interprétation.

Elle n'avait pas terminé sa phrase qu'une voiture s'était arrêtée au bord du trottoir.

– Oh oh ! Voilà Mme Beeson, dit Amanda. Je vais devoir te laisser.

Mme Beeson descendit de voiture et se précipita à la porte.

– Pardon, pardon, dit-elle en les bousculant sur son passage. Affaire urgente !

– Il faut que j'y aille, reprit Amanda quand Mme Beeson eut disparu à l'intérieur. Au fait, comment va Otis ?

– Bien, bien, répondit Nickie.

– Dès que j'aurai le courage, je demanderai à Mme Beeson si je peux l'amener.

Nickie sentit son cœur se serrer. Elle avait déjà oublié qu'Otis ne lui appartenait pas.

– Mais je ne crois pas qu'elle acceptera, poursuivit Amanda. Tu penses que tu peux encore… ?

– Oh oui, bien sûr, répondit aussitôt Nickie, soulagée. Je prendrai bien soin de lui, ne t'en fais pas, ça ne me dérange pas du tout.

Finalement, c'est le cœur léger qu'elle tourna les talons et prit congé.

De lourds nuages cachèrent le soleil, obscurcissant le ciel. Elle hâta le pas pour se réchauffer. En passant devant le square de la Grand-Rue, elle repensa à l'allocution du Président : qu'avait-il bien pu dire ?

Elle prit la direction du Bon Coin avec l'idée d'y entrer et de demander à quelqu'un de lui résumer ses propos.

En chemin, elle perçut un étrange bourdonnement, comme un lointain essaim d'abeilles. Au même moment, partout autour d'elle, les gens s'arrêtèrent et sortirent leurs téléphones portables de leurs poches ou de leurs sacs.

Qu'est-ce que ça voulait dire ? Sûrement un message de Mme Beeson, peut-être en rapport avec l'« affaire urgente » qu'elle avait évoquée en entrant chez l'Oracle. Il fallait qu'elle sache. Mais à qui demander ?

Elle avisa un jeune rouquin portant d'épaisses lunettes qui sortait du café. Son téléphone portable collé à l'oreille, il tenait un beignet de sa main libre. Il avait l'air d'avoir à peu près son âge, peut-être un peu plus. Elle allait lui poser la question.

Elle s'approcha de lui et l'arrêta d'un simple « excuse-moi » du côté de l'oreille libre.

Il fit volte-face et la dévisagea.

– Excuse-moi, tu peux me dire ce qui se passe ? demanda Nickie.

– Une seconde, répondit-il, le sourcil froncé, levant la main qui tenait le beignet.

Il écoutait attentivement. Elle attendit. Finalement, il replia son portable.

– Qui es-tu ? Je ne te connais pas.

Nickie expliqua qui elle était. Il la regarda d'un air suspicieux durant un moment, mais décida qu'elle ne pouvait décemment pas être une terroriste, car bientôt il déclara :

– Je m'appelle Martin. Tu as entendu l'allocution du Président ?

– Non. Qu'est-ce qu'il a dit ?

– Tiens, regarde. Je l'ai sur mon IFT.

Joignant le geste à la parole, il actionna une minuscule touche sur son téléphone et le visage du Président apparut sur un tout petit écran. Il avait l'air déprimé, comme quelqu'un qui n'a pas dormi ni mangé depuis plusieurs jours. Son teint était grisâtre.

« Il reste six jours avant l'expiration de l'ultimatum lancé aux Nations de la Phalange, disait-il de sa voix habituelle dans une version lilliputienne. Jusqu'ici, celles-ci ont refusé toutes nos conditions. Aussi ai-je demandé aux autorités militaires et civiles d'activer leurs plans d'urgence afin de prévenir toute attaque. »

Il poursuivait sur les procédures d'évacuation, les

abris et les mouvements de troupes, avant de conclure par sa formule d'usage : « Puisse Dieu couronner nos efforts de succès. »

Nickie sentit sa gorge se serrer.

— Alors c'est pour ça que…, dit-elle en levant les yeux du petit écran.

Mais elle s'arrêta aussitôt car quelque chose d'étrange était en train de se produire. Toutes les lumières de la rue, les enseignes des magasins, s'éteignirent les unes après les autres.

— Qu'est-ce qui se passe ? demanda-t-elle.

— C'est à cause du bulletin de Mme Beeson, répondit Martin. De nouvelles instructions de l'Oracle. Depuis un certain temps, l'Oracle dit quelque chose du genre : « plus de première », « plus de fourmilière », ou « plus de lumière », mais jusqu'ici personne n'était en mesure de dire quel mot exactement. Là, elle vient de comprendre que c'était « plus de lumière » parce que ça colle avec ce que le Président vient de déclarer.

— Vraiment ?

— C'est évident, répondit Martin en repliant son téléphone et en le rangeant dans sa poche. Le Président nous met en garde contre une attaque. Celle-ci peut avoir lieu d'une minute à l'autre. En éteignant nos lumières, on sera invisibles depuis le ciel.

Nickie jeta un regard d'un bout à l'autre de la Grand-Rue. On se serait presque cru en pleine nuit avec toutes les devantures éteintes sous ce ciel plombé. Pour la première fois, elle frissonna à l'idée d'une guerre dont la menace se faisait chaque jour plus présente. Ses craintes avaient dû transparaître sur son visage car Martin déclara :

– Tu ne devrais pas trop t'inquiéter. Il y aura certainement des dégâts, mais nous sommes à l'abri ici.

– Tu veux dire, à cause de l'Oracle ?

– Précisément. Tu sais, c'est un peu comme être en liaison directe avec Dieu. Tant que nous suivons ses instructions, tout devrait bien se passer. Même s'il y a un terroriste dans les bois.

– C'est vrai ?

– Mmh mmh, bougonna Martin en opinant du chef. Il a cambriolé le restaurant pas plus tard qu'hier matin.

– C'est affreux, répondit Nickie qui avait cru un instant échapper à tout ça en venant à Yonwood – à l'évidence, elle s'était trompée.

Martin l'observait du coin de l'œil, comme s'il essayait de comprendre à quelle espèce elle appartenait.

– Tu crois en Dieu ? demanda-t-il finalement.

Comme on lui avait déjà posé la même question, Nickie ne fut pas prise au dépourvu.

– Oh oui ! De toutes mes forces !

Martin lui répondit par un grand sourire. Ses dents étaient blanches et régulières et Nickie remarqua que, derrière ses grosses lunettes, ses yeux étaient d'une belle couleur noisette, qui se mariait parfaitement à sa chevelure flamboyante.

– Bon, il faut que j'y aille, dit-il finalement. À la revoyure !

Et il partit, abandonnant Nickie dans cette rue étrangement sombre sous un ciel de plus en plus noir.

Elle était en proie à des sentiments contradictoires, à la fois excitée et mal à l'aise. Elle avait rencontré un garçon, ce qui représentait indéniablement une avancée pour l'objectif numéro deux, mais, dans le même temps, l'imminence de la guerre semblait se rapprocher d'heure en heure, ce qui rendait le troisième (faire quelque chose pour le bien de l'humanité) plus urgent que jamais.

10
La photographie et le journal

Nickie prit le chemin de Greenhaven ; les idées bourdonnaient dans son crâne comme un vol de mouches
avant l'orage. Il s'était passé tellement de choses en
seulement deux jours qu'elle en avait la tête qui tournait. En rentrant, elle allait lire un peu, histoire de se
calmer.

Au programme de l'après-midi : faire l'inventaire de
la pile « à regarder plus tard ». À peine arrivée, elle alla
dans la cuisine pour se préparer une tasse de chocolat
chaud – et il lui apparut tout à coup que le chocolat
chaud était un parfait objet de renoncement. En effet,
c'était quelque chose qu'elle aimait vraiment, donc
ce serait dur d'arrêter. De ce fait, elle avait toutes les
chances de grandement améliorer sa bonté, de la même
manière que les exercices les plus pénibles sont ceux
qui font le plus de muscles.

Aussi se prépara-t-elle une tasse de thé à la menthe
qu'elle emporta à la nursery, où elle sortit sa pile « à
regarder plus tard » du placard à jouets avant de la
déposer dans l'alcôve de la fenêtre. Avec les couvertures

qu'Amanda et elle avaient tendues devant les vitres et la grisaille du ciel, la pièce était plongée dans une semi-obscurité. Elle souleva une couverture et s'installa sur le banc, un gros coussin rouge calé dans son dos. D'un bond, Otis vint se coucher auprès d'elle.

La première chose qu'elle voulait voir, c'était cette enveloppe qu'elle avait commencé à regarder la veille. Elle l'attrapa et fit lentement glisser la photo, qui avait une étrange teinte marron et qui était contrecollée sur un morceau de carton. L'image montrait six personnes, deux hommes et deux femmes debout et deux enfants assis par terre devant eux. Ils étaient tous habillés à la mode de l'ancien temps et affichaient une mine revêche, comme s'ils étaient fâchés contre le photographe qui les faisait se tenir si longtemps immobiles.

Il y avait quelque chose de bizarre chez les deux hommes, assis côte à côte au centre de l'image. Au début, Nickie pensa que l'un était assis sur les genoux de l'autre. Pourtant, à y regarder de plus près, les deux hommes – qui se ressemblaient comme deux gouttes d'eau – semblaient attachés ensemble. Mais oui ! Ils étaient reliés par un morceau de chair qui allait de l'estomac de l'un à celui de l'autre. C'est pour ça qu'ils étaient assis dans cette étrange position. Des jumeaux. Des « jumeaux connectés », ou quelque chose comme ça. Il y avait un autre mot pour ça, qu'elle ne parvenait pas à se rappeler.

Sous l'image, quelqu'un avait écrit : MM. *Bunker et leurs épouses, en visite à Greenhaven, 4 juin 1868.*

En visite à Greenhaven ! Ils étaient donc venus ici !

Ses yeux s'attardèrent longuement sur la photographie. Ça devait être étrange de vivre une vie entière attaché à quelqu'un d'autre. Impossible de faire quoi que ce soit tout seul, de se promener, de dormir, pas même d'aller aux toilettes ! Si l'un des deux tombait malade, l'autre devait garder le lit aussi. Si l'un voulait aller en ville quand l'autre aurait préféré rester à la maison à lire le journal, ils devaient négocier et essayer de trouver un compromis. Chacun entendait tout ce que l'autre disait. Quelle drôle de vie !

Elle remit la photo dans son enveloppe et prit le petit carnet marron qu'Amanda lui avait apporté, celui dans lequel son arrière-grand-père avait écrit ses notes.

Elle relut la première, celle où il racontait qu'il se passait des choses étranges, puis elle s'attaqua aux suivantes.

10/XII C'est dans la chambre du deuxième, celle qui se trouve à gauche de l'entrée. Pourquoi ici ? Ça remue de vieux souvenirs ? Je ne comprends pas.

13/XII Cette maudite hanche m'en refait voir. Resté couché toute la journée.

19/XII Althea T. ne parle toujours pratiquement pas après six mois. Brenda B. est très inquiète à son sujet.

Il parlait de l'Oracle ! Toutefois, la note suivante évoquait quelque chose de complètement différent :

27/XII Se peut-il que le passé, le présent et le futur existent tous en même temps ? Et que certaines personnes gravitent autour de ces trois dimensions ? Vérifier les théories récemment publiées dans les revues scientifiques. Demander à M.

Mmh. Que voulait-il dire par là ?

Un mouvement sur le trottoir, en bas, attira son attention. Elle jeta un œil par la fenêtre. C'était Mme Beeson, portant un vêtement de pluie avec la capuche baissée par-dessus sa casquette de base-ball, qui promenait en laisse un long chien trottinant sur de courtes pattes. Sûrement Saucisse, supposa Nickie en regardant Mme Beeson s'éloigner, puis entrer dans une maison en briques de l'autre côté de la rue. La maison était ancienne, mais bien entretenue, avec une petite allée menant à une porte blanche entre deux étroites fenêtres. Deux plantes en pot, taillées en parfaites boules vertes, flanquaient l'entrée. Une maison impeccablement tenue, pensa Nickie, comme on en voit sur les prospectus, et qui correspondait parfaitement à Mme Beeson, elle qui était partie en croisade pour débarrasser Yonwood de tous ses maux. Si seulement le monde entier pouvait ressembler à ça !

Elle observa la scène jusqu'à ce que Mme Beeson et Saucisse aient disparu à l'intérieur de la maison. Puis elle s'étendit sur le gros coussin rouge pour rêvasser un moment. L'instant suivant, il faisait presque nuit dehors et la voix de Crystal résonnait en bas.

Nickie bondit de son siège et courut hors de la nursery, sans oublier de bourrer le bas de la porte de chiffons, pour se précipiter dans l'escalier avant que Crystal ne monte la chercher.

— Mes aïeux, quelle journée ! soupira Crystal en accrochant son manteau dans l'entrée. J'ai pas arrêté de courir. Et toi ? Qu'est-ce que tu as fait ? Tu as lu ?

— Essentiellement, répondit Nickie.

— Tu as trouvé des choses intéressantes ?

— Plein. Cette maison est une vraie mine d'or. Je ne comprends pas comment tu peux vouloir la vendre.

Crystal haussa les épaules.

— Des choses intéressantes comme quoi ?

— D'abord j'ai trouvé une vieille photo très étrange. Si tu m'attends une seconde, je vais te la montrer.

Et elle fila au second. Otis vint à sa rencontre quand elle entra. Triste de devoir le laisser à nouveau seul, elle s'agenouilla et le caressa un instant derrière les oreilles. Le chien lui répondit en roulant sur le dos. Elle lui caressa le ventre. Puis elle glissa la photo des jumeaux hors de son enveloppe et retourna en bas, où elle trouva Crystal qui parlait au téléphone.

— Essaie de ne pas trop t'en faire. Je suis sûre qu'il va bien… Mmh. D'accord. Entendu… C'était ta mère, dit-elle après avoir raccroché.

— Mais je voulais lui parler, geignit Nickie.

— Elle était éreintée. C'est tout juste si elle pouvait encore parler. Elle voulait simplement nous dire qu'elle avait reçu une autre carte de ton père. Tiens, je l'ai recopiée pour toi, dit Crystal en tendant un bout de papier que Nickie s'empressa de lire :

Chères Rachel et Nickie,
On travaille dur ici. C'est un très gros projet.
Je vais bien. J'espère que vous aussi. Vous me manquez.
Je vous aime,

Papa
P.-S. Rachel, je rêve d'un de tes petits cookies au beurre de cacahuète !

Une fois de plus, il ne disait pas grand-chose. Et une fois encore, un post-scriptum énigmatique car elle n'avait pas le souvenir que sa mère ait jamais fait des cookies au beurre de cacahuète. Qu'est-ce qui ne tournait pas rond chez son père ?

Crystal était à la cuisine. Nickie l'y rejoignit.

— Voilà la photo dont je t'ai parlé, dit Nickie en la posant sur la table.

— Ah oui ! Je me souviens de cette histoire ! C'est Chang et Eng. Ils venaient du royaume du Siam, l'actuelle Thaïlande. Ce sont eux les premiers « frères siamois ». Ils sont venus aux États-Unis et on les a exhibés un peu partout dans le pays. Pour finir, ils se sont retirés en Caroline du Nord, pas loin d'ici. Grand-père m'a raconté qu'un jour, ils étaient venus à la maison, du temps de son grand-père à lui, peu après la guerre de Sécession. Ils ont sûrement donné cette photo à la famille en guise de remerciement. (Elle retourna la photo.) Regarde ! Ils ont écrit au dos !

Nickie se pencha au-dessus de volutes scripturales d'un autre temps, qui disaient : *Avec toute notre gratitude pour votre hospitalité*. Suivaient deux signatures.

– Si c'est authentique, ça doit valoir quelque chose, déclara Crystal.

– Combien ? demanda Nickie.

– Je n'en ai aucune idée. Sûrement pas une fortune, mais un petit quelque chose quand même.

Nickie prit la photo et la tourna du côté de l'image.

– J'imagine que ces deux garçons sont leurs enfants.

– Oui, oui. Je crois même me rappeler qu'ils avaient dix enfants chacun.

– Ça doit pas être évident d'être marié à des frères siamois, ajouta Nickie en regardant la mine renfrognée des deux femmes.

– Ça c'est sûr, acquiesça Crystal. Si je me souviens bien, c'était deux sœurs. Mais elles ne s'entendaient pas. Aussi, après quelques années de mariage, les deux frères ont acheté deux maisons, une pour chaque femme, leur mari alternant entre les deux domiciles.

Elle marqua une pause, puis reprit en secouant la tête :

– Incroyable qu'ils aient réussi à vivre une vie de famille dans ces conditions, tu ne trouves pas ? Moi j'ai essayé deux fois, dans des circonstances bien moins difficiles, et j'ai échoué les deux fois.

Elle ouvrit un placard et en sortit une boîte de soupe.

– Dis, tu veux bien qu'on mange encore de la soupe ce soir ? Je suis trop fatiguée pour faire quoi que ce soit d'autre.

– Oui, oui, ça me va, ne t'en fais pas.

Nickie se demanda si elle devait mettre Crystal au courant à propos de l'Oracle, de Mme Beeson et du bouclier du bien que Yonwood comptait opposer aux forces du mal. Mais elle hésitait. En effet, Crystal pourrait décider de lui interdire de participer à une telle entreprise et en conclure que Nickie avait besoin de davantage de surveillance. Ce que cette dernière voulait éviter à tout prix. Aussi se contenta-t-elle de demander :

— Dis, tu crois qu'il va y avoir la guerre ?

— Je ne sais pas. Heureusement, j'ai trop de choses en tête pour y penser, répondit Crystal avant de s'arrêter et de jeter un rapide coup d'œil à Nickie. Et je te conseille d'en faire autant car, à notre niveau, on ne peut pas grand-chose.

— Juste mener une existence honnête et simple, c'est ça ? Pour ne pas attiser le mal, comme tu as dit la dernière fois.

— Mmh mmh, marmonna Crystal en ouvrant la boîte de soupe avant d'en verser le contenu dans une casserole.

— Mais alors, si *tout le monde* mène une vie faite d'honnêteté et de bien, peut-être que le malheur ne se produira pas, que nous serons épargnés.

Mais Crystal ne l'écoutait que d'une oreille, occupée par la boîte de soupe, qu'elle tenait sous le robinet duquel ne coulait qu'un mince filet d'eau.

— Mince ! On n'a plus de pression. Il doit y avoir une fuite quelque part. Et dire que les plombiers viennent de partir ! Ils n'ont fait qu'aggraver les choses. Et bien sûr, demain on est dimanche ! Ça va être la croix et la bannière pour trouver quelqu'un de disponible, dit-elle en soupirant. Il reste tant de choses à faire. Je crois que je devrais aller au second. Je n'y suis même pas montée depuis qu'on est arrivées.

Nickie manqua d'en tomber de sa chaise.

— C'est juste des pièces pleines de boîtes. Franchement, t'as pas besoin d'y aller…

— Que tu dis, répondit Crystal en tournant la soupe d'une main et en passant lentement l'autre dans ses cheveux. Il faut que je sache à quoi m'attendre. Enfin, à chaque jour suffit sa peine. J'irai demain matin. (Elle attrapa deux bols.) Tu peux allumer la lumière s'il te plaît ? On n'y voit rien.

C'est là que Nickie se rappela ce qu'elle avait entendu l'après-midi même.

— Il faut qu'on ferme les volets et qu'on tire les rideaux d'abord.

— Vraiment ? s'étonna Crystal Et pourquoi ça ?

— Pour qu'on ne soit pas visibles depuis le ciel, au cas où il y aurait une attaque, répondit Nickie en baissant les stores de la cuisine.

— Je doute que ça soit bien utile, dit Crystal avec un sourire. Mais si ça peut te rassurer, vas-y.

Nickie passa d'une pièce à l'autre, calfeutrant consciencieusement toutes les ouvertures de la maison.

11
Lieux de perdition

Le matin suivant, après le petit-déjeuner, dès que Crystal eut fait sa vaisselle et se fut engouffrée dans la salle de bains, Nickie se précipita à l'étage. Elle mit sa laisse à Otis et redescendit rapidement au rez-de-chaussée. En passant devant la salle d'eau, elle tendit discrètement l'oreille. Rassurée d'entendre le ronron du sèche-cheveux, elle poursuivit son chemin sur la pointe des pieds et se glissa dehors par la porte de derrière.

Au fond du jardin, elle attacha le chien à un tronc d'arbre.

— Sois sage, Otis. Fais pas de bruit. Je reviens te chercher dès que je peux.

De retour à l'intérieur, elle passa subrepticement devant la chambre de Crystal (où elle reconnut cette fois le pchitt-pchitt de la bombe de laque) avant de filer à nouveau dans la nursery, où elle cacha les gamelles du chien et ses croquettes dans un vieux coffre à jouets avant d'arracher les couvertures qu'elles avaient tendues sur la porte. À peine avait-elle terminé que le pas de Crystal, accompagné d'un « t'es là-haut ? » levant toute équivoque, se fit entendre au pied des marches.

Nickie commença la visite par les deux pièces transformées en débarras.

– Mon Dieu, quelle horreur ! s'exclama Crystal devant l'impressionnant amoncellement de malles, de valises et de boîtes couvertes de toiles d'araignée. C'est donc vrai qu'ils ne jetaient rien. J'ai la migraine rien que de regarder ce bazar. (Elle tourna les talons et se dirigea vers la nursery.) Et là-dedans, qu'est-ce qu'il y a ?

– C'est là que je me suis installée, répondit Nickie.

Crystal pénétra dans la pièce, embrassant du regard les tissus tendus au mur, le rocking-chair et les lampes.

– C'est moi qui ai fait ça, expliqua Nickie. Je voulais que ça soit douillet.

– Eh bien c'est réussi, répondit Crystal avec un sourire. C'est même très douillet. Mais… ça sent bizarre, non ? (Elle fronça le nez.) Il y a sûrement des rats dans la charpente. On va aérer un peu.

Crystal ouvrit une fenêtre. Un chien aboyait et pleurait dehors, mais elle n'y prêta aucune attention.

– Quand on mettra la maison en vente, on pourra expliquer qu'elle possède un espace idéal pour installer une salle de gym privée… ou un home cinéma. L'écran par là, dit-elle en écartant les bras pour dessiner un rectangle de la taille du mur. Les sièges par ici. Ça serait super, tu ne trouves pas ?

Elle ne laissa pas pour autant à Nickie l'occasion d'exprimer quelque opinion à ce sujet (ce qui, en gros, serait revenu à dire qu'elle n'aimait pas plus la première idée que la seconde). Au contraire, elle embraya pour déclarer qu'elle s'occuperait de ça plus tard, mais que, pour l'heure, comme on était dimanche et que tout était fermé, elle allait faire une balade avec Len.

– J'imagine que tu ne veux pas venir, ajouta-t-elle pour finir.

– C'est qui, Len ?

– L'agent immobilier.

– Ah ! Non, non, merci. Je préfère rester ici.

Crystal était à peine partie que Nickie libéra Otis de son arbre, au fond du jardin. Elle joua un long moment avec lui pour se faire pardonner de l'avoir ainsi exilé. La chaussure qu'ils avaient utilisée dans un premier temps s'était transformée en masse informe totalement déchiquetée. Nickie dénicha une vieille balle de tennis jaune au fond du placard. Otis l'adopta sur-le-champ. Il devait ouvrir grand ses mâchoires pour la rattraper entre ses dents. On aurait dit qu'il essayait d'avaler un pamplemousse.

Quand Otis perdit goût à la course à la baballe, préférant se coucher dans un coin pour la mâchouiller, Nickie décida que le jour était bien choisi pour explorer Yonwood. Après tout, c'est là qu'elle allait habiter si elle remplissait son objectif numéro un. Et puis, en faisant le tour de la ville, elle pourrait faire d'une pierre deux coups et traquer les pécheurs, les lieux de perdition et, de manière générale, tout ce qui avait un air louche. En effet, si elle voulait avoir une chance d'atteindre l'objectif numéro trois, elle devait démêler tout ça avec précision. Elle essaierait également de voir si elle ne pouvait pas s'arranger pour croiser Martin. Elle tomberait peut-être sur lui par hasard et ils pourraient se parler à nouveau. Il fallait qu'elle voie s'il était digne qu'on tombe amoureuse de lui (objectif numéro deux). Pour l'instant, elle ne pouvait pas se prononcer. Enfin, il était mignon et il avait l'air gentil, ce qui était déjà un bon début.

Elle marcha jusqu'au bout de la Grand-Rue, là où se trouvait l'école, inoccupée en cet après-midi dominical. Un vent frais soufflait toujours sur la ville, mais le ciel laissait apparaître de belles éclaircies. Un groupe de garçons jouaient au basket dans la cour de l'école. Elle jeta un œil pour voir si Martin était parmi eux, mais non, il n'y était pas.

Quelques rues plus loin, elle arriva au centre-ville. Certains magasins étaient ouverts, mais leurs lumières restaient éteintes, ce qui leur donnait l'air lugubre de grottes inhospitalières. Les gens se pressaient par petits groupes là où une télé allumée diffusait les infos. Nickie en entendit des bribes en passant : « cinq jours avant l'expiration du délai… », disait la voix du Président au Bon Coin ; « l'ambassadeur a été assassiné… », poursuivait-il à la maison de la presse ; « un groupe se faisant appeler les Guerriers de Dieu a revendiqué… », ajoutait-il au drugstore. Une sueur froide, devenue presque familière ces derniers mois, parcourut l'échine de Nickie quand elle entendit ces derniers mots. Et il suffisait qu'elle regarde autour d'elle pour voir qu'elle n'était pas la seule à ressentir un malaise. Une femme derrière elle se plaignit que toute cette tension allait finir par la tuer. Une autre lui répondit que c'était pareil pour elle, mais qu'elles devaient garder la foi et que tout irait bien, ce à quoi la première rétroqua que oui, elle le croyait aussi, mais qu'elle espérait seulement que tout le monde en ferait autant… Nickie hâta le pas, ne souhaitant pas en entendre davantage.

Quelques dizaines de mètres plus loin, elle perçut l'étrange bourdonnement qu'elle avait déjà entendu quelques jours auparavant. MMMM-*mmmm*-MMMM-*mmmm*. D'où cela venait-il ? D'une machine à l'intérieur d'un immeuble ? D'un moteur ou d'un véhicule sur la route ? Elle tourna la tête, mais ne remarqua rien. Le bourdonnement s'amplifia légèrement. Cela venait-il de derrière l'épicerie ? Elle s'avança et jeta un œil au fond de l'étroite allée qui bordait le magasin, où elle crut voir quelqu'un traverser en courant — mais elle n'en était pas sûre. Le bourdonnement décrut, puis cessa.

Nickie fit volte-face et avisa deux personnes qu'elle avait vues regarder l'allocution du Président au drugstore, deux minutes plus tôt : un petit homme chauve et une femme aux cheveux gris.

– Vous avez entendu ce bruit ? demanda-t-elle. C'était quoi ? Vous savez ?

Ni l'un ni l'autre ne prit la peine de s'arrêter pour lui répondre, l'homme se contentant de lui jeter un regard suspicieux et la femme de secouer la tête d'un air pincé.

– C'est juste que… je me demandais…, insista Nickie.

Cette fois, la femme s'arrêta et la fusilla du regard.

– Tu devrais pourtant le savoir, dit-elle sur le ton du reproche. C'est un monde tout de même ! De quelle famille es-tu donc ?

Et, sans attendre de réponse, elle attrapa le bras de son mari et ils s'en allèrent. Cette réponse lui fit l'effet d'une gifle. Elle n'était pas censée poser de questions à propos du bourdonnement, ça au moins, c'était clair. Mais pourquoi ? Comment pouvait-elle savoir si personne ne lui disait rien ?

Elle reprit sa route. Au bout de la Grand-Rue, elle arriva près d'une épicerie à côté de laquelle se trouvait l'église qu'elles avaient vue en arrivant. L'« Église de la Vision ardente », comme disait la pancarte, sous la peinture de laquelle l'ancien nom était encore lisible : « église paroissiale de Yonwood ». Aujourd'hui, la pancarte annonçait également « Sermon du jour : S'entraider pour sortir des ténèbres ». Une foule compacte convergeait vers le lieu de culte, les gens se saluant les uns les autres à voix basse. Nombre d'entre eux portaient le badge bleu qu'elle avait vu pour la première fois à la boutonnière de Mme Beeson. Les portes de l'église s'ouvrirent sur un petit homme au visage creux, perdu dans une sorte de robe bleu marine à liseré blanc. Nickie se demanda s'il s'agissait du révérend Loomis. À son côté se trouvait Mme Beeson, que Nickie eut d'abord du mal à reconnaître sous son vague chapeau de laine grise – qui lui faisait comme un bol renversé sur la tête – et avec ses cheveux bouffants et apprêtés alors que, d'habitude, elle ne portait qu'une simple queue-de-cheval. Elle accueillait chacun avec un mot de bienvenue. Nickie lui fit un signe de la main. Elle lui répondit par un sourire.

Nickie fit demi-tour et rebroussa chemin, en empruntant l'autre trottoir cette fois. Durant son périple, elle nota plusieurs choses pouvant, selon elle, entrer dans la catégorie des méfaits. Devant le parc, elle vit un vieil homme qui crachait sur le trottoir. Sans conteste cela ne se faisait pas. Elle remarqua également un sale gosse qui martyrisait un chat, lui tirant violemment la queue. Elle lui demanda d'arrêter, le petit garçon la regarda en fronçant le sourcil. C'est vilain de faire du mal aux animaux, mais était-ce si répréhensible que ça quand c'était le fait d'un gamin de six ans ? Elle n'en était pas sûre. Dans une allée attenante au cinéma désaffecté, elle observa trois adolescents en train de fumer. Elle n'était pas sûre pour ça non plus. Fumer constituait-il à proprement parler un péché ? Ou alors seulement avant un certain âge ? Il faudrait qu'elle le demande à Mme Beeson.

Durant quelques instants, elle suivit un groupe d'enfants pour voir s'ils se montraient cruels les uns envers les autres. Elle nota bien quelques quolibets, quelques moqueries et même un léger pugilat, mais rien de vraiment méchant. Elle essaya de voir si Martin était parmi eux, mais il n'y était pas.

Quand elle fut revenue à son point de départ, à l'extrémité nord de la Grand-Rue, elle prit une rue qui descendait la côte. Par ici, les maisons étaient plus espacées que dans le quartier de Greenhaven et aussi plus petites. Une femme lisait le journal, assise sous son porche, quelques enfants jouaient au ballon dans la rue. Yonwood était vraiment une ville agréable, à mille lieues de Philadelphie, de ses rues sales et de sa criminalité galopante. Suivre les recommandations de l'Oracle semblait porter ses fruits.

Plus loin, elle arriva devant ce qui, à première vue, ressemblait à un terrain vague, ou à un terrain à bâtir, sur lequel avaient poussé d'immenses arbres au milieu d'une végétation exubérante. Pourtant, une haute barrière courait tout autour du terrain. Soixante mètres plus loin, elle atteignit une allée de gravier à l'entrée de laquelle s'élevait fièrement une boîte aux lettres. « H. McCoy, 600 Raven Rd », disaient de grosses lettres noires peintes à même la tôle. Une pancarte « Propriété privée – défense d'entrer » était clouée à un tronc d'arbre. Elle reconnut le nom. McCoy. Mme Beeson lui avait parlé de cette personne. C'était lui qui, pour une raison ou une autre, l'inquiétait. Elle jeta un œil au fond de l'allée où elle ne put qu'entrevoir le faîte d'un toit, dépassant d'un entrelacs d'arbres et de feuillages. Les branches agitées par les vents faisaient de longues ombres qui dansaient sur la maison comme autant de fantômes énigmatiques. Fallait-il qu'elle aille voir à l'intérieur ce que ce H. McCoy mijotait ? Non, pas aujourd'hui. Elle irait une autre fois. Elle reprit sa marche.

Un pâté de maisons plus loin, une allée partait de Raven Road – plus exactement, un chemin de terre creusé par deux ornières, qui disparaissait derrière les maisons de Trillium Street. Curieuse, Nickie s'y engagea.

Depuis le chemin, elle avait vue sur les jardins, pour la plupart vides et silencieux. Pourtant, derrière des maisons, elle entendit des éclats de voix à travers une fenêtre ouverte. Elle s'arrêta un instant pour écouter. Les gens à l'intérieur juraient et s'insultaient. Ça, c'était vraiment mal. Fallait-il pour autant les considérer comme des pécheurs ?

La maison suivante était ceinte d'une clôture en grillage métallique. Dans le jardin, les formes noueuses de quelques arbres fruitiers et, au-delà, l'arrière d'une maison qui aurait eu besoin d'une bonne couche de peinture. Juste de l'autre côté du grillage, si proche qu'elle aurait pu la toucher, s'élevait une baraque bancale, faite de vieilles planches.

Il s'en passait des choses à cette adresse. Deux jeunes enfants se poursuivaient entre les arbres en hurlant. Le premier avait un jouet, visiblement un camion, que le second voulait lui prendre. Il courait de toutes ses forces derrière son frère, dérapant sur les feuilles mortes et s'étalant régulièrement par terre, ce qui le faisait hurler de plus belle. Une vieille femme apparut à la fenêtre et cria : « Ça suffit, les mômes ! » Ces derniers ne lui prêtèrent aucune attention.

Cachée derrière la baraque, Nickie les observa discrètement. Le braillard parvint finalement à arracher le camion des mains du premier gamin qui se mit aussitôt à hurler furieusement. Une petite fille de quatre ou cinq ans sortit dans le jardin et mit une taloche à celui qui pleurait le plus fort. Quelques secondes plus tard, un garçon plus âgé, environ de l'âge de Nickie, fit lui aussi irruption par la porte de derrière. Il avait des cheveux blonds bouclés, de grandes oreilles, et un corps fin et athlétique.

Le garçon sauta au pied de la volée de marches qui se trouvaient devant la porte.

– Hé, Roddie ! T'as perdu ton camion ? cria-t-il au petit qui pleurait. Tu veux pas un avion à la place ?

Sur ces mots, il attrapa le jeune garçon par les mains et le fit tourner dans les airs jusqu'à ce qu'il décolle du sol, à la plus grande joie du gamin qui, maintenant, hurlait de bonheur.

– Et moi ! Et moi ! beugla l'autre.

Le garçon lui fit faire l'avion, et à la fillette aussi.

– Bon, maintenant vous arrêtez votre raffut, d'accord ? Des jouets, y en a plein la maison… alors du balai !

– Mais j'veux…, geignit le petit garçon.

– Qu'est-ce que j'ai dit ? demanda l'aîné avec autorité. J'ai besoin d'air. Allez, ouste !

Nickie s'attendait à le voir retourner à l'intérieur, pourtant, au lieu de ça, il se dirigea vers la baraque du fond du jardin. Elle s'accroupit vivement sur le sol. Le garçon se débattit un instant avec la porte – celle-ci était peut-être fermée à clé, elle ne pouvait pas le voir – puis il l'ouvrit et pénétra à l'intérieur.

À ce stade, Nickie aurait déjà dû être partie. Elle n'avait aucune raison de penser qu'il se passait quelque chose de louche à cet endroit. Mais, comme souvent, sa curiosité fut la plus forte. Qu'est-ce que ce garçon fabriquait dans cette baraque qui tombait en ruine ? Et comme la baraque jouxtait la clôture, et qu'elle possédait une fenêtre crasseuse juste à la bonne hauteur pour y jeter un coup d'œil en douce, elle allait peut-être l'apprendre à peu de frais.

12
Dans la baraque
au fond du jardin

On était dimanche matin, et, pour une fois, il faisait beau. Le père de Grover était dans le garage. Il se préparait à faire la vidange de la voiture. Sa mère était à l'église, ce qui laissait enfin à Grover un peu de temps à lui.

Quand les petits eurent avalé leur petit-déjeuner, il les avait envoyés dehors sans ambages.

– Allez, du vent les mômes ! Il y a du soleil ce matin, profitez-en bien car rien ne dit que ça va durer.

Les petits avaient filé au pas de charge dans le jardin tandis que lui s'asseyait à table avec mémé Carrie, qui finissait tranquillement son café. Il profita de ce moment pour détailler sa grand-mère. Ce matin, elle portait une chemise de flanelle à carreaux sous un vieux sweat-shirt vert ainsi qu'un pantalon de jogging orange et d'épaisses chaussettes de laine pelucheuses dans ses pantoufles à motif de canards. Ses cheveux blancs ébouriffés étaient si clairsemés que, par endroits, on voyait apparaître la teinte rosée de son crâne.

— Je vais aller m'installer sous le porche ce matin, pour profiter du soleil, annonça-t-elle.

— Mets-toi quelque chose sur la tête, répondit Grover. Il fait quand même frisquet dehors.

— Tu as raison, je vais mettre le beau bonnet vert et jaune que ta mère m'a tricoté.

Grover s'amusa en silence de la désinvolture avec laquelle sa grand-mère s'habillait. Elle aurait été tout à fait capable de porter quinze couleurs différentes, toutes plus criardes les unes que les autres ! Il lui arrivait ainsi de ressembler à un bac de soldes sur pattes, d'où n'aurait dépassé qu'une petite tête fripée. Sa mère essayait constamment de l'arranger, mais Grover trouvait qu'elle était parfaite comme elle était, c'est-à-dire complètement différente de toutes les autres vieilles dames qu'on pouvait croiser en ville.

Une série de cris perçants avaient déchiré l'air, en provenance du jardin. Mémé Carrie s'était levée de sa chaise et avait passé la tête par la fenêtre.

— Ça suffit, les mômes ! avait-elle crié.

D'autres cris lui avaient répondu, suivis d'un hurlement.

— Je m'en occupe, dit Grover. De toute façon, je sors.

Il prit son blouson, accroché au clou près de la porte du jardin, et sortit. Durant quelques minutes, il avait joué avec les marmots, puis il les avait renvoyés à l'intérieur et était descendu à sa baraque. Si les petits se tenaient correctement, et si son père ne lui demandait pas un coup de main pour la vidange, ça lui laissait une bonne heure devant lui, voire davantage.

La porte du cabanon était fermée par un cadenas à chiffres dont il était le seul à connaître la combinaison. Il fit tourner les petites molettes puis ouvrit la porte et disparut à l'intérieur, en prenant soin de refermer derrière lui.

Et dès qu'il mit un pied dans son repaire, comme d'habitude, il devint un autre Grover. Pas Grover le joyeux drille, pas Grover le grand frère, mais Grover le brillant jeune homme qui s'adonnait à sa passion avec toute la concentration et le sérieux que celle-ci exigeait.

Quelques vieux outils de jardin rouillés accrochés à une des parois, voilà tout ce qui restait de l'improbable collection de pots de fleurs cassés, de boîtes d'engrais à moitié vides et de sacs de terreau gagnés par la moisissure qui avaient longtemps encombré le cabanon. Contre l'un des murs, il avait construit une large étagère où reposaient deux cages de verre, posées sur des supports chauffants et munies chacune d'une grosse lampe. C'est là qu'il gardait son trésor le plus cher : ses serpents.

Il se baissa et observa successivement l'intérieur des deux terrariums.

– Comment ça va, mes beautés ? murmura-t-il, les yeux rivés à la paroi de verre.

Enfouis sous les feuilles mortes et les morceaux d'écorce dont il avait garni les cages de verre, les deux serpents étaient à peine visibles. Seuls un bout de peau écaillée collé à la paroi transparente dans l'un et la fine extrémité d'une queue posée sur une brindille dans l'autre trahissaient leur présence.

Il vérifia la température des terrariums – trente degrés pour l'un, vingt-neuf pour l'autre. Parfait. Il retira le couvercle de celui qui se trouvait sur la gauche et le posa sur l'étagère. Puis il plongea lentement la main à l'intérieur et, d'un geste sûr et précis, attrapa délicatement le serpent, en le serrant entre deux doigts, juste derrière la tête. Il hissa ensuite hors de sa cage de verre l'animal, qui ondula, fouetta l'air, se recroquevillant en forme de S, de J, de S à nouveau, ondoyant comme une corde douée de vie entre les mains de son maître. C'était une créature magnifique, mesurant presque un mètre, cerclée d'anneaux jaunes et noirs sur fond rouille. Elle aurait presque pu ressembler à une ceinture de perles s'il n'y avait eu, à l'extrémité, une tête avec deux petits yeux noirs extrêmement brillants et une longue langue qui dardait comme une languette de papier noir.

– Bientôt, dit Grover. Tu auras à manger très bientôt. Peut-être demain. Au pire dans deux jours. Quelque chose de délicieux, tu verras. (Il leva le serpent et le regarda droit dans les yeux.) D'accord ?

Grover l'avait baptisé Fang. Il l'avait trouvé dans les bois cet été, enroulé sous une pierre plate. C'était la première couleuvre tachetée, ou *Lampropeltis triangulum*, qu'il capturait et il en était très fier. Cela faisait presque huit mois qu'il s'en occupait. Par chance, l'animal réclamait moins de nourriture durant l'hiver car lui dénicher de quoi manger n'était pas évident, et Grover n'avait pas toujours les moyens de passer commande auprès des revendeurs spécialisés. De la douzaine de serpents qu'il avait capturés ces dernières années, c'était celui qu'il avait gardé le plus longtemps. En effet, quand il ne trouvait pas assez de nourriture pour ses protégés ou quand ceux-ci commençaient à être malades, il les relâchait sans attendre.

Grover étudiait les serpents avec passion depuis que, quatre ans auparavant, il en avait vu un sortir d'un buisson et traverser le sentier sur lequel il marchait, dans la montagne. Il s'était arrêté et l'avait observé, ondoyant en silence sur le sol, comme s'il nageait sur la terre ferme. Une créature étonnante, dépourvue de jambes, tout en longueur et, à ses yeux, plus intéressante qu'effrayante. Il avait neuf ans à l'époque et, durant tout le reste de l'été, il avait arpenté les bois, soulevant des pierres plates et des branches mortes, inspectant les trous dans le sol à la recherche d'un serpent qu'il pourrait ramener à la maison afin de l'examiner de plus près et de comprendre en quoi consistait sa vie. À la bibliothèque, il avait emprunté des livres sur les reptiles et consulté Internet, où il avait trouvé une foule d'informations et d'images, accumulant ainsi une importante somme de connaissances.

Les premiers temps, il avait mis tout le monde au courant de sa nouvelle passion : ses parents, sa grand-mère, son ami Martin. Mais ses parents étaient trop occupés pour lui prêter une oreille attentive et Martin ne comprenait pas comment on pouvait se passionner pour des choses aussi répugnantes. Seule sa grand-mère l'avait encouragé. Elle lui avait dit que ça lui paraissait une bonne idée de collectionner les serpents à condition qu'il ne les lui montre pas car elle était certaine de hurler comme une sirène d'incendie si une de ces créatures rampantes s'approchait d'elle.

Depuis lors, Grover gardait ses serpents pour lui. Il avait réaménagé le cabanon (son père n'ayant plus le temps de jardiner, cela ne l'avait pas dérangé) et il consacrait l'intégralité de son argent de poche aux produits pour reptiles. Jusqu'ici, il avait trouvé, gardé, puis relâché trente-sept individus. Seuls deux avaient péri durant leur séjour chez lui. Il connaissait toutes les espèces qui vivaient dans la région. Maintenant, il avait de plus grandes ambitions. Tout ce dont il avait besoin pour mettre son projet à exécution, c'était de l'argent, et il y travaillait dur. À n'en pas douter, le succès était proche.

– Oui, Fang, le succès est proche, murmura-t-il à son serpent. Aussi sûr que deux et deux font quatre. Tu vas voir ce que je te dis.

De sa main libre, il retira le couvercle de l'autre terrarium, où se trouvait Rouleau-de-réglisse, sa jeune couleuvre à ventre rouge. Il ne l'avait que depuis quelques semaines. Elle avait l'épaisseur d'une grosse ficelle et mesurait un peu moins de quarante centimètres. Il la sortit elle aussi de son terrarium. Un serpent dans chaque main, il les observa avec bonheur ondoyer entre ses doigts, s'enrouler autour de son poignet, leur chair froide et lisse glissant sur sa peau tandis qu'ils levaient élégamment leurs têtes et le regardaient, presque comme s'ils allaient se mettre à parler.

C'est alors qu'il entendit un bruit : un choc sourd

contre le mur du cabanon, suivi d'un frottement. Il tourna aussitôt la tête vers la fenêtre. Une ombre passa furtivement derrière la vitre crasseuse. Quelqu'un l'espionnait depuis l'extérieur. Le plus rapidement qu'il put, il remit les serpents dans leurs cages de verre et referma précipitamment les couvercles avant de se ruer dehors et de courir jusqu'à la porte donnant sur l'allée. À l'autre bout, quelqu'un s'enfuyait en courant. Trop loin pour voir qui c'était. Il ne tenta pas la moindre poursuite. C'était probablement Martin, son ancien copain, qui voulait le surprendre en train de faire quelque chose d'interdit. Sans prendre la peine de lui donner la chasse, il retourna dans le cabanon.

– C'est quoi son problème à çui-là, hein ? demanda-t-il à Fang et Rouleau-de-réglisse. Il me cherche ou quoi ?

Puis il attrapa Fang, le posa sur ses épaules, et entreprit de nettoyer les terrariums. Un quart d'heure plus tard, il fut interrompu par un bruit de pas dans le jardin. La porte du cabanon s'ouvrit, son père passa la tête à l'intérieur.

– Une urgence, dit-il. Une durite qui fuit. J'ai besoin d'un coup de main.

Grover soupira, reposa Fang dans son terrarium et, après avoir fermé le cabanon à clé, suivit son père dans la maison.

13
Le salon idéal

Nickie s'était cognée à la paroi du cabanon par inadvertance. Son pied avait glissé sur une pierre. Quand elle avait vu le visage du garçon se tourner dans sa direction, elle avait pris ses jambes à son cou et avait couru vers la ville, ne s'arrêtant que lorsqu'elle avait été certaine que personne ne la suivait.

Ce qu'elle avait vu dans le cabanon lui avait donné la chair de poule. Elle n'oublierait pas de sitôt l'image de ce garçon tenant tranquillement un serpent dans chaque main. Et puis il les regardait avec une telle affection tandis qu'ils s'enroulaient autour de ses poignets, leurs petites langues noires papillonnant dans les airs ! C'était encore plus bizarre pour elle, qui n'avait jamais vu de serpent en vrai auparavant et qui avait toujours pensé que ces animaux étaient dangereux et venimeux. D'ailleurs, était-ce bien raisonnable d'avoir des serpents dans une maison où vivaient de jeunes enfants ? Un frisson d'excitation lui parcourut l'échine. C'était peut-être vraiment un endroit à problèmes. Elle se remémora les mots de Mme Beeson : « Les lieux de

perdition. C'est quelque chose qu'on *sent*. » En l'oc-
currence, ce garçon avec ses serpents lui avait réellement fait une drôle d'impression. Elle hâta le pas. Mme
Beeson était certainement rentrée de l'église maintenant. Elle décida de se rendre chez elle sur-le-champ.
Elle avait des tas de choses à lui dire.

Nickie appuya sur la sonnette de Mme Beeson et
trois sons de cloche différents tintèrent à l'intérieur –
ding dang dong. Puis elle attendit nerveusement sur le
pas de la porte. Il fallait peut-être prendre rendez-vous
pour parler à Mme Beeson.

Pourtant la porte ne tarda pas à s'ouvrir, et Mme
Beeson apparut dans l'encadrement. Elle s'était débarrassée du chapeau, mais portait encore les habits que
Nickie lui avait vus devant l'église. Elle tenait son téléphone IFT fermement calé contre son oreille. Saucisse
arriva en trottinant dans son sillage et renifla les
chaussures de Nickie.

– Quitte pas, Ralph, dit Mme Beeson dans son téléphone avant de lancer un large sourire à Nickie. Entre,
ma chérie. J'en ai pour une seconde.

Nickie pénétra à l'intérieur. Pendant qu'elle attendait, elle remarqua une fois de plus le badge bleu épinglé au chandail de Mme Beeson. Que représentait-il
exactement ? On aurait dit un haut building, un gratte-
ciel ou… Mais, oui, bien sûr. Une tour ! Comme le
nom de l'Oracle : Althea Tower.

– Écoute, Ralph, crois-moi, tu peux me faire confiance
sur ce coup-là, poursuivit Mme Beeson, toujours pendue

au téléphone. On a besoin du soutien de toute la population. Et, ma foi, s'il faut mettre en place des mesures exceptionnelles pour ça, eh bien on le fera. Aux grands maux les grands remèdes. (Elle marqua une pause.) Je sais, je sais, pourtant c'est bien ce qu'elle a dit, j'en suis sûre. Mmh mmh. Très bien. À plus tard.

Elle raccrocha et se tourna enfin vers Nickie.

— Mais ne reste pas là, entre, dit-elle en conduisant Nickie au salon.

En sonnant chez Mme Beeson, Nickie était curieuse de voir si son intérieur était aussi parfait que le laissait supposer l'extérieur de la maison. Sans aucun doute possible, la réponse était oui. Mme Beeson possédait le salon le plus agréable et le plus impeccable que Nickie ait jamais vu. Un épais canapé blanc faisait face à trois fauteuils bleus qu'il suffisait de regarder pour se convaincre qu'ils étaient confortables. Une assiette de gâteaux secs était posée au centre de la table basse, où reposaient également trois livres, impeccablement alignés, celui du dessus orné d'une jaquette noire où s'étalaient de grosses lettres dorées, probablement une sorte de livre saint. Trois images étaient accrochées au mur : un magnifique paysage de montagne avec un lac, une photo couleur de Saucisse et la photo d'un jeune homme avec des taches de rousseur posant en uniforme de soldat.

— Mon mari, dit Mme Beeson. Mort au combat il y a vingt-deux ans, lors de la guerre des Cinq Nations, alors qu'il luttait pour la défense de notre patrie.

Un vase de fleurs artificielles était posé sur le rebord de la cheminée, à côté d'une boîte en forme de cœur.

Il n'y avait absolument rien qui traînait, pas de pull-over jeté sur le dossier d'une chaise, pas de magazine ouvert sur le canapé, pas de chaussure oubliée par terre. Aucun fouillis nulle part. Bref, l'exact opposé de Greenhaven.

Un air de musique douce résonnait sans que Nickie eût pu dire d'où il provenait.

— Madame Beeson, il faut que je vous parle de certaines choses.

— Avec plaisir ! Tiens, assieds-toi, et prends un cookie.

Nickie s'enfonça dans le canapé blanc. Mme Beeson était sur le point de s'asseoir face à elle quand, soudainement, un ronronnement mécanique les interrompit. Une petite machine sphérique s'avança dans la pièce. Saucisse fit quelques bonds frénétiques autour de l'objet avant de sauter sur les genoux de Mme Beeson.

— Ne fais pas attention, dit Mme Beeson. C'est le robot-aspirateur. Lève juste les pieds quand il arrive. Ça rend Saucisse un peu nerveux, mais, moi, je trouve ça fantastique. Je l'ai programmé et il aspire régulièrement toute la maison.

Fascinée, Nickie observa l'objet qui roulait d'avant en arrière sur le sol.

— C'est mignon, dit-elle finalement, en prenant un cookie dans l'assiette.

— N'est-ce pas ? Oh, je trouve tous ces nouveaux gadgets très utiles. Comme mon téléphone IFT par exemple. Imagine-toi qu'avec cet appareil, je peux prendre des photos, envoyer des courriels, enregistrer la télé, recevoir des flashs d'information, identifier des substances dangereuses, ou des poisons, relever des empreintes digitales… Enfin, toutes sortes de choses très utiles. Ah ! Si seulement ça pouvait aussi détecter l'impiété, dit Mme Beeson en riant. Quel soulagement ce serait !

Elle s'interrompit et gratta Saucisse derrière l'oreille.

– Mais au fait ! Je parle, je parle. Tu avais quelque chose à me demander, ma chérie ?

– En effet, répondit Nickie en posant son biscuit à moitié mangé sur le rebord de l'assiette.

Et elle raconta à son hôtesse l'épisode du vieux cabanon où un jeune garçon s'amusait avec deux serpents lovés dans ses mains.

– Voilà, et je me demandais si un tel comportement constituait un vice ou pas…

– Des serpents ? s'exclama Mme Beeson en levant un pied pour permettre le passage du robot-aspirateur devant son fauteuil. Et où était-ce ?

Nickie lui indiqua l'endroit.

– Mmh, intéressant, marmonna Mme Beeson. J'ai lu beaucoup de livres religieux ces derniers mois et je n'y ai pas trouvé la moindre évocation positive concernant les serpents.

– Je me demandais aussi, reprit Nickie, à propos de choses comme cracher sur le trottoir, tirer la queue d'un chat et fumer. J'étais pas sûre pour le chat, ni pour fumer. C'était un petit garçon qui s'amusait à lui tirer la queue ; quant aux fumeurs, c'était un groupe d'adolescents, dans le parc.

Mme Beeson hocha doucement la tête, l'air concentré.

– Il y avait aussi des gens qui se querellaient dans une maison sur Trillium Street. Ils hurlaient et s'insultaient, mais j'ignore à quel sujet.

– Quelle adresse ? demanda Mme Beeson.

Nickie lui décrivit la maison.

– Et puis, ajouta-t-elle, soudain prise d'une inspiration, vous savez, ce Hoyt McCoy ?

L'aspirateur ayant disparu dans une autre pièce, Mme Beeson reposa Saucisse par terre et se pencha en avant pour demander :

– Oui ? Je t'écoute…

– Eh bien, quand je suis passée devant chez lui j'ai regardé au fond de son allée et j'ai vu des ombres étranges, comme des fantômes qui rôdaient autour de sa maison. Ça m'a donné la chair de poule.

– Mmh mmh… Ça, c'est intéressant.

– Je sais que c'est mal d'espionner chez les gens, reprit Nickie. Et mal d'écouter aux portes ou de regarder par la fenêtre du cabanon où il y avait le garçon et ses serpents. Je sais que je n'aurais pas dû mais…

Mme Beeson arrêta Nickie d'un geste de la main et la fixa droit dans les yeux. Durant un moment, elle ne parla pas et Nickie entendit à nouveau l'air de musique que le bruit de l'aspirateur avait couvert.

– Tu as eu raison, dit Mme Beeson d'une voix solennelle. Écoute bien ce que je vais te dire, ma chérie. Je veux que tu t'en souviennes. Quand on a conscience d'agir pour le Seigneur, on fait tout ce qu'il est possible de faire. J'ai bien dit, *tout*.

Un frisson traversa la poitrine de Nickie, comme si

elle avait été frappée par un éclair miniature. « *Tout* pour le Seigneur, se répéta-t-elle mentalement. Oui, c'est bien ça, être une personne pieuse : on est prêt à faire n'importe quoi. » Elle repensa à ces saints qui n'opposaient aucune résistance à ceux qui les assassinaient dans d'abominables circonstances. Elle se remémora les héros de son livre préféré, qui puisaient dans le fait de ne pas vivre selon les règles du commun des mortels la force de braver les monstres et de traverser des montagnes de feu. Son jeune âge ne l'empêchait pas d'être comme eux. Après tout, dans les livres au moins, c'était souvent un enfant qui triomphait des ténèbres. Oui, elle pouvait en être. Elle ressentit un poignant désir d'apporter un peu de bonté à ce monde en miettes – en commençant par Yonwood.

Mme Beeson se leva, et Saucisse avec elle.

– Ma chérie, tu es d'une aide précieuse. Toi et moi avons le même objectif. Un monde propre, fait de lumière, où chacun se comporte correctement ! Ne serait-ce pas merveilleux ?

Nickie acquiesça du chef en se figurant mentalement ce monde idyllique, où tout le monde serait gentil et bon, un monde sur lequel ne planerait aucune menace, un monde où il n'y aurait plus de guerre.

– Et plus nous débusquerons le mal, plus nous le ferons sortir de sa tanière, poursuivit Mme Beeson d'une voix soudain très sévère, et mieux notre monde se portera. Tu te souviens de ce que je t'ai dit à propos des fraises ? Un seul fruit pourri suffit à contaminer tout le panier. Mais nous ne permettrons pas que cela se produise. Pas dans notre ville en tout cas ! Une ville que nous allons débarrasser de tous ses maux et transformer en havre de paix et de dévotion à notre Seigneur. (Elle se pencha au-dessus de la table basse et ramassa les miettes de biscuit au creux de sa main.) Et crois-moi, ma chérie, tu peux compter sur moi pour aller jusqu'au bout. J'ai peut-être pas l'air comme ça, mais je peux me montrer parfaitement inflexible.

– Êtes-vous une prédicatrice, madame Beeson ?

– Non, non. J'ai arrêté tout ça. Mais je ne peux pas pour autant me contenter de rester assise là à ne rien faire. Ça ne me ressemble pas. Au printemps, j'entraîne l'équipe féminine de base-ball. Je préside un groupe d'étude à l'église. J'organise le grand nettoyage de printemps de la ville. Et qui sait, un de ces jours je me présenterai peut-être aux élections municipales. Au fond, j'aime porter plusieurs casquettes.

Tout en parlant, elles s'étaient dirigées vers l'entrée où, comme par un fait exprès, différents couvre-chef de la maîtresse des lieux étaient accrochés à un portemanteau en forme d'arbre.

– À propos, madame Beeson, je n'ai pas arrêté d'entendre de la musique depuis que je suis là, d'où vient-elle exactement ?

– Oh ça ! répondit Mme Beeson avec un large sourire. C'est ma boîte à musique !

Elle courut dans le salon et en revint une seconde plus tard, tenant la boîte en forme de cœur qui était sur le rebord de la cheminée.

– C'est ultra high-tech… Alimenté par une nouvelle sorte de pile miniature qui ne se décharge jamais. Plutonium, je crois. Ça marche encore et encore, à l'infini. C'est mignon, n'est-ce pas ?

– Oh oui !

Puis Mme Beeson la reconduisit à la porte et, sur le seuil, elle ajouta :

– Mille mercis, ma chérie. Si tu remarques quoi que ce soit d'autre, n'hésite pas, viens me le dire sans tarder.

Et elle fit un large sourire à Nickie, qui, radieuse, le lui rendit.

Toutefois, après coup, elle se sentit légèrement coupable. Elle n'avait pas vraiment vu de fantômes errer autour de chez Hoyt McCoy, pas plus d'ailleurs que des signes suspects. Elle avait simplement eu un mauvais pressentiment en passant devant chez lui. En revanche, tout ce qu'elle avait dit d'autre était vrai, ce qui compensait sans doute ce petit mensonge.

Quand elle poussa la porte de Greenhaven, le téléphone sonnait. Elle décrocha, c'était Amanda.

– Ah, c'est toi… Tant mieux. Je viens juste de me rappeler que j'ai encore les clés de la maison. Il faut que je les rapporte.

– Tu peux venir quand tu veux, répondit Nickie. Au fait, Amanda, rien de nouveau du côté de l'Oracle ? Est-ce qu'elle va mieux ?

– Non, son état est stable. Elle est toujours aussi triste et aussi muette. Elle marmonne des trucs incompréhensibles sans arrêt et, parfois, elle erre sans but dans la maison.

— Elle erre ?

— Oui, c'est comme si elle était somnambule. Elle sort dans le jardin, parfois même dans la rue. Dans ces cas-là, il faut que je me dépêche de la rattraper pour la ramener à l'intérieur.

— Tu crois qu'elle essaie d'aller quelque part ?

— Je ne sais pas.

— Et je peux toujours pas lui rendre une petite visite ? Oh, Amanda, ça me plairait tellement. Après tout, peut-être que moi je comprendrais ce qu'elle dit.

— Ça m'étonnerait. Si Mme Beeson n'y arrive pas, je ne vois pas comment toi tu pourrais.

— Oui, tu as sûrement raison. Il n'empêche que j'aimerais quand même bien la voir un de ces jours. De quoi elle a l'air ?

— Elle a surtout l'air malade, avec de lourds cernes autour des yeux, répondit Amanda d'une voix trahissant une urgence soudaine. Bon, faut que j'y aille.

Nickie passa l'heure suivante à arpenter Greenhaven. Elle adorait s'y trouver seule. Elle forait dans les pièces silencieuses tel un mineur à la recherche d'un filon. Ce qu'elle voulait trouver par-dessus tout, c'étaient de vieilles choses, particulièrement des écrits. Des tiroirs de bureau, des étagères des bibliothèques, du fond des armoires, des malles et des boîtes du deuxième étage, elle extrayait des montagnes de lettres, de programmes de théâtre depuis longtemps oubliés, de livres de comptes, de cartes postales, de menus et de listes d'invités. Ensuite elle s'asseyait par terre et se plongeait dans leur lecture jusqu'à ce que l'air lui-même ait l'odeur du passé qu'elle faisait ainsi remonter à la surface. Car tous ces mots, écrits il y a si longtemps, semblaient lui dire : « Souviens-toi de nous. On est là. On existe. On est réels. »

Dans ces moments-là, elle gardait Otis auprès d'elle. Si elle était assise par terre, il poussait son bras du bout de son museau pour l'inviter à le caresser ou tirait sur la jambe de son pantalon pour lui signifier qu'il voulait jouer. Parfois, il dormait, allongé de tout son long sur la moquette, les pattes arrière étendues, ce qui le faisait ressembler à une grenouille. D'autres fois, il s'en allait d'un pas nonchalant vers une destination connue de lui seul, et quand, quelques minutes plus tard, Nickie le cherchait, elle le trouvait mâchouillant gaiement un coin de rideau ou grattant le sol comme s'il espérait creuser un trou dans le plancher. Le simple fait de le sentir près d'elle suffisait à son bonheur.

Aux environs de deux heures et demie, alors que Crystal n'était toujours pas rentrée, elle décida de sortir Otis pour sa promenade de l'après-midi. En traversant le hall d'entrée, elle entendit des coups résonner dans la maison. Sûrement le plombier, au travail dans une des salles de bains. Elle sortit dans le jardin en passant par la porte de la cuisine.

À sa grande surprise, la porte de la cave était légèrement entrouverte. Le plombier avait dû descendre pour intervenir sur les canalisations du sous-sol. Ça tombait bien. Elle était curieuse de savoir ce qu'il y avait dans cette cave, elle n'avait qu'à profiter de l'occasion pour y jeter un coup d'œil. Elle prit Otis dans ses bras et passa la porte. Le plombier avait laissé la lumière allumée. Une ampoule nue tombant du plafond jetait un halo blafard sur une volée de marches de pierre. Elle serra Otis contre elle et descendit.

14
Quelqu'un à la cave

Le sous-sol consistait en une immense étendue, au plafond bas, qui se perdait dans l'obscurité droit devant elle et sur sa gauche ; des masses sombres, évoquant des monticules, apparaissaient dans la pénombre. Une ampoule à la lumière jaunâtre éclairait l'autre extrémité. Cela signifiait-il que quelqu'un était là-bas ? Un ouvrier peut-être ? L'idée de crier : « Y a quelqu'un ? » lui traversa l'esprit. Mais la lourdeur du silence qui régnait dans ce sous-sol où rien ne bougeait l'en dissuada. Elle allait juste jeter un petit coup d'œil, sans faire de bruit, puis elle rebrousserait chemin et s'en irait.

Une odeur de terre humide flottait dans l'air, comme lorsqu'on soulève une grosse pierre plate. Une fois que ses yeux se furent habitués à l'obscurité, elle découvrit que ce qu'elle avait pris pour des terrils n'était autre que des amoncellements de meubles, entre lesquels serpentait un étroit passage. D'improbables piles d'objets s'entassaient là. Des tables à l'envers sur lesquelles on avait posé d'autres tables, des chaises, des tabourets, des tiroirs et, au-dessus des tiroirs, d'autres chaises, posées sur l'assise, entre les pieds desquelles reposaient des boîtes à chaussures, des miroirs, des pieds de lampe ainsi que d'autres objets impossibles à identifier. Certains tas étaient partiellement recouverts d'un drap. Au bout, contre le mur, plusieurs lits à baldaquin, leurs sommiers ployant sous trois ou quatre matelas, entreposés à côté d'armoires à glace dont la haute stature faisait paraître le plafond encore plus bas. Sous leur épaisse couche de poussière, tous les objets étaient du même gris crasseux. Des toiles d'araignée tombaient du plafond en longs fils collants qui s'accrochaient aux cheveux de Nickie à mesure qu'elle avançait. Otis gigotait dans ses bras.

Elle suivit le passage qui sillonnait cet épouvantable bric-à-brac. C'était presque comme marcher dans un tunnel. Elle avançait vers la lumière.

Elle entendit un frottement, puis un froissement.

Elle s'arrêta, retenant son souffle. Y avait-il quelqu'un ? Elle se pencha et scruta la pièce à travers la forêt de pieds de table et de chaise. Il faisait trop sombre pour espérer distinguer quoi que ce soit.

Et puis il y eut du mouvement près du mur. Des meubles s'entrechoquèrent. Une tête apparut au sommet d'un monticule.

— P'pa ? C'est toi ? demanda une voix.

Nickie tressaillit. Mais sa curiosité la retint de prendre ses jambes à son cou et de s'enfuir.

— Non, répondit-elle.

La tête disparut à nouveau derrière le rempart de meubles. De nouveaux frottements, de nouveaux chocs se firent entendre, plus forts que les précédents et, au bout de quelques instants, la tête d'un jeune garçon, des toiles d'araignée plein les cheveux, apparut sous une lourde table.

— Je sais qui tu es, dit le garçon en se glissant hors de sa cachette, les mains jointes contre lui, comme s'il protégeait quelque chose. Tu es la petite-fille du vieux monsieur.

— L'arrière-petite-fille, nuança Nickie.

— Et lui, c'est qui ? demanda le garçon avec un geste du menton vers Otis qui gigotait de plus belle entre les bras de Nickie.

— C'est Otis. Je m'en occupe pour rendre service à quelqu'un. Et toi, qui es-tu ?

Elle ne pouvait pas voir son visage car le garçon était à contre-jour. Sa silhouette jetait une ombre immense sur une commode posée contre une tête de lit.

— Je suis Grover, répondit le garçon. Mon père est en train de réparer la plomberie.

— Mais qu'est-ce que tu fais ici ?

— Je suis… À L'AFFÛT, répondit Grover en élevant soudain la voix et en bondissant devant Nickie. En attendant que d'imprudentes créatures se prennent dans mes filets.

Nickie ne put retenir un cri d'effroi. Elle le regretta aussitôt en voyant que le garçon s'amusait de la peur qu'il lui avait causée.

— D'ailleurs, j'ai déjà fait un prisonnier, ajouta-t-il en avançant ses mains jointes. Son destin est entre mes mains.

– Qu'est-ce que c'est ?

Il s'avança… et elle recula. Elle n'avait pas pu s'en empêcher. Il tenait peut-être une araignée et rien ne disait qu'il n'était pas du genre à vous la jeter à la figure sans crier gare.

– Je te montre si tu as le courage de regarder, dit-il en ouvrant ses mains pour qu'elle puisse voir ce qu'il tenait.

Ce n'était pas une araignée. Pour autant, elle n'aurait pas su dire de quoi il s'agissait. Une petite chose rose. Otis allongea le cou et flaira frénétiquement les mains du garçon. Nickie le retint, immobilisant son museau.

– Un bébé souris ! s'écria le garçon. Il y en a huit là-bas, dans un nid, près du tuyau de chauffage.

– Fais voir, demanda Nickie. Éclaire-la.

Grover s'exécuta et une minuscule créature, de la taille d'une pièce de monnaie, apparut dans la lumière. Elle avait une peau lisse et glabre, presque transparente, de toutes petites pattes qui remuaient doucement et des yeux microscopiques pas encore ouverts.

– Pourquoi tu l'as prise ? demanda Nickie.

– Parce que j'en ai besoin. Pour mes serpents.

– Quoi ?

– Pour nourrir mes serpents.

Elle leva les yeux vers le garçon dont le visage était encadré par des boucles blondes, d'où émergeaient deux grandes oreilles légèrement décollées. Et soudain, elle sut qui il était.

– Tu ne me crois pas ? demanda-t-il.

137

– Oh, si je te crois. Et je n'apprécie pas du tout, répondit Nickie en tournant les talons et en prenant le chemin de la sortie.

Il la suivit dans les escaliers et jusque dehors, où elle reposa Otis, qui renifla aussitôt les chaussures de Grover avec grand intérêt.

– D'où vient ce chien ? demanda ce dernier.

– Je m'en occupe pour un temps, voilà tout. C'est... C'est un secret. Ne le dis à personne, d'accord ?

Grover balança la tête en arrière et hurla :

– Oyez, citoyens ! Vous savez quoi ? Elle a...

– Arrête ! le coupa Nickie.

Grover éclata de rire.

– Ne t'inquiète pas, je garderai ton secret. Mais maintenant tu me dois un service.

– Tu vas vraiment donner ce bébé souris à un serpent ? demanda Nickie.

– Ouaip, répondit Grover, un sourire carnassier illuminant son visage. Et tu sais pourquoi ? Parce que je suis méchant et diaaaabolique, ha ha ha. Pire que... (Il baissa la voix jusqu'à un murmure rocailleux.) Pire que Hoyt McCoy. T'as entendu parler de lui ?

Nickie hocha la tête, l'estomac noué.

– Eh bien, je suis encore pire que lui, poursuivit Grover.

– Mmh. Ce qui est sûr, c'est que tu as des toiles d'araignée plein les cheveux, répondit Nickie avant de se retourner et de disparaître dans la maison.

Quelle déveine, se dit-elle en fermant la porte du jardin. Un garçon tombé du ciel dans sa maison et il s'avè-

rait que c'était le garçon aux serpents. Et en plus, un kid-
nappeur et un assassin de bébés souris. En un mot, la dernière personne dont on pouvait tomber amoureuse.

Elle remonta au dernier étage, avec l'idée de lire jusqu'à ce que Crystal revienne. Arrivée dans la nursery,
elle alluma la lampe et attrapa le carnet de son arrière-
grand-père. Couché sur le sol à son côté, Otis sombra
dans un sommeil peuplé de rêves, si l'on en jugeait par
les courts soupirs qu'il poussait régulièrement, entre
deux convulsions de ses pattes. Nickie se mit à lire :

*2/I Mes jambes sont très faibles et me font souffrir. Ai
passé la journée à lire des revues scientifiques. La notion
de dimensions parallèles m'intrigue au plus haut point
– d'autres mondes existeraient-ils à côté du nôtre ? Courte
discussion avec M. Évidemment, je n'ai pas compris un
traître mot de ce qu'il disait.*

Et qu'est-ce que c'était que ça encore ? Elle connaissait bien trois dimensions (verticale, horizontale et
profondeur), mais qu'est-ce que c'était que des dimensions parallèles ? Et qui était ce M. ? Elle poursuivit :

*4/I Expérience troublante hier soir. Je suis allé dans la
chambre du fond pour chercher les ciseaux et j'ai cru voir
une silhouette à côté du lit. Une femme aux cheveux
bruns, flottant dans un tissu blanc vaporeux. Je me suis
senti submergé d'une affreuse tristesse. J'ai dû m'appuyer
contre la porte pour ne pas tomber. La silhouette s'est*

évaporée. Peut-être devrais-je prendre rendez-vous avec l'ophtalmo ou le cardiologue.

Il avait quatre-vingt-treize ans quand il est mort. Peut-être qu'il perdait un peu la boule et qu'il croyait voir des fantômes. Elle lut encore :

19/I Reçu la visite de Brenda B. aujourd'hui. Elle était dans tous ses états. Elle essaie de décrypter les dires d'Althea et se demande la suite qu'il convient de leur donner. Elle dévore tous les livres religieux qu'elle peut trouver dans l'espoir de comprendre le langage de Dieu. Je lui ai servi saint Augustin : « Si tu le comprends, alors c'est que ce n'est pas Dieu » et une tasse de camomille.

Voilà qui était intéressant. Mais, ensuite, venait un autre paragraphe, peut-être le plus incompréhensible de tous :

30/I La théorie des cordes – la théorie de M. ? – onze dimensions – les vagues de gravité – univers parallèles ? Y a-t-il un lien possible entre les différents univers ? Tout ceci est stupéfiant. M. dit que ses recherches sont prometteuses.

Après tout, peut-être qu'il avait basculé dans un univers parallèle, dans la chambre du fond, et qu'il avait vu un fantôme. Mais au fait, c'était laquelle, la chambre du fond ? Nickie laissa Otis à ses rêves canins et descendit au premier, espérant apercevoir le fantôme de ses propres yeux. En tout cas, aucun doute ne planait quant à savoir laquelle était la chambre du fond : une seule possédait des fenêtres donnant sur le jardin. Elle ne rencontra aucun fantôme dans ladite chambre ; en revanche, de l'autre côté du carreau, elle vit Grover qui, sans doute, attendait son père. Il longeait le muret qui bordait la terrasse en scrutant le sol et en se baissant de temps à autre pour étudier quelque chose par terre. Peut-être traquait-il d'autres créatures à capturer ? Elle l'observa un moment. Il était vraiment mignon. Et puis elle aimait sa façon de se mouvoir, leste, sautillante, comme s'il était monté sur ressort ; quant à ses oreilles décollées, sous ses boucles blondes, on ne les voyait pratiquement pas. Bien entendu, il était hors de question qu'elle tombe amoureuse de lui, à cause des serpents et du souriceau, mais elle décida néanmoins de redescendre dans le jardin pour lui parler à nouveau.

Quand Grover la vit sortir, il lui fit signe d'approcher. Elle alla le rejoindre.

– Viens. Je vais te montrer quelque chose d'incroyable, dit-il sur le ton d'un conspirateur s'apprêtant à assassiner le roi. Quelque chose qu'aucun humain n'a jamais vu.

Nickie était méfiante.

– C'est à propos des serpents ?

– Non, non, pas du tout. Du jamais vu, je te dis.

– Toi non plus tu l'as jamais vu ?

– Non, même moi.

– Alors ? C'est quoi ? demanda Nickie.

Grover plongea la main dans sa besace et en sortit une petite pomme verte.

— Excuse-moi mais j'ai déjà vu des pommes, ironisa Nickie.

— Je m'en doute. Mais regarde ça, répondit Grover en sortant son canif.

Il déplia la lame et trancha le fruit en deux dans le sens de la hauteur. Après quoi il exhiba l'intérieur de la pomme, sa chair blanche gorgée de jus et ses cinq pépins en forme d'étoile.

— J'ai déjà vu ça aussi, dit Nickie.

— Non, tu ne l'as jamais vu. Car personne n'a jamais vu l'intérieur de cette pomme avant maintenant. C'est une totale nouveauté pour l'humanité.

Et il mordit à pleines dents dans un quartier de pomme avant de mastiquer ostensiblement, les yeux pétillants de malice, un large sourire satisfait sur les lèvres.

— Tu te crois malin, dit Nickie en lui arrachant des mains l'autre moitié du fruit.

Elle était froissée d'avoir été bernée, pourtant elle ne pouvait s'empêcher de sourire elle aussi car, après tout, ce qu'il avait dit était vrai. Une idée lui vint à l'esprit.

— Moi aussi je connais quelque chose que tu n'as jamais vu, dit-elle. Une chose sur laquelle aucun humain n'a jamais posé les yeux et ne les posera jamais.

— Ça n'a pas de sens, objecta Grover, la bouche pleine.

— Si, ça en a. Je vais te montrer.

— Mais si tu me montres, alors je l'aurai vue.

— Non ! Attends-moi là, je vais la chercher.

Elle courut à l'intérieur, fila dans sa chambre et en

revint quelques instants plus tard, une feuille de papier à la main.

— Tu sais ce que c'est ? demanda-t-elle en exhibant fièrement la feuille.

— C'est une maquette de monstre pour un film de science-fiction, répondit Grover après avoir étudié l'image.

— Eh non, répondit Nickie d'un air satisfait. C'est un acarien. Grossi des centaines et des centaines de fois. Dans la réalité, tu ne le verras jamais car c'est invisible à l'œil nu.

— Ah ! ? ! répondit Grover, légèrement interloqué. Où est-ce que tu l'as eu ?

— Je l'ai découpé dans un magazine. J'aime les trucs bizarres.

— Mais pas les serpents, n'est-ce pas ? Tu en as sûrement peur.

— Pas du tout.

— Jamais tu ne voudrais voir un serpent manger une souris.

— Et pourquoi pas ? rétorqua-t-elle, d'abord par bravade, avant de réaliser, l'instant suivant, qu'elle ne faisait que dire la vérité.

Effectivement, ce devait être un spectacle horrible à voir, mais non dénué d'intérêt. En outre, ça pourrait l'aider à se faire une opinion sur ce garçon et à déterminer si oui ou non il se trouvait sous l'emprise des forces du mal.

— Vraiment ? s'exclama Grover, surpris.

— Oui, oui, vraiment.

– J'te crois pas. Tu dis ça seulement pour faire genre.

Dans un sens, ce n'était pas faux, même si jamais Nickie ne l'aurait admis.

– Pas du tout. Dis-moi quand et je viendrai voir.

Ainsi lui recommanda-t-il de venir le lendemain, vers trois heures et demie, avant de lui indiquer le chemin de sa maison. Elle se reprit juste à temps pour éviter de dire qu'elle savait déjà où c'était.

Crystal rentra vers cinq heures, les joues roses à cause du froid et l'œil brillant. Elle se montra intarissable sur la beauté des paysages, dans les collines environnantes.

– C'est réellement une région magnifique, dit-elle. J'ai passé un moment merveilleux.

– Tant mieux, répliqua Nickie, ne l'écoutant que d'une oreille.

– Et Len m'a raconté des tas de choses intéressantes sur Yonwood, poursuivit Crystal, décidément en verve. Apparemment, une femme d'ici aurait eu une sorte de vision. Les gens pensent que Yonwood est un endroit béni de Dieu, et qu'ils seront en sécurité si jamais il y a la guerre.

– Len croit sincèrement à ça ? demanda Nickie, soudain beaucoup plus attentive.

– Il ne sait pas quoi en penser, répondit Crystal en jetant son manteau sur une chaise. Il était à l'école avec cette personne, l'Oracle comme ils l'appellent. Et, à ce qu'il dit, elle était plutôt timide et réservée, toujours plongée dans les livres et vraiment pas du genre à faire de l'esbroufe. Alors il pense que ce qui lui arrive est peut-être vrai. Et toi ? Tu en as entendu parler ?

– Un peu, répondit Nickie, évasive.

– Demain, je vais essayer l'institut de beauté, en ville. Je vais sûrement ressortir apprêtée comme un cochon de lait avec du persil dans les narines, mais ce sera toujours mieux que ça, dit Crystal en passant une main dans ses mèches en bataille.

– Bonne idée, répondit Nickie, bien qu'elle pensât que Crystal était très bien comme elle était.

– Après, j'irai à Asheville, faire les magasins. J'imagine que tu ne veux pas venir.

– Non merci.

– Mais qu'est-ce que tu vas faire ?

– Oh, rien de bien extraordinaire, répondit Nickie dont le bon sens lui commanda d'éluder les histoires de serpents et de souris.

– Tu es une si gentille petite fille, la complimenta Crystal. Tout ce temps toute seule et, avec ça, tu ne t'ennuies jamais et tu ne fais pas de bêtises. C'est incroyable.

Pour toute réponse, Nickie se contenta d'un grand sourire.

15
Au fond des bois

Le jour suivant, un lundi, Grover, assis sagement devant son pupitre à l'école, repensa plusieurs fois à Nickie. Mais pas de la manière dont on envisage le plus souvent une relation fille-garçon, pour la simple et bonne raison que l'idée même d'être amoureux ne lui avait jamais traversé l'esprit. Non, il la voyait seulement comme une personne originale. Ce n'était pas tous les jours qu'il rencontrait quelqu'un, encore moins une fille, qui s'intéresse à des trucs comme les acariens. Il attendait avec impatience de pouvoir lui montrer ses serpents, après les cours. Ce serait marrant de voir si, finalement, elle avait la trouille ou pas.

Mais, avant cela, il fallait qu'il aille à la chasse. Juste avant deux heures, il répondit aux dernières questions de son devoir d'anglais avant de simuler, avec un réalisme certain, une quinte de toux à fendre l'âme.

– Du mal à respirer. Je vais à l'infirmerie, s'étrangla-t-il en sortant de la classe.

Pourtant, à peine sorti dans le couloir, il se glissa

dehors par une porte dérobée et remonta Fern Street au pas de course jusqu'au sentier qui menait au bois.

La forêt, c'était sa deuxième maison. Il connaissait tous les chemins qui sillonnaient les collines, tous les torrents, tous les surplombs rocheux, ainsi que tous les endroits où les salamandres avaient des chances de se terrer sous un morceau de bois pourri. En été, il passait des heures ici, à crapahuter dans les buissons et à patauger dans les ruisseaux ou simplement à contempler le paysage, assis sur un rocher. Ainsi avait-il appris que, si l'on restait assis sans bouger pendant assez longtemps, on pouvait voir des choses que les autres ne voyaient pas. Les animaux sortaient de leur tanière et se risquaient tranquillement à découvert, sans réaliser qu'il était là. Un soir d'été, entre chien et loup, il avait observé un sconse de si près qu'il avait pu compter les griffes sur ses pattes antérieures.

Mais aujourd'hui, il cherchait à manger pour sa couleuvre à ventre rouge. La couleuvre tachetée aurait le souriceau, qu'il essayait de maintenir en vie pour que Nickie puisse le voir se faire croquer. Pour l'autre serpent, quelques belles limaces et éventuellement une petite salamandre feraient l'affaire. Autant de proies qu'il aurait pu facilement attraper au fond de son jardin, mais il voulait aller dans les bois. Il n'avait pas pu y aller depuis longtemps à cause des devoirs, du mauvais temps ou des coups de main qu'il avait dû donner à son père, et ça lui manquait.

Il était conscient qu'en ville on n'arrêtait pas de parler d'un rôdeur dans les bois, peut-être même d'un terroriste préparant un mauvais coup, mais ça ne lui faisait pas peur. De fait, ça lui était même sorti de la tête. Les palabres interminables à propos des terroristes et de la guerre étaient typiquement le genre de choses qui lui rentraient par une oreille et sortaient par l'autre. Il était assez occupé comme ça avec ses propres soucis.

Il s'engagea sur un chemin pentu qui, après quinze minutes de marche, le mènerait à un endroit découvert où courait un ruisseau. Un coin idéal pour dénicher toutes les petites bêtes qui affectionnent les habitats humides. Il avait pris avec lui un petit seau en plastique pour y stocker ses prises.

Dans le rythme de son pas altier résonnait sa joie d'être là. Des rais de soleil crevaient les nuages par intermittence, transformant le sol du chemin en ruban à pois. De part et d'autre du sentier, le sous-bois était épais, dense. Les épineux le disputaient aux arbustes, ponctués d'énormes sorbiers avec des baies comme des décorations de Noël. Sur son passage, les oiseaux levés disparaissaient dans de bruyants battements d'ailes. Tout en marchant, il n'oubliait pas d'inspecter la lisière du chemin, qui se rétrécissait à mesure qu'il grimpait, à la recherche de trous susceptibles d'abriter quelque animal. Terriers, galeries, vieilles souches, pierres plates exposées au soleil étaient autant d'endroits dont les serpents étaient friands, et avec eux Grover.

Chemin faisant il fredonnait une petite chanson – un air guilleret qui lui venait aux lèvres chaque fois qu'il marchait le cœur léger. Le regard toujours à l'affût du moindre détail digne d'intérêt, son esprit vagabonda vers le projet qu'il caressait depuis des mois : participer à l'expédition « À la découverte des reptiles » organisée par l'association « Pointe de flèche ». C'était parfait pour lui. Addison Pugh, un célèbre herpétologiste, conduisait l'expédition, qui se déroulerait dans le désert d'Arizona, un endroit où il n'était jamais allé et où les espèces rencontrées seraient totalement différentes de celles qu'il avait l'habitude de croiser par ici. Ça allait être génial. Il allait apprendre mille choses et, qui plus est, rencontrer des gens qui pourraient l'aider à faire carrière dans ce domaine. Il fallait absolument qu'il en soit. Et ce n'était pas un obstacle aussi trivial que trois cents soixante-quinze dollars qui allait lui barrer la route. Dommage que sa famille n'ait pas d'économies. Mais ça l'avait obligé à se montrer créatif. Il était confiant. Son slogan pour les céréales avait toutes les chances de ramasser la mise, et puis il avait déchiffré le cryptogramme et tout renvoyé en temps et en heure. Les tombolas étaient moins prometteuses car ce n'était qu'une question de chance. En même temps, il s'était inscrit à un si grand nombre – au moins cinquante au cours des dernières semaines – qu'il allait forcément gagner quelque chose. Après tout, il ne demandait pas la lune, un deuxième prix par-ci et un troisième prix par-là et il aurait la somme.

Toutes ces pensées, qui se bousculaient dans sa tête, l'avaient rendu moins attentif qu'à l'accoutumée. Il était assez haut dans la montagne maintenant, et, par ici, le chemin était fréquemment obstrué par un buisson qui avait poussé plus que de raison ou par un arbre déraciné lors d'une tempête. Grover ne s'en souciait guère. Il enjambait l'obstacle ou le contournait. De toute façon, il savait toujours où il se trouvait. Mais cela impliquait aussi de faire beaucoup plus attention pour ne pas glisser et se retrouver les quatre fers en l'air. Ce qui expliquait sûrement que, dans un premier temps, il ne remarqua pas quelque chose qui bougeait, plus haut dans la montagne, à l'endroit où les arbres étaient plus denses. D'autant que le bruit de son propre pas couvrait celui qu'aurait pu éventuellement faire quelqu'un d'autre. Quelques dizaines de mètres plus loin, il croisa le sentier boueux menant là où il voulait aller. Il s'arrêta pour se reposer quelques instants. C'est alors qu'il entendit un bruit au loin. Un bruit sourd, comme seul un homme adulte pouvait en produire.

Il se figea et, immobile, tourna la tête dans la direction d'où lui semblait provenir le bruit. Avec la densité du sous-bois, impossible de voir ce qui se passait à distance. Tout ce qu'il distingua, ce fut une tache plus claire, au loin, qui bougea, s'arrêta puis bougea encore avant de disparaître. Il attendit quelques minutes de plus, sans entendre d'autre bruit ni voir d'autre mouvement. Aussi descendit-il jusqu'au ruisseau. Arrivé au bord de l'eau, il s'accroupit sur un rocher.

À sa connaissance, rien de ce qu'il venait d'apercevoir ne correspondait à la faune de ces lieux. Rien d'aussi imposant, qui plus est clair et blanchâtre, ne vivait dans ces collines. Il n'avait aucune idée de ce que ça pouvait être. Un immense oiseau blanc ? Une cigogne ? Mais qu'est-ce qu'une cigogne serait venue faire dans les bois ? Ça n'avait pas de sens. Un fantôme ? Il n'y croyait pas. En outre, jamais un fantôme n'aurait fait de bruit en se déplaçant.

Finalement, peut-être que tous ces commérages à propos d'un rôdeur dans les montagnes n'étaient pas que des fariboles. Grover ne put réprimer un frisson. Et si ce terroriste attendait juste de pouvoir kidnapper quelqu'un : donnez-moi un million de dollars pour financer mon organisation terroriste ou alors je découpe ce garçon en morceaux et je l'éparpille dans les pins.

Grover se recroquevilla, les bras autour des jambes, puis il se pencha au-dessus de l'eau vive du ruisseau, suivant vaguement du regard les brindilles et les feuilles mortes charriées par le courant. Il resta ainsi un long moment, imaginant ce qui se passerait si un terroriste bondissait soudain de derrière un arbre et l'attaquait. L'idéal eût été d'avoir un serpent avec lui, comme ça il aurait pu effrayer l'assaillant et le forcer à le laisser partir. Un venimeux eût été d'un grand secours dans cette situation. Sans serpent, il serait forcé de livrer bataille. Dommage qu'il n'ait pas appris le karaté ou un autre art martial. Quoi qu'il en soit, il ne se rendrait pas sans combattre. Il était fort et agile, il pourrait donner des coups de pied et même mordre. Il s'imagina en boa constrictor géant s'enroulant autour du terroriste avant de lui infliger une terrible morsure dans la nuque.

Pour autant, le mieux était encore de ne pas se faire attraper du tout. Aussi se concentra-t-il sur ce pour quoi il était venu. Et il retourna des pierres, planta le bout de sa chaussure dans des morceaux de bois en putréfaction, souleva des plaques d'humus et sonda des trous à l'aide d'un bâton. Il eut tôt fait d'attraper de belles larves, cinq escargots, deux limaces de bonne taille ainsi qu'une petite salamandre violacée avec des taches jaunes sur le dos. Il mit toutes ses prises dans son seau et reprit le chemin de la maison.

16
Le festin du serpent

Un peu avant trois heures et demie, Nickie prit le chemin de chez Grover. Elle avait déjà vu l'arrière de la maison – à tout le moins l'avait-elle aperçu, derrière le cabanon et les arbres fruitiers –, mais là, pour la première fois, elle voyait la façade. Elle était peinte d'un ton ocre et ne comportait qu'un seul étage. Deux tricycles cabossés avaient été oubliés sur la pelouse. Trois marches affaissées par les allées et venues menaient à un porche sous lequel se trouvait un canapé en tissu vert, si usé qu'il avait viré au blanc au niveau des accoudoirs. Une très vieille femme, vêtue d'une robe de chambre rouge avec une fermeture éclair sur le devant et d'un pantalon de jogging couleur lavande, y était installée. Quand Nickie monta les marches, la vieille femme la dévisagea.

– Tu n'es pas d'ici.

– Non, répondit Nickie. Je suis en vacances.

La vieille femme hocha la tête. Nickie remarqua qu'elle portait des pantoufles jaunes ornées de canards.

— Je cherche Grover.

Mais celui-ci l'avait sans doute vue arriver car elle n'avait pas fini sa phrase que la porte s'était ouverte et qu'il était apparu sur le seuil.

— Alors comme ça tu es vraiment venue, dit-il, la main sur la clenche. J'en reviens pas !

— Ah, tu t'es trouvé une petite copine, commenta la vieille femme.

— Ce n'est pas ma petite copine, mémé. Juste une copine, répondit Grover.

L'intérieur de la maison était aussi sombre qu'encombré. La télé était allumée. Le Président annonçait qu'il ne restait que quatre jours avant l'expiration du délai qu'il avait fixé aux Nations de la Phalange. Mais personne ne lui prêtait la moindre attention. Le salon regorgeait de meubles fatigués sur et sous lesquels rampaient, roulaient et s'agrippaient une horde de gamins. Quand Nickie entra, ils levèrent tous en même temps une paire d'yeux ronds dans sa direction.

— Mes frères et sœurs, annonça Grover avec un ample geste de la main.

— T'en as combien ? demanda Nickie, avisant un autre petit, qui traversait le couloir d'un pas vacillant.

— Six. Les jumeaux et puis les quatre autres. Plus moi. L'aîné.

Il la conduisit dans un étroit couloir qui traversait la maison de part en part et dont les murs étaient couverts de photos : des photos de classe, de mariages, de bébés à la maternité… Certaines dans des cadres, d'autres simplement punaisées au mur.

Ils sortirent par la porte de derrière et Grover la mena, entre les troncs tordus des fruitiers et entre les tapis de feuilles mortes gorgées d'eau, jusqu'au cabanon le long de l'allée.

Nickie commença soudain à se sentir nerveuse.

Grover fit rouler les chiffres du cadenas et ouvrit la porte de la baraque. Elle lui emboîta le pas. À l'intérieur l'air était saturé d'une forte odeur de terre. Quelques outils de jardin, hors d'usage pour la plupart, étaient accrochés çà et là aux parois de bois. Deux terrariums étaient posés sur une étagère. Le reste de la cabane, c'est-à-dire les autres étagères, une chaise et une petite table, était jonché de tonnes de magazines spécialisés dans les reptiles. Il y en avait jusque par terre, où ils se mélangeaient à des centaines de cartons de céréales, de boîtes de farine, de savon, tous vides, éventrés, pliés et déchirés en dizaines de confettis éparpillés un peu partout.

— Qu'est-ce que c'est que ça ?

— Concours, répondit Grover avec assurance. Des tombolas, des loteries, des jeux-concours. Ce genre de trucs, quoi. Y a des tombereaux d'argent qui attendent d'être distribués. Je m'inscris à tout ce que je peux.

— Pour quoi faire ?

— Ben… À ton avis, répliqua Grover avec la mine de celui qui pense ostensiblement : « Mais comment peut-on être aussi stupide ? » Pour gagner de l'argent, pardi. Je veux participer à l'expédition « À la découverte des reptiles » organisée par « Pointe de flèche » cet été. Et ça coûte trois cent soixante-quinze dollars…

que je n'ai pas. Alors je vais les gagner, au sens propre du terme.

— Tu sais, on gagne rarement à ce genre de jeux. Je ne connais personne qui ait jamais remporté quoi que ce soit.

— Eh bien, ça ne saurait tarder. Regarde celui-là, embraya Grover en lui tendant une page arrachée d'un magazine. En moins de cent mots, expliquez pourquoi les cornichons Armstrong sont les meilleurs. Tu veux que je te lise ce que j'ai écrit ?

— OK, répondit Nickie en jetant de temps à autre des regards inquiets aux deux terrariums sur l'étagère, dans lesquels elle ne distinguait rien d'autre que des feuilles mortes et des brindilles.

Grover fourragea un instant dans les papiers qui encombraient la table avant de sortir du tas une feuille de classeur. Il lut :

— « Dimanche dernier, le soir, je révisais mes leçons en vue d'un devoir de maths. Il était tard et j'étais fatigué. Mes paupières étaient si lourdes que les chiffres étalés sur mon livre commençaient à danser sous mes yeux. "Comment vais-je réussir ce devoir si je ne peux même pas ouvrir les yeux ?" me suis-je dit. C'est là que j'ai pensé aux cornichons Armstrong ! D'un bond, j'étais à la cuisine. J'ai sorti un bon gros cornichon bien vert du pot et, à la première bouchée, fraîche et juteuse, WAOUH, la pêche ! Le lendemain j'ai eu un A à mon interro. » Quatre-vingt-dix-neuf mots, ajouta-t-il avec un sourire radieux.

Nickie éclata de rire.

– C'est super ! Qu'est-ce que tu remportes si tu gagnes ?

– Cinq cents dollars et un plein carton de bocaux de cornichons. Il existe toutes sortes de concours. Pour certains il faut trouver un slogan, pour d'autres il faut faire le plus de mots possible avec le nom d'un produit et pour d'autres encore il faut déchiffrer des cryptogrammes…

– Tu as déjà gagné à l'un de ces concours ?

– Oh que oui ! J'ai gagné six boîtes gratuites de céréales Oat Crinklies et un carnet entier de coupons de réduction sur la lessive Rosepetal. Jamais d'argent jusqu'à présent, mais ça va venir, dit-il en se retournant vers les terrariums. Bon, passons aux choses sérieuses. D'abord la couleuvre tachetée. Elle n'a pas mangé depuis des semaines.

– Des semaines ?! ?

– Mmh mmh. Les serpents mangent pas beaucoup en hiver. À cette époque de l'année, ils s'enfouissent sous la terre et hibernent. C'est tout juste s'ils mangent quoi que ce soit avant l'arrivée du printemps. Hé, tu sais ce que j'ai vu dans les montagnes, quand je suis allé chercher de la nourriture pour les serpents ?

– Non, quoi ?

– J'ai vu le terroriste, celui qui a cassé la fenêtre du restaurant.

– C'est vrai ? T'as pas eu peur ?

– Naaah. Il était loin. Mais énorme. Très costaud. Je l'ai juste aperçu.

Grover retira le couvercle de la première cage. Le serpent s'étira, sa tête, puis le reste de son corps émergeant du tapis de feuilles sèches sous lequel il était enfoui. Son corps était rayé de noir, jaune et rouille.

— Tu sais, dit Grover en regardant son serpent d'un œil énamouré, on les appelle aussi *milksnake*, « serpent de lait », parce qu'on les trouve souvent dans les granges. Et les gens, avant, pensaient qu'ils venaient pour traire les vaches.

— Il ressemble à tout sauf à du lait.

D'une petite boîte en carton posée à côté du terrarium, il sortit le souriceau qu'il avait montré à Nickie la veille. Il était tout rose, presque luisant, avec de toutes petites pattes qui se terminaient en doigts aussi fins que des cheveux. Il avait une tête minuscule, avec deux globes bleutés à la place des yeux. Il remuait un peu dans la main de Grover, mais il paraissait fragile et faible.

— *Bye bye baby*, dit Grover en attrapant une longue pince, du genre de celles qu'on utilise pour retourner les steaks sur le barbecue.

Son humeur taquine s'en était allée. Il était tout à ce qu'il faisait, concentré, précis et sérieux. Il immobilisa la minuscule souris entre les mâchoires de la pince et l'agita doucement devant la tête du serpent, d'avant en arrière. La langue du reptile fut soudain prise d'une frénétique activité, ondoyant hors de sa gueule de manière effrénée. Puis il se leva. Doucement au début, puis vivement, jusqu'à ce que la moitié de son corps fût dressée dans les airs.

— Finalement, je ne suis plus sûre de vouloir assister à ça, dit Nickie en esquissant un geste de recul.

Mais c'était trop tard. Le serpent s'était jeté en avant

d'un coup sec, arrachant la souris des mâchoires de la pince, avant de retourner prestement dans sa cage de verre et de s'enrouler autour de sa proie pour l'immobiliser. Quand ce fut fait, il ouvrit démesurément ses mâchoires et, lentement, les referma sur la tête du souriceau.

— Ils mangent toujours la tête en premier, expliqua Grover. Ils peuvent avaler des proies plus grosses qu'eux grâce à leurs mâchoires extensibles. En fait, elles ne sont pas solidaires l'une de l'autre.

Nickie se figea d'horreur, sans pour autant pouvoir détourner les yeux de ce spectacle. Il ne fallut que quelques secondes à la chair rosée de la souris, encore palpitante, pour disparaître dans les entrailles du serpent. Durant un court instant, il ne resta plus du bébé rongeur qu'un petit bout de queue dépassant de la gueule du reptile. Quand la queue eut disparu elle aussi, la bête se rallongea sur le sable. Derrière sa tête : une bosse de la taille d'une souris.

Nickie haleta. Inconsciemment, elle avait retenu sa respiration. Elle se sentait nauséeuse.

— C'est horrible, murmura-t-elle enfin.

— Non, pourquoi ? C'est comme ça que vivent les serpents. Si je ne lui avais pas donné de souris, il en aurait attrapé une lui-même.

— Comment tu peux supporter de faire ça ? Pauvre petite souris.

— Bah ! C'est la nature, répliqua Grover avec un haussement d'épaules. Et la nature a autant besoin des serpents que des souris.

— Mmh, j'imagine, marmonna Nickie, encore sous le choc.

— Bon, ben voilà ! Ça y est, dit Grover en reposant les pinces et en remettant le couvercle. Au moins, tu ne t'es pas évanouie.

— Je ne m'évanouis jamais, rétorqua Nickie qui sentait maintenant la colère le disputer au malaise.

— Tu veux voir manger la couleuvre à ventre rouge ?

— Non merci. C'est trop bizarre.

— Ce n'est pas bizarre du tout. Ça se passe tous les jours. Des centaines de fois. Non, si tu veux voir quelque chose de vraiment bizarre, va chez Hoyt McCoy au milieu de la nuit. Le type fait des fissures dans le ciel. Je l'ai vu.

— Allez... Arrête tes sornettes.

— Non, non. Je t'assure, je l'ai vu. Une longue ligne dans le ciel. Ah, lui, il fait des trucs bizarres. Peut-être même qu'il envoie des signaux aux nations ennemies ! Ou qu'il ouvre un passage dans le ciel pour que les monstres extraterrestres et les démons puissent s'infiltrer chez nous, dit Grover en agitant les doigts de manière théâtrale.

Nickie secoua la tête. Avec lui, on ne savait jamais s'il plaisantait ou pas.

— Bon. Je dois y aller.

Grover la raccompagna dans le jardin, puis ils traversèrent la maison, où régnait toujours le même vacarme, et sortirent sur le perron, où était toujours installée la grand-mère.

— Tu pars déjà ?

— Je lui ai montré la couleuvre tachetée, dit Grover.

— Pas étonnant qu'elle parte en courant, répliqua la grand-mère.

— Je lui ai donné son dîner, poursuivit Grover.

— C'était dégoûtant, commenta Nickie.

— Je te crois sur parole, répondit la grand-mère en observant la fillette de la tête aux pieds. Dis, mon garçon ! Tu me présentes à cette jeune personne ?

— Je te présente ma grand-mère, Carrie Hartwell, dit Grover en se tournant vers Nickie. Mais tout le monde l'appelle mémé Carrie. Mémé, je te présente Nickie.

— Nickie Randolph, poursuivit Nickie. Mon arrière-grand-père habitait ici. Arthur Green.

— Ah ! soupira la grand-mère. Il était du côté des anges.

Nickie ne sut trop comment interpréter cette remarque, mais celle-ci lui parut plutôt plaisante. Elle salua donc ses hôtes et prit congé. Tandis qu'elle marchait dans la rue, ses jambes flageolaient et son estomac faisait des nœuds. Était-ce faire le bien que de donner un souriceau à manger à un serpent ? Pour la souris certainement pas, en revanche, pour le serpent, sans aucun doute. Commettait-il un péché en faisant une chose pareille ? Elle n'aurait su répondre.

17
L'horrible maison
de Hoyt McCoy

Nickie retourna à Greenhaven par Raven Road. Elle n'avait pas réellement prévu de passer par là, son esprit étant tout occupé à revivre l'épisode du cabanon. Toutefois, en croisant l'allée de gravier devant la maison de Hoyt McCoy, elle hésita, repensant à ce que Grover lui avait dit : que Hoyt McCoy déchirait le ciel. Ça, ce n'était pas possible. En revanche, ce qu'il avait vu pouvait très bien être un signe d'impiété caractérisé. Mme Beeson l'avait dit. Elle trouvait cet homme bizarre, et il y avait probablement des choses louches qui se déroulaient chez lui. Nickie lui avait promis de l'aider dans sa lutte contre le mal. Aussi, pendant qu'elle était là, peut-être pouvait-elle en profiter pour surveiller un peu ce Hoyt McCoy. Non qu'elle en ait particulièrement envie, son éternelle curiosité n'allant pas jusqu'à s'exercer à l'encontre de lugubres maisons isolées où vivaient des gens à la réputation sulfureuse. Mais si elle voulait avoir sa part dans l'œuvre d'éradication du mal, qui laisserait bientôt place au bien, il fallait qu'elle soit courageuse.

Elle serra les dents et prit une profonde inspiration, le cœur battant. Elle voulait simplement jeter un rapide coup d'œil dans l'espoir de voir quelque chose qui nourrirait un rapport circonstancié pour Mme Beeson.

Elle remonta l'allée, que bordaient des mûriers défraîchis dont les fruits gâtés étaient répandus sur le gravier. Sur la gauche, de grands pins jetaient une ombre dentelée sur le sol. Nickie usa de cette couverture aussi longtemps qu'elle le put. Puis elle passa un virage et là, droit devant elle, apparut la maison, une bâtisse à deux étages, au toit en pente, coincée dans un bosquet de pins et de grands chênes. De couleur ocre, la façade aurait bien eu besoin d'être repeinte, et le toit nettoyé, car il débordait de feuilles mortes. Elle s'arrêta et leva le nez, pour étudier les éventuels mouvements. Trois oiseaux décollèrent d'une touffe d'herbe folle, mais elle ne vit rien bouger, ni à l'extérieur ni derrière les fenêtres. Aussi reprit-elle prudemment ses manœuvres d'approche.

Que cherchait-elle au juste ? Elle ne le savait pas elle-même. Quelque chose de vraiment terrible qui aurait prouvé la dangerosité du propriétaire, comme des tombes fraîchement creusées ou des ossements humains ? Des signes de démence, Hoyt McCoy dansant tout nu autour de chez lui ? Des indices dégoûtants nuisant à l'hygiène publique, tels que d'immondes toilettes nauséabondes au fond du jardin ou un tas d'ordures en décomposition investi par les rats au pied de la maison ? Elle ne vit rien de tout ça, juste une grosse voiture noire, à la carrosserie poussiéreuse, garée en haut de l'allée. Peut-être des choses horribles se déroulaient-elles à l'intérieur de cette sombre demeure silencieuse, mais pour rien au monde elle ne se serait aventurée d'assez près pour observer de l'autre côté des carreaux. Elle irait jusqu'au petit passage en briques qui commandait l'entrée principale et, si elle ne voyait rien de notable, elle partirait.

Elle se glissa donc hors de l'ombre protectrice des grands arbres et avança discrètement vers la maison. Elle s'arrêta devant le perron et balaya la façade des yeux : la lourde porte d'entrée, les fenêtres attenantes (occultées par d'épais rideaux), les fenêtres à l'étage (aux volets clos) et enfin, au-dessus, un œil-de-bœuf duquel dépassait – elle fit un pas en arrière, se sentant défaillir – un canon pointé vers le ciel.

Glacée de terreur, elle s'immobilisa, les yeux fixés sur l'objet, qui baissait sa mire jusqu'à viser droit sur elle.

– Pas un geste ! Intrus, malfaisant, espion ! Restez où vous êtes ou il vous en cuira !

Mais Nickie n'avait aucune intention de rester plantée là à attendre de se faire tirer dessus. Elle courut vers les arbres aussi rapidement que ses jambes en coton le lui permettaient, persuadée qu'à chaque seconde un coup de feu pouvait claquer et une balle se ficher entre ses omoplates. À la lisière de l'allée, elle trébucha et s'étala de tout son long. Elle demeura immobile un instant, puis tourna lentement la tête vers la maison. Le canon était toujours pointé vers le sol, mais personne ne criait, et personne ne faisait irruption dehors. Aussi se remit-elle sur ses pieds et, d'un pas sûr cette fois, prit ses jambes à son cou.

Sachant que Crystal ne serait pas encore rentrée, elle courut chez Mme Beeson, avala l'escalier d'un bond et appuya sur la sonnette. Quand Mme Beeson vint ouvrir, elle trouva Nickie si essoufflée qu'elle pouvait à peine parler.

– Madame Beeson, s'étrangla-t-elle, affolée. Ce M. McCoy a essayé de me tirer dessus.

Mme Beeson écarquilla de grands yeux.

– Quoi ? Te tirer dessus ? ! ?

Nickie lui raconta le canon pointé à la fenêtre et la voix qui l'avait menacée.

– Oh ! s'épouvanta Mme Beeson en attrapant Nickie par la manche et en la tirant à l'intérieur. C'est pire que ce que je pensais. J'appelle la police tout de suite, qu'ils y aillent immédiatement.

Et elle remonta le couloir d'un pas décidé, laissant la fillette, tremblante comme une feuille, près de la porte. Quelques secondes plus tard, Nickie l'entendit parler au téléphone.

– Oui, c'est ça. Raven Road. McCoy. Faites attention. Il est armé. Je vous retrouve là-bas.

Quand elle revint, elle avait déjà presque enfilé son manteau.

– On va le faire enfermer, tu peux me croire ! Ma pauvre petite chérie. N'aie pas peur, c'est fini, ajouta-t-elle en embrassant prestement Nickie.

Ses bras avaient l'odeur du sucre.

— Je le savais, je le savais, se répéta-t-elle ensuite d'une voix fiévreuse. D'ailleurs je l'ai toujours su. (Elle claqua des mains en les joignant.) Du calme, Brenda. Du calme.

Calme, Nickie ne l'était pas. Au contraire, elle était surexcitée.

— Et ce n'est pas tout ! Le garçon avec les serpents... Eh ben, il les nourrit avec des bébés souris ! Et ce terroriste qui rôde dans les bois ? Eh ben, il l'a vu ! Et il m'a raconté aussi que ce McCoy déchirait le ciel pour envoyer des messages à l'ennemi !

— Pas une minute à perdre, il faut agir, affirma Mme Beeson en attrapant sèchement son sac, posé sur une desserte, près de la porte. Toi, tu rentres te mettre à l'abri chez toi. Qui sait ? Il est peut-être de ces... Mais nous l'aurons, ne t'inquiète pas. Je viens te voir dès que tout ça sera fini.

Nickie retourna à Greenhaven où, pour une fois, elle regretta l'absence de Crystal, à qui elle avait un terrible besoin de se confier. Pourtant, le seul témoin de l'existence de Crystal se résumait à un mot, posé sur la petite table du téléphone, dans l'entrée. Il disait :

Nickie,
Ta mère a appelé.
Elle semblait particulièrement fatiguée et inquiète.
Ton père a envoyé une nouvelle carte, je te la copie :

« *Chères Nickie et Rachel,*
Ici tout va bien. On travaille dur, et on progresse rapidement.
J'espère que vous vous portez merveilleusement toutes les deux.
Je vous aime,

Papa

P.-S. Hier, j'ai lu Shakespeare jusqu'à minuit. »

J'ignorais que ton père lisait Shakespeare...
Je rentre pour dîner, à tout à l'heure.

Crystal

« Je l'ignorais aussi », lui répondit mentalement Nickie. Il y avait un truc étrange avec ces cartes postales. En tout cas, ça demandait réflexion. Son père n'était-il pas en train de leur envoyer une sorte de message, lui qui avait toujours apprécié les jeux de décryptage, les codes et les énigmes ? Il lui en avait montré des quantités par le passé, et ils s'étaient bien amusés à tenter de les résoudre ensemble. Et si ces cartes postales étaient codées ?

Elle monta dans la nursery et posa les trois messages côte à côte sur le banc, près de la fenêtre, et elle les étudia un moment. En vain. Si ces cartes étaient codées, elle ne comprenait pas comment. Elle abandonna donc la partie, préférant batifoler un long moment avec Otis, dont l'humeur joueuse lui mit immédiatement le cœur en joie. De fait, dès qu'elle était avec lui, tout allait mieux. Elle aimait tout chez lui : sa petite truffe noire et humide, le poil dru sur le haut de sa tête, les cinq coussinets sous ses pattes et même son odeur de chien. Ils jouèrent à tous leurs jeux préférés jusqu'à ce que les messages de son père et l'image de l'horrible McCoy s'effacent peu à peu de son esprit.

18
De visu

Il se passait quelque chose chez McCoy. Sorti chercher le courrier à la boîte aux lettres, avant le dîner, Grover vit deux voitures, dont une de la police, passer à vive allure dans Trillium Street avant de bifurquer sèchement à gauche, vers Raven Road. Bien sûr, il les suivit pour voir où elles allaient. Et il les vit s'engouffrer dans l'allée de Hoyt McCoy. De toute évidence, ils n'étaient pas venus lui rendre une visite de courtoisie. Les roues des voitures ripaient sur le gravier.

Hoyt était-il victime d'une crise cardiaque ? S'était-il tiré une balle dans le pied avec son fameux fusil ? Non, il avait tiré sur quelqu'un d'autre et ils venaient l'arrêter. Quoi que ce fût, Grover devait savoir.

Il remonta l'allée en courant, dans le sillage des voitures, et alla se cacher dans un bosquet d'arbres d'où il pouvait voir sans être vu. Les deux voitures avaient pilé sur le terre-plein, juste devant l'horrible maison de Hoyt. La police locale émergea du premier véhicule, Mme Beeson du second. Les agents dégainèrent leurs armes et les pointèrent sur la porte d'entrée. Le chef

Gurney pencha la tête sur le transpondeur accroché à son épaulette. Sa voix retentit dans le mégaphone de son véhicule :

— Hoyt McCoy ! Veuillez sortir les mains en l'air ! Vous êtes cerné !

Pour faire bonne mesure, deux hommes se déployèrent autour de la maison. Mme Beeson, avec sa casquette rouge, se tenait légèrement en retrait derrière Gurney et son coéquipier, les poings sur les hanches, les ailes du nez retroussées comme si elle voulait flairer l'air tandis qu'elle fixait la porte d'un air assassin.

Celle-ci ne tarda pas à s'ouvrir ; la haute silhouette voûtée de Hoyt McCoy apparut dans l'encadrement. Il portait un ample sweat vert olive, un pantalon noir et avait de furieux épis sur le crâne, comme s'il ne s'était pas coiffé depuis des semaines.

— Levez les mains en l'air ! cria le chef Gurney sur un ton qui laissa penser à Grover qu'il avait appris la réplique en regardant la télévision.

Hoyt ne leva pas les mains. Au contraire, il s'avança sur le perron, les bras ballants, balayant du regard cette escouade avec l'air de celui qui croit faire un cauchemar. Puis il leva une main, mais pas en signe de reddition. Il pointa un doigt accusateur sur le chef Gurney… et explosa.

— Ho… Hors de chez moi ! hurla-t-il. Tous ! Dehors ! Mais où est-ce que vous vous croyez ?

— Vous êtes en état d'arrestation ! hurla en retour le chef Gurney, sans pourtant faire le moindre pas vers le suspect. Tentative de meurtre !

Et là, Hoyt se mit à sourire. Sourire ? Grover s'approcha pour être sûr. Mais oui, il souriait ; vision incongrue sur sa longue tête de basset. Il souriait et secouait doucement la tête. Enfin, il descendit les quelques marches du perron et, visiblement peu ému de se trouver sous la menace des pistolets, s'approcha du chef Gurney. Celui-ci leva l'autre bras pour agripper son arme à deux mains, comme si un char d'assaut, ou un rhinocéros en colère, était en train de le charger.

– Vous vous méprenez, officier. Une regrettable méprise dont la cause, je n'en doute pas, se trouve debout juste derrière vous, dit Hoyt avec un geste du menton en direction de Mme Beeson, qui accusa le coup sans ciller. Pour des raisons que j'ignore, cette personne me harcèle. Elle envoie des espions rôder sur ma propriété et, maintenant, elle m'accuse de meurtre, ce qui est à ce point absurde que je ne peux qu'en sourire.

Ce qu'il fit. Un sourire pincé, sans bienveillance aucune.

Mme Beeson fit un pas en avant, aussitôt imitée par Grover qui voulait entendre ce qu'elle allait répondre. Il ne risquait rien à quitter sa cachette, personne ne lui prêtait la moindre attention.

– Tentative de meurtre, répéta Mme Beeson d'une voix grandiloquente. J'ai toujours su que vous étiez de la mauvaise graine, mais là je vous ai découvert avant que vous…

– Et tentative de meurtre sur la personne de qui, je vous prie, madame ? demanda Hoyt.

– Une fillette ! Dont le seul tort fut de s'égarer près

de chez vous. Et quand, innocemment, elle a levé les yeux, elle...

– Madame ! Ça commence à bien faire. (Cette fois, Hoyt ne souriait plus du tout, son visage se crispait sous l'effet de la colère.) C'en est trop ! Ces derniers temps, mon jardin regorge de rôdeurs. Un garçon, une fille et sans doute bien d'autres encore que je n'ai pas repérés.

Grover se reconnut sans peine dans l'évocation du garçon. Mais la fille, c'était qui ? Il n'en connaissait pas une qui oserait mettre ne serait-ce qu'un orteil chez Hoyt McCoy, qui, pour l'heure, poursuivait sa diatribe contre les intrus.

– À quelle fin, ça, on se le demande ! Voyez-vous, il se trouve que je travaille énormément ces jours-ci... ! À des sujets de la plus haute importance... ! Des sujets qui pourraient bien changer la vie de tout le monde sur cette terre, y compris la vôtre, madame. Et vous, pour me remercier, vous envoyez des gamins m'espionner ? vociféra Hoyt en agitant un doigt accusateur sous le nez de Mme Beeson. Et quand je les interpelle, que je leur demande à juste titre de bien vouloir quitter ma propriété, voilà que je suis accusé de tentative de meurtre ? Mais ça dépasse l'entendement, là !

Tout le temps qu'avait duré la charge, les policiers étaient restés courbés en deux, comme des coureurs de demi-fond sur la ligne de départ, prêts à, éventuellement, bondir sur Hoyt McCoy et à l'immobiliser. Celui-ci ne s'en souciait guère. Ses yeux étaient fixés sur Mme Beeson.

– Vous avez pointé un fusil sur une petite fille, haleta

Mme Beeson d'une voix furieuse. Un fusil ! Elle l'a vu ! Et elle vous a vu le pointer sur elle. Vous l'avez menacée. Vous…

À ce stade, elle sembla manquer tout autant de mots que d'air. Son visage était aussi écarlate que sa casquette.

Le chef Gurney prit les choses en main. Il s'avança d'un grand pas sûr et autoritaire.

— Venez avec nous sans faire d'histoires. On vous embarque.

Pour toute réponse, Hoyt baissa la tête avec une moue concentrée, ignorant de toute sa superbe le chef Gurney. Il releva le menton aussitôt, un sourire sardonique sur les lèvres.

— Je commence à comprendre… et je ne saurais trop vous conseiller de lever les yeux, mesdames, messieurs, dit-il en pointant un pouce par-dessus son épaule. La voilà, votre arme fatale.

Comme tout le monde, Grover leva les yeux. D'une fenêtre en saillie, tout proche du toit, émergeait un canon braqué vers le ciel. Tout du moins, c'est ce que Grover pensa d'abord, même si le canon était plus gros que celui du fusil de son père et que sa forme était légèrement différente. C'était peut-être un fusil spécial ball-trap, ce qui aurait expliqué qu'il soit dirigé vers le ciel — Hoyt l'utilisant sans doute pour s'entraîner sur les oiseaux quand il n'y avait pas de rôdeurs dans son jardin.

— Ceci n'est pas une arme, dit Hoyt d'un ton condescendant. Mais le télescope grâce auquel j'étudie le ciel.

(Il fit volte-face vers Mme Beeson.) Et aussi pour observer ceux qui voudraient s'introduire sur ma propriété. Je ne veux voir personne, c'est mon droit le plus strict. Pourtant, Mme Beeson – qui envoie, les uns après les autres, des gens m'espionner – semble en avoir décidé autrement. Mais pourquoi diable refusez-vous de me fiche la paix ?

Ce fut un moment particulièrement singulier. Grover retint son souffle pour entendre ce que Mme Beeson et ses hommes allaient répondre… et tout le monde en fit autant. Pourtant, même la principale intéressée semblait attendre, peut-être un signe du Ciel. Grover voyait son visage se crisper sous son front bombé, ses yeux lancer des éclairs, alors même qu'elle aurait dû être soulagée. Car, après tout, aucun crime n'avait été commis. N'importe qui se serait contenté de dire : « Bah, oublions ça. C'est une regrettable méprise. Un stupide malentendu. Tout ceci est ma faute, j'en suis désolée ! »

N'importe qui, mais pas Mme Beeson qui ordonnait déjà au chef Gurney d'expédier ses hommes à l'intérieur pour vérifier si Hoyt McCoy disait bien la vérité.

— Et jetez un œil un peu partout tant que vous y êtes, lança-t-elle aux hommes. Au cas où… où il y aurait…

— Entendu, acquiesça le chef Gurney. Vous avez tout à fait raison.

— Quoi ? hurla Hoyt. Parce que vous prétendez peut-être fouiller ma maison sans mandat de perquisition ?

— Atteinte à la sécurité publique, rétorqua le chef Gurney. Par les temps qui courent, on ne s'embarrasse pas de détails, monsieur.

— C'est scandaleux ! rugit Hoyt. Mais, puisqu'il semble falloir en passer par là, allez-y. Vous ne trouverez rien de répréhensible chez moi.

Et ils disparurent à l'intérieur… un bon quart d'heure. Quinze longues minutes pour Grover qui ne voulait pas risquer d'attirer l'attention en s'en allant. Le froid du sol lui remontait dans les pieds. Mme Beeson s'installa dans sa voiture pour attendre, l'air sombre et renfermé, comme si c'était elle le suspect qu'on allait embarquer. Grover goûta ce retournement de situation. Il était neutre dans cette histoire, n'appréciant pas davantage l'un que l'autre ; Hoyt McCoy à cause de la peur qu'il lui avait faite le jour où il l'avait surpris dans son jardin et Mme Beeson parce que, ces derniers temps, elle voyait le mal partout dès qu'elle sortait de chez elle.

Enfin, la police émergea de la maison, suivie par Hoyt, qui, planté sur le perron, les mains sur les hanches, les regarda triomphalement retourner à leur voiture.

— En tout cas, votre timing était excellent, dit-il. Si vous étiez venus demain, vous ne m'auriez pas trouvé. En effet, je pars quelques jours. Pour une mission dont vous n'imaginez pas l'importance. Vous auriez pu retarder mon départ. Ce qui eût été sincèrement regrettable. Mais là, on n'a plus qu'à oublier ce déplorable incident et se souhaiter mutuellement le plaisir de ne plus jamais se revoir.

Les hommes ne l'écoutaient pas. « Le pire endroit que j'aie jamais vu », parvint à entendre Grover dans la bouche du chef Gurney avant qu'il ne claque la portière. « Et le plus bordélique aussi. Ce mec est siphonné. »

Les moteurs s'ébrouèrent, et les voitures reprirent l'allée dans l'autre sens. Hoyt les suivit du regard jusqu'à ce qu'elles s'engagent dans Raven Road.

Grover attendit qu'il retourne à l'intérieur, mais il n'en fit rien, demeurant parfaitement immobile jusqu'à ce que Grover réalise qu'il avait les yeux fixés droit sur lui.

— Eh bien, on dirait que mon rôdeur est de retour, dit Hoyt d'une voix dénuée de colère.

— Je m'en vais, répondit Grover. Je voulais juste voir ce qui se passait.

— Bien, puisque tu es là, laisse-moi te dire une chose.

« Oh oh, songea Grover, je vais avoir droit à une engueulade. » Il resta néanmoins droit et fier. Au moins personne ne le visait avec un fusil.

Hoyt quitta le seuil de sa porte, descendit les marches et vint calmement se poster juste devant Grover, qui nota à cette occasion qu'il avait des taches de graisse sur son sweat et que le bas de son pantalon s'effilochait. Il émanait de lui une odeur de toast brûlé.

— Ce que « Miss » Brenda ignore, commença-t-il, c'est qu'on l'a induite en erreur. Les cieux, c'est mon domaine. Moi seul sais ce qui s'y trame. Moi seul peux prédire ce que l'univers nous prépare.

— Vraiment ? demanda calmement Grover, lui-même choqué de s'entendre balbutier une réplique, comme s'ils avaient la plus normale des conversations.

— Absolument, jeune homme.

– Dans ce cas… qu'est-ce que l'univers nous prépare ?

– Une infinie suite de merveilles, répondit Hoyt. Et un étonnement éternellement renouvelé. À condition, bien sûr, qu'on prenne la peine de l'étudier attentivement.

– J'ai vu un éclair au-dessus de votre maison, lâcha Grover.

– Aha ! répondit Hoyt en plissant les paupières et en fusillant Grover du regard. Ne t'inquiète pas pour ça, va.

– Pourquoi ? C'est secret ?

Hoyt McCoy ignora sa question.

– Si tu avais simplement sonné à ma porte, comme une personne civilisée, au lieu de fouiner en douce dans mon jardin, je t'aurais peut-être montré un truc ou deux, si tant est que ça t'ait intéressé.

Grover n'était pas assez intéressé pour ça.

– Peut-être une autre fois. Pour l'heure, je dois partir, dit-il en reculant de plusieurs pas.

– Encore une petite chose, avant que tu partes, dit Hoyt en haussant le ton. Que tu pourras aller répéter à ta Mme Beeson, elle qui aime tant que tout soit propre, net et normal. Je ne suis peut-être pas toujours très propre ni très net. Et je ne suis certainement pas quelqu'un de normal. Pourtant, ne vous en déplaise, je ne suis pas pire qu'un autre.

« Mais quand même un peu dérangé », pensa Grover avant de bredouiller quelques mots polis et de prendre congé. Et il rentra chez lui d'un pas rapide, le cœur léger et l'esprit soulagé.

Grover ne trouva pas le sommeil cette nuit-là. Les idées bourdonnaient dans sa tête et il ne parvenait pas à faire cesser ce ronron. Aussi se leva-t-il silencieusement pour ne pas réveiller ses frères ; puis s'habilla et sortit. Juste histoire de faire un petit tour – il remonterait la Grand-Rue sur quelques pâtés de maisons, puis rentrerait chez lui. Il avait déjà expérimenté cette technique quand il ne pouvait pas dormir et, généralement, elle se révélait d'une efficacité souveraine.

Il n'avait pas peur. Rien à Yonwood ne pouvait lui faire de mal, sauf bien sûr si ce terroriste était revenu rôder en ville. Et si tel était le cas, Grover pourrait l'épier depuis un endroit à couvert et le faire tomber. Cette idée lui parut revigorante à l'instant d'entamer la côte d'un pas alerte et ample, ses poumons se gonflant de l'air frais de la nuit tandis qu'il levait les yeux vers les étoiles, se demandant pourquoi il ne faisait pas ça plus souvent. Seul, dehors, la nuit, il se sentait libre.

Il remonta Trillium Street puis bifurqua au niveau du Bon Coin – où aucun terroriste n'était en vue ce soir –, et descendit la Grand-Rue, dont les lampadaires, comme tous ceux de la ville, étaient éteints. Il ne croisa pas âme qui vive, pas même un chat en chasse, pas même une araignée, jusqu'à ce que, passant devant la sombre devanture de l'épicerie, il tourne la tête dans Grackle Street et aperçoive quelqu'un, à l'intersection suivante. Qui que ce fût, il était perdu, ou cherchait quelque chose, car il semblait hésiter, faisant quelques pas d'un côté, puis d'un autre. Un somnambule ? Grover s'arrêta et l'observa. Il était trop loin pour reconnaître la personne avec certitude, pourtant, soudainement, il devina qui c'était. Oui, ce ne pouvait être qu'elle. C'était sa rue. Mais que ferait-elle dehors ? En... En ce qui ressemblait bien à une chemise de nuit, blanche et vaporeuse. Il se dirigea vers elle. Il n'avait pas fait trois pas qu'une autre personne apparut. Une jeune fille mince qui se précipita dans le sillage de l'égarée, lui attrapa doucement les bras et la guida vers la maison.

Grover tourna les talons et descendit la côte en direction de chez lui. La scène à laquelle il venait d'assister lui avait fait froid dans le dos. « Pauvre Oracle, pensa-t-il. À quoi bon être en liaison directe avec Dieu si c'est pour finir complètement brindezingue ? »

19
Les enveloppes bleues

Le mardi matin, Nickie fut réveillée par le bruit de la pluie tambourinant sur le toit et par les bourrasques de vent qui venaient cingler les carreaux. C'était le genre de temps qui vous donne envie de passer la journée assise au coin du feu, une tasse de chocolat chaud à la main. Bien sûr, comme Nickie avait arrêté le chocolat, elle but un thé à la menthe. Un geste dont l'âpreté lui fit ressentir une puissante bouffée de vertu. Sa volonté s'affirmait au fil des exercices qu'elle lui imposait, tel un muscle qu'on entraîne régulièrement, elle le sentait. Elle n'était pas, à proprement parler, heureuse pour autant. Elle regrettait sincèrement le chocolat. D'un autre côté, elle se sentait plus forte. Pouvait-on en déduire que, plus on se privait, plus le sentiment de force augmentait ?

Crystal partit de bonne heure pour discuter avec Len des détails de la visite de la maison.

— Retrouve-moi au café à six heures, dit-elle en franchissant la porte. On dînera ensemble et tu me raconteras la suite de tes aventures.

La promenade d'Otis se réduisit à peu de chose ce matin-là, le chien s'arrêtant de lui-même sur le seuil de la porte du jardin pour jeter un regard dubitatif à la pluie. Nickie dut le pousser dehors, où il remplit sa mission en un rien de temps avant de filer se réfugier à l'intérieur. Nickie le ramena au second.

La nursery était particulièrement douillette ce matin-là, les halos mordorés des lampes offrant un rempart salutaire contre l'obscurité du ciel ; le bruit de la pluie au-dehors contrastait avec le calme qui régnait à l'intérieur. Nickie installa Otis sur le banc le long de la fenêtre et lui donna un nouvel os en plastique à ronger. Puis elle arrangea des coussins sur lesquels s'appuyer et jeta un œil autour d'elle, en quête de quelque chose à lire. Son regard s'attarda sur les livres qu'Amanda lui avait donnés.

« Tiens, et si j'essayais ça ? » se dit-elle en attrapant celui avec la belle brune en couverture.

Elle l'ouvrit au hasard :

À la lumière du candélabre, les yeux de Blaine étincelaient de mille feux. Clarissa retint son souffle alors qu'il se penchait vers elle. Quel homme magnifique ! Sa mâchoire carrée, ses épais cheveux noir de jais, ses larges épaules. Son cœur s'emballa. Quand il avança tendrement une main pour lui caresser la joue, elle en trembla.

« Blaine, murmura-t-elle d'une voix vibrante. Ne me quitte jamais. Je veux rester auprès de toi… pour toujours. »

Nickie leva un œil vers les carreaux constellés de gouttes, tentant d'imaginer à quoi devait ressembler le fait d'éprouver de tels sentiments pour quelqu'un. D'abord, elle se représenta Martin, avec ses yeux noisette et ses cheveux roux, coupés court. Aurait-elle dit de lui qu'il était magnifique ? Pas exactement. Certes, il avait l'air gentil et était du côté du bien, mais il ne faisait pas s'emballer son cœur. Elle se figura Grover à la place. Ses boucles blondes, toujours en désordre, étaient mignonnes. En outre, il était intelligent, connaissait plein de choses intéressantes et possédait un certain sens de l'humour, si tant est qu'on soit sensible à cet humour-là. Mais il était aussi un peu bizarre. Elle n'aurait su dire avec certitude s'il était du côté du bien ou du mal, et jamais elle n'aurait dit qu'il était magnifique. S'il lui caressait la joue, son cœur s'emballerait-il ? Non. Elle aurait plutôt trouvé ça dégoûtant, après ce qu'il faisait avec ses serpents. Aurait-elle souhaité rester auprès de lui pour toujours ? Certainement pas. D'ailleurs, c'était dur d'imaginer vouloir rester avec quelqu'un « pour toujours ». Il y a forcément des moments où l'on préfère être seul… ou avec quelqu'un d'autre.

Elle tourna quelques pages et lut un autre passage :

Clarissa disparut dans une dernière volute de ses longues tresses brunes. Elle descendit les marches de pierre taillées à flanc de falaise et fit quelques pas sur la plage déserte, balayée par les vents. Un long cri d'angoisse s'échappa de sa bouche quand elle réalisa que Blaine était parti. Sans lui, la vie était impossible ! Elle en mourrait !

Nickie referma le livre. Il n'y avait aucun doute à avoir, si c'était ça l'amour, alors elle n'était amoureuse ni de Martin ni de Grover car elle pouvait sans problème envisager la vie sans eux.

Elle regarda par la fenêtre. La pluie tombait toujours. Du croisement, elle vit quelqu'un approcher, un chapeau de pluie à large bord, de couleur rose, sur la tête et un grand fourre-tout en tissu à la main. Quand la personne fut plus proche, Nickie la reconnut aussitôt : Mme Beeson ! Ça tombait à pic. Si elle descendait en vitesse, elle pourrait l'attraper au passage et lui demander comment ça s'était passé chez l'horrible Hoyt McCoy.

Elle ne s'encombra pas de parapluie, jetant simplement un blouson sur ses épaules avant de bondir sous la pluie. Des torrents d'eau coulaient dans les caniveaux, le long des trottoirs, les arbres balançaient leurs branches dénudées vers les murs des maisons claquemurées. Elle courut vers Mme Beeson, qui l'accueillit par un sourire.

— 'Jour, dit Nickie. Je vous ai aperçue par la fenêtre et je me demandais…

— Je pensais justement à toi, répondit Mme Beeson. Tu m'as été d'une grande aide. (Elle avait l'air fatiguée, son rouge à lèvres avait coulé, sa queue-de-cheval gorgée d'eau pendait pitoyablement sur ses épaules.) Marche un peu avec moi, si tu veux. Je vais distribuer des bulletins.

— Des bulletins ?

— Oui, des bulletins urgents. Je commence à m'impatienter. Ici, nous avons une chance miraculeuse de nous en sortir, mais quelques brebis galeuses menacent l'avenir du troupeau par leur égoïsme forcené. Il faut que les gens le comprennent. On a un terroriste dans les bois. La Crise ne cesse de s'intensifier ! Dans trois jours nous pourrions bien avoir la guerre !

Mme Beeson secoua la tête face à la stupidité humaine.

— Aussi ai-je décidé de prendre des mesures drastiques. J'ai fait le bas de la butte et presque tout le haut, il ne me reste plus qu'une rue.

Et elle attira Nickie contre elle. Son odeur de sucre les enveloppa toutes les deux.

— De quoi traitent les bulletins ? demanda Nickie.

Mais Mme Beeson avait déjà changé de sujet :

— C'est dommage pour Hoyt McCoy... Je veux dire... ton erreur... Mais je reste persuadée qu'il cache quelque chose de pas net. Pas toi ?

— Mais... je ne sais pas ce qui s'est passé avec Hoyt McCoy, répondit Nickie, troublée. C'est précisément ce que je voulais vous demander. Vous ne l'avez pas arrêté ? J'ai fait quelque chose de mal ?

— Comment ? Tu n'es pas au courant ? demanda Mme Beeson, frappée de stupeur.

Et elle raconta l'intervention de la police et comment ce que Nickie avait pris pour un fusil s'était révélé n'être qu'un télescope.

— Il n'empêche, poursuivit Mme Beeson. Je reste convaincue que nous avions raison... dans les grandes lignes. Cet individu empeste le mal à plein nez. Je le sens. Et plus j'ai affaire à lui, plus je me dis que mon flair ne me trompe pas. Il faut juste le prendre sur le fait, voilà tout. Bah, ne t'en fais pas pour ça. Tiens, la dernière maison est ici.

Nickie était tellement choquée par la nouvelle concernant Hoyt McCoy qu'elle en avait quasiment le souffle coupé. Un télescope ! Et la police était descendue chez lui l'arme au poing. À cause d'elle.

Elles s'étaient arrêtées devant une maison de brique. Un abri à bois écroulé était adossé à la tourelle. Mme Beeson ouvrit la boîte aux lettres, plongea la main dans son cabas et en sortit une enveloppe bleue, dont le coin droit était barré d'une mention : *De la part de Mme Beeson. Urgent.* Puis elle enfourna la lettre et elles partirent.

Nickie tenta bien de savoir ce que contenait l'enveloppe, mais Mme Beeson avait déjà repris l'initiative de la conversation.

— Parfois, il m'arrive de regretter que tout ceci soit seulement arrivé. La vision d'Althea, puis les consignes, ensuite. Certaines sont très dures, tu sais. Celles qui concernent les châtiments par exemple.

— Les châtiments ?

Mme Beeson avait tourné sèchement dans Fern Street, marchant si vite que Nickie avait du mal à tenir le rythme.

— Oui, pour ceux qui refusent de coopérer. On ne peut pas tolérer ça, n'est-ce pas ? Ce serait mettre en péril tout Yonwood.

— Quels châtiments ? demanda Nickie.

Mais la question avait dû se perdre dans une bourrasque de pluie car Mme Beeson n'en fit aucun cas.

– C'est une telle responsabilité, poursuivit-elle. Parfois, je suis au supplice là-haut, en l'écoutant… Certaines des choses qu'elle dit…

Elle secoua la tête, les yeux fixés sur le trottoir mouillé.

– Je n'ose imaginer que ce qu'elle dit pourrait… Non, vraiment…

Puis soudain, elle s'arrêta et se pencha vers Nickie. Une petite rigole de pluie coula de son chapeau sur la tête de Nickie. Sa voix se fit à nouveau sûre et vindicative.

– Mais qu'est-ce que je raconte ? Hésiterais-je au prétexte que les choses sont dures et qu'elles nécessitent un sacrifice ? Non, non, non. C'est ça avoir la foi, n'est-ce pas ? Croire même lorsqu'on ne comprend pas.

Nickie leva les yeux. Mme Beeson regardait le ciel, les yeux brillants, sans se soucier le moins du monde de la pluie qui tombait sur son visage.

– Vraiment ? C'est ça la foi ? demanda Nickie.

– Oui, répondit Mme Beeson. C'est ça.

Et elle reprit sa marche d'un pas plus déterminé que jamais.

De retour à Greenhaven, Nickie remonta au second, non sans avoir croisé des hommes occupés à lustrer le parquet avec une machine qui faisait un bruit d'enfer. Mme Beeson semblait chaque jour plus enflammée, comme un moteur à l'approche de la zone rouge, pensa Nickie, qui pressentait également qu'un événement allait se produire.

Otis l'accueillit dans la nursery avec énergie.

– Oh, Otis! cria-t-elle en grattant le ventre du chien, qui tendit le cou en agitant les pattes en l'air pour qu'elle le caresse là aussi. Tu es un amour, toi.

Elle prit le chien dans ses bras, l'installa près de la fenêtre et alluma la lampe. Au son de la pluie qui tombait sans discontinuer dehors, elle entreprit de poursuivre ses investigations dans le tas de papiers qu'elle avait extrait du gros coffre.

Elle découvrit des lettres adressées à « Papa et maman » rédigées par une petite fille en colonie de vacances à l'été 1955, ainsi qu'un article, tiré des pages mondaines d'un magazine, faisant état d'une somptueuse fête d'anniversaire à Greenhaven en 1940. Au milieu des cartes postales écornées, des vœux de Noël et des photos jaunies, elle découvrit une vieille enveloppe, abîmée par les ans, contenant une page griffonnée. À première vue, des gribouillages sans intérêt. Pourtant, à y regarder de plus près, il s'agissait bien d'une écriture. Une sorte de graphie double. L'auteur de la lettre (une certaine Elizabeth) avait écrit dans un sens puis elle avait retourné la feuille d'un quart de tour et écrit par-dessus ce qu'elle venait de rédiger ! En croix ! Le résultat était parfaitement illisible – aussi inextricable que deux rouleaux de fil de fer barbelé encastrés l'un dans l'autre. Mais elle découvrit également que, si elle tenait la feuille d'une certaine manière – légèrement penchée –, une des lignes d'écriture se fondait dans l'arrière-plan, offrant ainsi une vision quasiment claire de l'autre.

La lettre était datée du 4 janvier 1919. Pour une grande part, son contenu ne valait pas les efforts exigés pour la lire. Elizabeth évoquait des choses banales : les visites qu'on lui rendait, une fête à laquelle elle avait assisté, de nouveaux habits dont elle avait fait l'acquisition, un nouveau cheval. Un passage toutefois éveilla l'intérêt de Nickie : *J'espère que ta mère n'est plus au désespoir, comme elle le fut récemment. Je me rends compte en écrivant ces lignes que cela fait tout juste une année que notre petit Frederick chéri a été emporté par la fièvre. Quelle douleur elle a dû supporter ! J'espère que le temps a commencé à panser ses plaies.*

Nickie imagina la mère, jeune et belle, portant une de ces robes magnifiques qu'elle avait vues sur les photos, effondrée de chagrin à côté d'un berceau et contrainte à l'impuissance car le médicament qui aurait pu sauver son bébé n'avait pas encore été inventé. Ça devait être horrible de voir mourir son enfant. Un an après le drame, nul doute qu'elle en fût encore bouleversée.

Nickie décida de garder cette lettre à cause de sa graphie singulière. Elle la posa sur l'étagère, à côté de la photo des frères siamois.

L'heure était venue de retrouver Crystal pour le dîner. Nickie prit le chemin du centre-ville. La longue plainte des avions de combat déchira le ciel, au-dessus des nuages. Elle frissonna en repensant à l'ultimatum présidentiel. Plus que trois jours.

Une atmosphère lugubre régnait dans le bourg, qui

semblait s'être recroquevillé sur lui-même en prévision de quelque tragédie. La majorité des maisons étaient noires, volets clos et rideaux tirés. Seule une petite maison dans Birch Street avait de la lumière aux fenêtres. Une voiture de police s'arrêta. « Bien, pensa Nickie, ils vont faire en sorte que ces gens suivent les règles. »

En poussant la porte du Bon Coin, elle fut accueillie par de délicieuses odeurs de cuisine. Le restaurant était certes lui aussi plongé dans la pénombre, mais les bougies posées sur chaque table rendaient néanmoins le lieu agréable et confortable. Bien qu'elle fût de dos, elle repéra aussitôt Crystal, assise à une table près de la fenêtre. Face à elle se tenait un homme avec une petite moustache. Certainement Len, l'agent immobilier. Mais qu'est-ce qu'il faisait là, lui ? Crystal avait pourtant parlé d'un dîner en tête à tête, avec Nickie. Même qu'elle devait lui raconter ses aventures – non qu'elle eût la moindre envie de parler de ça.

Len la remarqua, debout dans l'entrée. Il dit quelque chose à Crystal, qui se retourna.

– Hou hou, Nickie ! On est là ! (Nickie alla s'asseoir à leur table.) J'ai parlé à ta mère aujourd'hui, poursuivit Crystal. Elle a reçu une nouvelle carte de ton père. Il ne dit toujours pas où il est ni ce qu'il fait, mais il lui annonce qu'il aura certainement une surprise pour elle très bientôt.

– Il va rentrer à la maison ! s'exclama Nickie. Pourvu que ce soit ça.

Son père lui manqua alors cruellement. Subitement, elle le revit lui faire des avions en papier et l'appeler

« ma choupinette ». Elle eût tant aimé qu'il soit là, maintenant, auprès d'elle.

Elle voulut demander si sa mère ne disait rien d'autre, mais Crystal avait déjà changé de sujet.

— On a commencé à tout organiser, dit-elle. On pense que samedi serait parfait pour les visites.

— En croisant les doigts pour qu'il fasse beau, ajouta Len avec un sourire.

Joignant le geste à la parole il leva les deux mains, le majeur passé par-dessus l'index.

— Ça nous laisse trois jours pour tout finir, poursuivit Crystal d'un ton enjoué.

À ces mots, elle sortit son carnet de son sac. Len et elle se mirent à récapituler une éternelle liste de « choses à faire » comme s'il s'agissait là du jeu le plus amusant du monde.

Nickie commanda une soupe avant de laisser son regard se perdre derrière la fenêtre. Les derniers rayons du soleil embrasaient le sommet des montagnes d'une lumière dorée. Quelqu'un avec un T-shirt « Non, pas ça ! » déambulant sur le trottoir la ramena à la réalité. Une femme passa, l'oreille collée à son téléphone. De l'autre côté de la rue, une voiture noire s'arrêta à la pompe à essence. Hoyt McCoy en descendit. Le simple fait de l'avoir en face d'elle la submergeait de culpabilité. Elle le regarda faire le plein et fut contente de le voir s'en aller, en direction de la bretelle d'autoroute.

Le dîner dura une éternité. La liste de Crystal avait fini par prendre des proportions affolantes et chaque point devait être discuté dans les moindres détails. De temps à autre, Nickie se risquait à un commentaire. Mais personne n'y prêtait attention. Elle était sur le point d'annoncer qu'elle allait rentrer à Greenhaven quand un grand coup sur la vitre la fit sursauter. Elle se retourna, c'était Grover, qui la regardait d'un air sombre.

— C'est qui, ça ? demanda Crystal.

— Le fils du plombier, répondit Nickie. On se connaît un peu.

Elle lui fit un grand sourire, pensant qu'il plaisantait, comme d'habitude. Pourtant, au lieu de faire une grimace ou de sourire, Grover secoua la tête et lui fit signe de venir.

— Retrouve-moi dehors ! dit-il en exagérant l'articulation des mots.

Le sourire de Nickie se figea. Qu'est-ce qui n'allait pas ?

— Il faut que je lui demande quelque chose, dit-elle en se levant d'un bond.

Et avant que Crystal et Len n'aient eu le temps de formuler quelque objection, elle fila à la suite de Grover.

20
Les injonctions

Il l'attendait quelques mètres plus loin, devant la vitrine d'un magasin de chaussures.

– Ça va ? T'as pas l'air dans ton assiette.

– Une chose affreuse s'est produite, répondit Grover. Tu sais, mes serpents ?

Elle acquiesça du chef.

– Eh ben, ils veulent que je m'en débarrasse.

– Quoi ? Mais qui ça, « ils » ?

– Mme Beeson. Quand je suis rentré à la maison, ce midi, il y avait une lettre pour moi dans la boîte. Une lettre qui disait que les serpents étaient frappés du sceau du Malin, qu'il n'était pas bon d'en avoir dans son entourage et que, de ce fait, je devais cesser d'en élever.

– Oh, s'étrangla Nickie, en plein désarroi.

– Quelqu'un l'aura mise au courant, poursuivit Grover. Et je crois bien savoir qui… Mon soi-disant copain Martin.

Nickie ne répondit pas. Elle regarda du côté du vendeur, qui rentrait ses bacs de chaussures pour la nuit, incapable de croiser les yeux de Grover.

– Je l'ai vu rôder autour de mon cabanon, y a quelques jours de cela. Enfin, c'était peut-être pas lui, mais ce qui est sûr, c'est qu'il y avait quelqu'un.

Grover baissa la tête en fronçant les sourcils.

– Je ne veux pas qu'on m'enlève mes serpents.

Nickie se sentit prise de vertiges. Subitement, elle ne sut plus à quel saint se vouer, ni de quel côté faire pencher la balance. Devait-elle se comporter en auxiliaire de Dieu, menant sa croisade contre le mal, ou en tant qu'amie de Grover ? Un grand vide s'empara de son esprit. Elle ne savait que répondre.

– Il fallait que j'en parle à quelqu'un, ajouta Grover. Je t'ai vue au restaurant, alors…

Il haussa les épaules et jeta à son interlocutrice un regard perplexe, comme s'il se demandait pourquoi elle restait ainsi, interdite et silencieuse.

Finalement, presque à son corps défendant, la vérité se fraya un chemin jusqu'à ses lèvres.

– Ce n'était pas lui, dit-elle, la tête basse.

– Quoi ? Lui qui ?

– C'était moi. Devant le cabanon. Et c'est moi qui l'ai dit à Mme Beeson.

– T… Toi ? s'étrangla Grover.

– Je l'aide dans… Tu sais ! La lutte contre les choses mauvaises… Je l'aide à les découvrir et à les éliminer. En fait, je n'arrivais pas à décider si élever des serpents était bien ou mal. Alors je lui ai posé la question, c'est tout. C'est tout ce que j'ai fait.

— Pourquoi est-ce que tu l'aides ?

Il s'arrêta, fit un ample geste de dépit, avec un air de « j'arrive pas à y croire » gravé sans ambiguïté sur son visage.

— Je voulais juste faire quelque chose contre le mal, se défendit Nickie. Découvrir des endroits à problèmes. Apporter ma contribution pour que les gens se tournent du côté du bien et que nous soyons tous en sécurité.

— Et tu sais ce qu'ils vont faire si je ne me débarrasse pas de mes serpents ?

— Non ?

— Ils vont me mettre un bracelet électronique. Qu'ils y viennent ! hurla-t-il, faisant tressauter une passante qui avait le malheur de se trouver près de lui. Jamais je ne les laisserai me toucher.

— Comment ça, un bracelet électronique ?

— Quoi ? T'en as jamais vu ? demanda Grover en pinçant son poignet entre ses doigts. Et ils vibrent. Genre *MMMM-mmmm-MMMM-mmmm*. Ils sont alimentés par une sorte de pile sans fin. Ils sont impossibles à enlever même à coups de masse ou de scie à métaux. Ils sont fabriqués dans une matière incroyablement résistante. Tous ceux qui sont accusés d'être des pécheurs en ont un. On ne leur parle pas, c'est interdit. Et ils ne le leur enlèvent que si la personne cesse de pécher ou s'en va.

— S'en va ?

— De la ville. Qu'elle déménage, s'installe ailleurs.

— C'est sûrement ça que j'ai entendu, dit Nickie. Deux fois.

– Il n'y a que trois ou quatre bracelets en circulation en ce moment et ceux qui les portent sortent rarement de chez eux. Ils ne veulent pas qu'on les voie. Jonathan Small en a un. Tout comme Ricky Platt.

– Qu'ont-ils fait de mal ?

– Ricky, je ne sais pas, mais Jonathan, c'est parce qu'il chante. Personne ne doit plus chanter depuis que l'Oracle a dit « plus de chant ». Mais lui, il ne peut pas s'empêcher de pousser le contre-ut, sous la douche, tous les matins. Ses voisins l'ont entendu et les flics sont venus pour lui mettre la pince. Il a répondu qu'il n'arrêterait pas pour autant, mais je crois qu'il est mûr pour changer d'avis. Ces bracelets de malheur rendent les gens complètement dingues. (Il fit une moue dégoûtée.) Des tas de gens ont reçu un courrier semblable. J'ai déjà eu vent de deux cas : les Elwood parce qu'ils se crient dessus, Maryessa Brown parce qu'elle fume, et tu aurais dû voir ce qu'ils ont fait au vieux McCoy. Ils ont déboulé à six et ont essayé de l'embarquer. Je le sais. J'y étais !

Nickie sentit son cœur tambouriner dans sa poitrine.

– Peut-être que tu devrais quand même relâcher les serpents, dit-elle.

– Et pourquoi ça ? Quel mal font-ils ?

– Ils pourraient mordre quelqu'un, répondit faiblement Nickie.

– Je te rappelle qu'il y a un cadenas au cabanon. C'est fermé à clé ! Personne n'y va à part moi !

Grover hurlait maintenant. Les passants lui jetaient des regards réprobateurs.

— Et quand bien même, cria Grover, les yeux rouges de colère. Ce ne sont pas des serpents venimeux !

Nickie recula d'un pas.

— Je suis désolée. Je voulais juste… faire une bonne action… (Elle prit une profonde inspiration, tremblant de peur.) S'ils essaient de te mettre ce bracelet, que feras-tu ?

— Je partirai en courant. Jamais ils ne me rattraperont, répondit Grover en relevant fièrement le menton, les lèvres serrées. En attendant, tu aurais mieux fait de réfléchir un peu avant de te lancer dans ce genre de bonnes actions ! Jamais tu penses par toi-même au lieu de suivre bêtement l'avis de quelqu'un d'autre ? hurla-t-il en pointant un doigt accusateur sous le nez de Nickie.

Après quoi il tourna les talons et s'en alla à grands pas, laissant Nickie plantée devant le magasin de chaussures, de funestes pressentiments s'amoncelant dans sa tête comme autant de sombres nuages.

La tempête dans son esprit se déchaîna au moment de dormir. Elle n'arrêtait pas de penser aux enveloppes bleues. Mme Beeson en avait distribué une à chaque personne dont elle avait estimé qu'elle commettait un acte répréhensible. Combien parmi ces personnes étaient des gens dont Nickie elle-même avait parlé ? Allaient-ils tous faire ce qu'on leur ordonnait ? Certains allaient-ils imiter Grover, et refuser d'obtempérer ? Et quelle était la bonne décision dans ces cas-là ?

Elle se sentit mal, l'estomac barbouillé. Étendue

dans son lit, elle demeura éveillée un long moment, repensant à Grover et à ses serpents, aux bracelets vibreurs, à l'Oracle, au Président, à Dieu, au combat entre le bien et le mal, jusqu'à ce que toutes ces idées se confondent dans son esprit en une inextricable bouillie. Finalement, elle se traîna hors du lit, longea le couloir obscur à tâtons, puis prit l'escalier sur la pointe des pieds et monta au second, à la nursery. Otis, qui dormait sur le lit anciennement occupé par Amanda, courut à sa rencontre en agitant la queue. Nickie le prit dans ses bras et se glissa dans les draps. Elle pouvait encore sentir l'endroit où le chien s'était couché – juste au niveau de ses genoux. Elle reposa l'animal dans son empreinte douillette et passa ses doigts sur son corps hirsute. Après ça seulement, elle se sentit mieux. Pour autant, elle ne dormit pas bien cette nuit-là. Un sombre sentiment torturait son âme. Elle n'aurait su dire s'il s'agissait de culpabilité ou de crainte.

21
Prêt pour les visites

Les deux jours suivants, mercredi et jeudi, Nickie resta à Greenhaven pour aider Crystal à préparer la maison. La seconde ayant confié comme mission à la première de nettoyer le deuxième étage.

— Te fatigue pas à refaire la décoration, avait dit Crystal. Que ça soit juste présentable. Enlève les toiles d'araignée, range un peu le bazar, fais un brin de ménage et débarrasse tout ce qui te gêne à la cave. Enfin, tu vois quoi…

Elle balaya du regard le petit salon qui parut se recroqueviller sur lui-même, comme s'il pressentait l'imminence de la tornade qui allait le secouer.

— Le reste de la maison doit être aussi élégant que possible, poursuivit-elle. Et je crois que j'ai ma petite idée pour ça. Car, au fond, cette maison a du potentiel.

De temps à autre, Crystal montait au second pour suivre l'avancement des travaux. Nickie devait alors vite cacher Otis dans le placard du couloir et mettre la radio à fond pour couvrir les bruits qu'il pouvait éventuellement faire. Par chance, Crystal ne semblait guère s'intéresser aux pièces de cet étage. Tout ce qu'elle voulait, c'est qu'elles ne soient pas trop affreuses. Elle passait la tête par la porte, félicitait Nickie pour la qualité de son travail, et redescendait.

Tout en s'activant, Nickie ressassait la question du bien et du mal. Le jeudi soir, alors qu'elles étaient à table devant un bol de soupe en boîte et une assiette de crackers, écoutant les infos à la radio, Nickie avait demandé :

– Crystal ! Comment on sait qu'une chose est bonne ou mauvaise ?

Épuisée par sa journée passée à bouger les meubles et à trimbaler une ribambelle de cartons pour les donner aux bonnes œuvres, Crystal répondit :

– Comme un bon et un mauvais livre ? C'est ça que tu veux dire ? Ou un bon film par rapport à un mauvais ?

– Non, pas ça. Je voulais plutôt parler des actes. Comment savoir si ce qu'on fait est bien ou mal ?

À la radio, le présentateur s'interrompit au milieu d'une phrase.

– Un moment. (Un silence lourd de menace plana sur les ondes.) Nous interrompons nos programmes pour diffuser un bulletin de la Maison-Blanche.

La voix du Président résonna dans le haut-parleur de la radio. Au lieu de répondre à la question de Nickie, Crystal mit son doigt devant sa bouche et tendit l'oreille.

– Un jour seulement nous sépare du terme de l'ultimatum que nous avons lancé aux Nations de la Phalange, déclara le Président. Et je suis au regret de vous annoncer qu'aucune avancée significative n'a eu lieu. Notre résolution est sans faille. Nous refuserons de céder face aux menaces de ces impies. Par conséquent, nous devons nous préparer à un conflit de grande envergure. consulter le site de la Sécurité intérieure, www...

Crystal baissa la radio et cassa quelques crackers au-dessus de son bol de soupe d'un air maussade.

– Ça s'annonce mal, dit-elle. Je ne me fais pas trop de souci pour nous, on devrait être à l'abri ici. En revanche, je me fais un sang d'encre pour ta mère, toute seule en ville.

– On n'a qu'à l'appeler et lui dire de venir, suggéra Nickie.

– Non, il vaut mieux éviter de prendre la route en ce moment... Je ne sais pas quoi faire.

Crystal remonta le volume de la radio, mais le Président avait été remplacé par un journaliste rapportant qu'un groupe de terroristes avait pris cent personnes en otage et refusait de les libérer tant qu'ils n'auraient pas juré fidélité à la seule et vraie foi.

– Tu veux bien répondre à ma question, maintenant ? demanda Nickie. Tu sais, sur comment on sait si ce qu'on fait est bien ou mal ?

– Ce n'est pas une question facile. Et je suis affreusement fatiguée, dit Crystal. Mais j'imagine que si je devais répondre à cette question je dirais qu'avant d'agir, il faut étudier si son acte cause du tort à quelque chose ou à quelqu'un. Et si tel est le cas, j'imagine qu'on peut penser que ce n'est pas une bonne action.

— Et si ça ne cause de tort à personne, pas même à des animaux, mais que ça fait du mal à Dieu ?

— Du mal à Dieu ? Rassure-toi, chérie. Dieu est étranger à tout ça, et les hommes ne risquent pas de lui faire de mal.

— Je sais bien, je voulais dire : si ce que tu fais est contraire à ses préceptes.

— Encore faudrait-il savoir ce qu'il dit, n'est-ce pas ? Si tant est que, de là-haut, il nous parle, répondit Crystal avant d'avaler une cuillerée de soupe. C'est trop profond pour moi. Je veux juste finir de dîner et aller me coucher. Ah oui, au fait, ta mère a appelé, et elle m'a lu une de ces autres cartes étranges dont ton père semble s'être fait une spécialité.

— Tu l'as recopiée ? Dis, tu l'as recopiée ? demanda Nickie en bondissant de son siège. Où elle est ?

— Quelque part par là, répondit Crystal en quittant un instant la table pour aller chercher le mot dans l'entrée. Tiens, le voilà.

Nickie lui arracha pratiquement le morceau de papier des mains.

Chères Rachel et Nickie,

Comment ça va chez vous ? Ici c'est boulot, boulot, comme d'habitude.

Je vais bien, même si vous me manquez terriblement.

Je vous aime,

Papa

P.-S. Nickie, récemment je repensais au film que nous étions allés voir ensemble le jour de ton neuvième anniversaire. Comment ça s'appelait déjà ? N'était-ce pas Au cœur de la neige *?*

Nickie replongea des années en arrière, quand elle avait neuf ans. Elle s'en souvenait parfaitement. Kate, Sophy et elle étaient allées faire du patin à glace. À aucun moment il n'avait été question d'aller au cinéma. Ce qui confirmait ses soupçons : soit son père perdait la tête, soit il envoyait des messages sous forme de langage codé. Et elle allait en découvrir la clé. Elle en était intimement convaincue. Elle prit les textes des cartes postales et monta dans sa chambre, où elle les étala sur le lit et les étudia attentivement. Au bout d'un moment, elle entrevit une possible clé d'interprétation.

Le vendredi matin, Nickie se réveilla avec le puissant sentiment qu'elle devait immédiatement savoir ce qui était arrivé à Grover et à ses serpents. S'il était toujours en colère contre elle, tant pis, elle ne pouvait supporter de rester dans l'ignorance.

Crystal déclara qu'elle prenait le petit-déjeuner dehors, avec Len, afin de discuter des détails de dernière minute avant les visites des acheteurs potentiels. « Tu veux venir ? » proposa Crystal. Comme de bien entendu, Nickie refusa. Crystal à peine partie, elle se précipita au second pour donner à manger à Otis et le sortir, après quoi elle prit la direction de chez Grover.

Il faisait très froid. De lourds nuages d'un gris acier formaient un plafond au-dessus de la ville. La Grand-Rue était étonnamment silencieuse. Comme à l'accoutumée, de petits groupes de gens s'étaient réunis dans les magasins où la télévision était allumée. Pourtant, quand Nickie jeta un coup d'œil à l'écran, ce ne fut pas la silhouette du Président qu'elle découvrit. Elle n'arrivait pas à dire ce que c'était. On aurait dit une sorte de vieux film. Pour autant, elle ne perdit pas une minute à tenter d'en savoir davantage. Elle était pressée.

Mémé Carrie la vit arriver.

— Il n'est pas là, ma chérie, dit-elle alors que Nickie montait déjà les marches du perron.

— Pourquoi ? Il est où ?

— Quelque part dans les bois, là-haut. Ils sont venus ce matin et lui ont mis un de ces machins électroniques. Et il est parti.

Nickie se figea. Un pied sur le perron, un autre encore dans l'escalier.

— Un bracelet ?

— Rien de moins, répondit mémé Carrie en pinçant ses lèvres afin d'imiter le bourdonnement du bracelet électronique : MMMM-*mmmm*-MMMM-*mmmm*. Sacrée cochonnerie.

— Il n'est pas allé à l'école ?

— J'en doute. Avec le tintouin que fait ce truc ils le flanqueraient sûrement dehors.

— Il n'a donc pas relâché ses serpents.

— Il a dit qu'il ne voyait pas pourquoi il ferait ça.

– Comment l'ont-ils eu ? Il avait dit qu'il partirait en courant.

– Ils ont monté une embuscade, expliqua mémé Carrie. Teddy Crane et ce bougre de Bill Willard se sont cachés derrière le garage. Ils lui sont tombés dessus alors qu'il partait pour l'école. C'est là qu'il s'est enfui. Ensuite les deux autres sont venus nous dire ce qu'ils avaient fait.

– Je vais essayer de le retrouver.

– Je te le déconseille, répondit mémé Carrie. Son père est déjà parti à sa recherche, ça ne sert à rien que tu y ailles toi aussi. En plus, tu ne connais pas les bois. Il peut être n'importe où.

– Mais… Et ce terroriste dans les bois…

– Oui, il paraît, bougonna mémé Carrie en se balançant sur son siège, la mine renfrognée. C'est du souci… Et on dirait qu'on va en avoir notre content ces jours-ci, ajouta-t-elle en faisant un geste vers la fenêtre d'où parvenait le son d'une télé. L'ultimatum est arrivé à échéance. On attend de savoir s'il va y avoir la guerre.

22
Un univers intérieur

Nickie quitta la maison de Grover avec la tête qui tournait. L'ultimatum du Président ! C'est pour ça que les gens s'étaient agglutinés devant les postes de télé. Ils attendaient son allocution. Mais pourquoi ce vieux film ? Ils avaient entamé les hostilités sans rien dire à personne ? Elle leva les yeux au ciel, s'attendant presque à voir passer une escadrille de bombardiers.

Elle ne savait plus quoi faire. C'était vrai qu'essayer de trouver Grover n'avait aucun sens. Car même si elle le trouvait, que pourrait-elle faire ? Rien. Pas plus qu'elle ne pouvait empêcher une guerre. Son objectif numéro trois semblait futile maintenant – comment aurait-elle pu espérer faire quelque chose pour ce monde en perdition ? Elle n'était qu'une enfant.

Elle descendit la rue, la tête basse, remarquant à peine où elle allait, shootant ici ou là dans un caillou. Elle pensa à Grover, un bracelet vibreur accroché au poignet, qui fuyait à travers la montagne, là où quelqu'un de dangereux se cachait. Elle pensa à Hoyt

McCoy, accusé par la police d'un acte qu'il n'avait pas commis. Tout ça était sa faute. Sans s'en rendre compte, en poursuivant le bien, elle avait fait du mal.

Elle avança en traînant des pieds jusqu'à Raven Road, où elle prit à gauche, non par volonté rationnelle de passer par là, mais parce que c'était la direction qu'avaient choisi de prendre ses pieds. Quand elle atteignit l'allée de chez Hoyt McCoy, ceux-ci s'arrêtèrent d'eux-mêmes. Elle fixa des yeux la pancarte « Propriété privée – défense d'entrer » puis remonta le long de l'allée, au-delà des grands arbres, là où la voie décrivait un virage vers la maison. Une partie d'elle-même voulait s'en aller au plus vite, mais une autre se languissait de monter là-haut et de lui dire à quel point elle était désolée. En avait-elle seulement le courage ? À la seule idée de sonner à sa porte, elle avait l'estomac noué et les mains moites. Elle s'engagea néanmoins dans l'allée. Elle allait juste frapper chez lui, s'excuser en vitesse, et s'en retourner. Elle était assez téméraire pour ça.

La maison était aussi noire et silencieuse que la première fois. Du coin de l'œil, elle vérifia la fenêtre du pignon. Elle était fermée. Rien de ce qui aurait pu ressembler à un canon de fusil ou à un télescope ne pointait nulle part, ce qui lui redonna courage. En arrivant près de la maison, elle réalisa que la voiture de Hoyt n'était pas là. Super ! Il ne lui restait plus qu'à prendre le bout de papier et le crayon qu'elle ne manquerait pas de trouver au fond de ses poches et de…

Un bruit de moteur, accompagné du crépitement des graviers sous les pneus, se fit entendre dans son dos.

Elle fit volte-face et découvrit Hoyt McCoy venant vers elle dans sa voiture noire. Bien sûr, il l'avait vue. Elle ne pouvait pas partir. Alors elle attendit, le cœur battant.

— Ah ! s'exclama Hoyt en sortant de voiture. Mon espionne !

— Je… Je… Je suis venue dire que j'étais désolée, bégaya Nickie. Désolée de ce qui s'est passé.

— Tu veux sans doute parler de l'intervention de la police Beeson…

— Oui… En fait… j'ai cru… que… vous alliez me tirer dessus.

— Je ne tire pas sur les gens, répondit Hoyt en sortant une vieille valise du coffre de sa voiture. Misanthrope, je veux bien, mais allumé de la gâchette, certainement pas.

— C'est juste que j'ai pensé… que vous aviez un fusil…

— Ça, j'ai compris. Mais moi, j'ai une question préalable à te poser, dit Hoyt en posant sa valise par terre et en la toisant de toute sa hauteur, les mains sur les hanches. Que faisais-tu dans mon jardin à épier ma fenêtre ?

Nickie n'avait pas de réponse à cette question. Inutile de dire qu'elle cherchait à faire quelque chose de bien. D'ailleurs, au fond d'elle-même, elle avait toujours supposé qu'épier chez les gens, quelle qu'en soit la raison, était plus vil que noble. Aussi demeura-t-elle muette, les yeux rivés sur ses chaussures.

— Ah, mais suis-je bête ! poursuivit Hoyt. La raison.

je la connais. C'est parce que Brenda Beeson t'a envoyée… N'est-ce pas elle aussi qui a envoyé le garçon ?

– Quel garçon ?

– Celui qui rôdait derrière chez moi la semaine dernière et qui était encore là quand la police est venue. Maigrelet, avec des cheveux qui lui tombent sur le visage.

– Ah, Grover ! Non, non, ce n'est pas elle.

L'image de Grover fuyant à travers bois lui traversa l'esprit. Elle la repoussa.

– Euh, je dois y aller, dit-elle encore, soulagée d'avoir accompli ce qu'elle était venue faire.

– Une minute, l'interrompit Hoyt McCoy.

Le cœur de Nickie s'arrêta.

– Je rentre juste d'une réunion importante qui a tourné comme je l'escomptais et ça me rend d'humeur aimable. Profites-en, car ce n'est pas tous les jours, ironisa-t-il en se dirigeant vers la porte. J'aimerais te montrer qu'on peut être un ours mal léché sans pour autant mériter l'asile ou la prison. Mais tu vas peut-être refuser d'entrer chez moi…

– Eh bien, je vous remercie beaucoup, répondit Nickie, le cœur battant, mais il faut vraiment que j'y aille.

– C'est ce que je pensais. Le choix de la sagesse, quoique, dans le cas présent, inutilement pusillanime. Mais peut-être veux-tu jeter un œil en restant là où tu es ? demanda Hoyt en déverrouillant la porte.

Il entra et fit un pas de côté afin de laisser à Nickie le soin de regarder. Elle vit une vaste entrée, flanquée de deux ouvertures arrondies donnant accès à une pièce et ouvrant, au fond, sur une pièce supplémentaire. Bien qu'il fasse grand jour, les fenêtres étaient occultées par des volets et des rideaux ; de timides ampoules électriques jetaient une faible lueur jaunâtre dans la maison. Les signes de négligence domestique étaient partout : des piles de livres étaient posées à même le sol dans l'entrée, des vêtements pendaient aux boutons de porte, une table disparaissait sous un tas de pièces métalliques et de morceaux de papier. Du peu qu'elle voyait des autres pièces, elle en conclut qu'il y régnait le même capharnaüm.

Mais pourquoi lui montrait-il tout ça ? Ne serait-elle pas mieux avisée de tourner les talons et de partir en courant ? Elle fit quelques pas en arrière, mais la curiosité la retint de déguerpir.

— Le monde ordinaire, avec ses règles hypocrites, ses commérages futiles et son obsession de l'apparence, ne m'intéresse pas. Les tâches ménagères, les politesses de circonstance, le pli bien mis, la mèche bien peignée, très peu pour moi, dit Hoyt. Et ceux qui n'aiment pas ma maison ni la manière dont je m'habille n'ont qu'à changer de trottoir quand ils me voient, ça me va très bien. Car mon monde à moi, il est là-haut. (Il tendit un bras et se tourna légèrement vers Nickie.) Regarde.

Il y eut le claquement d'un interrupteur et, instantanément, la maison fut plongée dans un noir qui aurait été total sans la lumière provenant de la porte d'entrée. Une fois encore, un frisson lui parcourut l'échine et Nickie recula de quelques pas. Allait-il bondir hors de cette étrange tanière et se jeter sur elle ? Ses élucubrations s'évanouirent l'instant suivant. Il se passait quelque chose dans l'obscurité.

Les murs et le plafond s'étaient mis à luire. Graduellement, ils passaient du noir à un intense bleu nuit comme s'ils n'étaient plus faits de brique et de plâtre, mais de verre, comme les écrans de télé. De minuscules points lumineux apparurent çà et là, quelques-uns d'abord, puis de plus en plus, jusqu'à ce que ce que les signes de négligence domestique s'estompent dans l'ombre et qu'une myriade de points lumineux transforme la maison de Hoyt McCoy en vaisseau galactique perdu au cœur de la Voie lactée.

— Il va de soi que l'effet est plus réussi quand la porte est fermée, dit Hoyt. Tu peux entrer et regarder si tu veux. Enfin, si tu as toujours peur de moi, je n'insiste pas.

Nickie s'était figée, bouche bée, les bras ballants.

— Il en a fallu du temps pour installer tout ça, poursuivit Hoyt. Les gens se pressaient à la grille pour essayer de voir comment je réaménageais. Ils ont dû être déçus quand ils ont vu que la maison n'avait pas changé d'un iota à l'issue des travaux. (Il éclata de rire : un simple « hé-hé », sec et rocailleux.) Ma maison à moi, elle est dans les étoiles ! Tout comme mon travail d'ailleurs… même si j'ai pour règle de ne jamais en parler.

Ceci rappela à Nickie ce que Grover lui avait dit.

— Est-ce que vous déchirez le ciel ?

— Qui t'a dit ça ? demanda Hoyt, aussi étonné qu'amusé.

— Grover. Il dit qu'il l'a vu.

– Oui, je suppose… En tout cas, il est très observateur, la plupart des gens n'y auraient vu qu'un éclair.

– De quoi s'agit-il ?

– De rien dont je veuille discuter pour l'instant, répondit Hoyt. J'ai été extraordinairement pris ces derniers jours. Une controverse délicate… qui a agité les plus hautes sphères… Alors certes, je suis ravi de son issue, mais également bien trop épuisé pour expliquer quoi que ce soit.

– Euh… Tout ça est très beau, murmura Nickie en pointant du doigt l'intérieur de la maison.

De fait, ça l'était. C'était comme si la porte d'entrée de chez Hoyt ouvrait directement sur la galaxie. Elle aurait eu très envie d'entrer, de voir de plus près, de se laisser bercer par ce spectacle, comme si elle avait flotté dans l'espace. Mais elle ne s'en sentait pas encore la force. Si seulement Hoyt avait été un gentil vieil oncle, alors peut-être. Mais il était si ronchon, si imposant et si hirsute qu'elle avait encore peur de lui, et ce même s'il lui apparaissait de plus en plus clairement que c'était injustifié.

– C'est très beau, répéta Nickie. J'adore. Est-ce que c'est tout l'univers ?

– Oh non, répondit Hoyt. Seulement une petite partie d'un univers en particulier, le nôtre. Quelques milliards de maisons supplémentaires et j'aurai peut-être de la place pour quelques autres univers.

D'autres univers. Nickie repensa aux notes de son arrière-grand-père. Mais l'idée d'un univers la dépassait déjà assez pour qu'elle se soucie des autres.

— J'aimerais beaucoup le voir. Mais… peut-être une autre fois… ?

— Tu n'auras qu'à sonner, répondit Hoyt. Les intrus ne sont pas les bienvenus, mais cela n'exclut pas quelques hôtes triés sur le volet. Considère-toi comme l'un d'eux.

Et avec un bref hochement de tête impassible il referma la porte et l'univers disparut.

De retour à Greenhaven, Nickie fit les cent pas dans la maison, trop excitée pour s'atteler à quoi que ce soit. Elle posa les yeux sur les ancêtres, dans leurs cadres dorés, suivit d'un doigt les courbes de la rampe d'escalier, s'arrêta sur son propre reflet dans la grande glace de la salle à manger. Puis elle monta dans la nursery et se balança un long moment dans le rocking-chair, Otis sur les genoux, qu'elle caressait machinalement de la tête à l'arrière-train, encore et encore.

Aux alentours de quatre heures et demie, alors que Crystal n'était toujours pas rentrée de Dieu sait où, elle sortit Otis pour sa promenade de l'après-midi. À sa grande surprise, la rue était pleine de monde, marchant du pas décidé de ceux qui ont un rendez-vous quelque part.

Rapidement, elle remonta Otis et redescendit. En sortant, elle remarqua Martin, qui s'était joint à la foule. Elle courut à sa suite.

— Que se passe-t-il ? lui demanda-t-elle.

— T'es pas au courant ? répondit Martin en toisant Nickie des pieds à la tête. Y a une réunion. À la demande de Mme Beeson. Elle veut voir tout le monde. De toute urgence. Tu devrais venir. C'est à l'église.

– Tu sais à quel sujet ? demanda Nickie.

– Non, je l'ignore. Mais ça doit être important, répondit Martin en se remettant en route. Tu devrais venir, ajouta-t-il par-dessus son épaule. Et ta tante aussi.

Nickie était persuadée que jamais Crystal ne ferait le déplacement. En revanche, elle, elle irait. Ça ne faisait aucun doute. Elle voulait absolument connaître l'objet de cette réunion. Elle fila à l'intérieur, attrapa son manteau – le soleil était presque couché maintenant, la température s'en ressentait – et rejoignit le flot de gens en marche vers l'église.

23
Réunion d'urgence

De toutes parts, les gens convergeaient vers la Grand-Rue – des hommes à l'air sombre et inquiet, des mères tenant leurs enfants par la main, les plus grands suivant derrière, inhabituellement silencieux. De fait, tout le monde était incroyablement calme. Et, quand ils parlaient, c'était à voix basse et uniquement pour échanger quelques questions : « C'est à quel sujet, tu sais ? – Non, aucune idée. Mais ça doit être du sérieux. Peut-être des nouvelles de l'Oracle ? – Oui, peut-être. » Ils passèrent ainsi devant les vitrines éteintes des magasins, qui avaient fermé plus tôt que d'habitude, puis devant le parc désert avant d'arriver enfin au bout de la Grand-Rue où tous les citoyens de Yonwood semblaient s'être donné rendez-vous. Tous ? Pas tout à fait, nuança mentalement Nickie. Hoyt McCoy n'y serait pas, pas plus que Grover, perdu quelque part dans les bois. Et il fallait aussi compter sur les quelques réfractaires, insensibles aux injonctions de Brenda Beeson.

En attendant, l'étroit édifice que constituait l'église de la Vision-Ardente avait du mal à contenir la foule qui se pressait à ses portes. Une fois que Nickie eut franchi ce premier goulet d'étranglement, elle s'avança dans l'allée et découvrit une longue salle où s'alignaient des rangées de bancs en bois. Les hauts murs étaient percés de vitraux, mais, comme le jour déclinait, elle ne distinguait pas ce qu'ils représentaient. Dans l'église, la lumière aussi était tamisée, l'immense salle n'étant éclairée que par des dizaines de cierges. Leurs flammes illuminaient bien les allées et les rangs; en revanche, au-dessus de leur tête, le plafond se perdait dans un abîme de ténèbres.

Prestement et en silence, la foule s'avança dans les travées et s'assit. Nickie prit place au fond. Ensuite vint un long moment où il ne se passa rien. Les gens trompaient l'attente en se murmurant les uns aux autres des choses à l'oreille et en se tortillant sur leur siège. Enfin une porte au fond de la chaire s'ouvrit et Mme Beeson apparut. Elle gravit les quelques marches menant à l'autel et balaya la foule du regard. Les conciliabules cessèrent aussitôt.

Il n'y avait pas d'effets de style, ni de chapeau d'aucune sorte aujourd'hui. Le visage de Mme Beeson était encadré par une masse de cheveux défaits et elle portait une simple robe rouge, au plastron de laquelle elle arborait fièrement son badge bleu à l'effigie de la Tour. Elle parcourut longuement la foule du regard, ses yeux allant d'un visage à l'autre. Et enfin, elle prit la parole. Ses premiers mots furent accueillis par une vague de bruissements et de craquements tandis que l'auditoire se penchait en avant pour entendre.

– Mes amis, dit-elle, les temps sont durs.

Un bougonnement approbateur parcourut les travées.

– Notre Oracle a prédit une sinistre catastrophe. Il pourrait s'agir de la guerre qui se prépare. Cela pourrait également concerner le terroriste dans nos bois.

Un nouveau murmure traversa la foule.

– Dans son immense mansuétude, notre Oracle nous a montré la voie qui nous permettrait d'échapper au désastre. Pour ma part, j'appelle cela un miracle, comme si Dieu lui-même avait décidé de nous prendre sous son aile.

Mme Beeson se pencha vers l'assistance avec un sourire béat qui, Nickie le remarqua aussitôt, eut le don de réchauffer les cœurs de tous ceux qui étaient là.

– C'est ainsi, poursuivit-elle, que l'immense majorité d'entre nous a choisi de se conformer aux préceptes de vie énoncés par notre Oracle. Pas toujours clairement d'ailleurs. Parfois, l'Oracle dit des choses que, même moi, j'ai du mal à comprendre. Il en est ainsi quand, par exemple, elle dit « plus de mots ». Car, à moins qu'elle veuille parler des gros mots, dont, d'ailleurs, personne ici ne fait usage, je dois bien admettre que je suis un peu perdue. Et puis elle dit aussi autre chose que, jusqu'à présent, j'avais cru avoir mal compris. Pourtant, à mesure que les nuages s'amoncellent, force est de reconnaître qu'elle disait bien ce qu'elle disait.

Mme Beeson marqua une pause, survolant l'assemblée de son intense regard bleu. Dans sa robe écarlate, sous la lueur vacillante des cierges qui envoyaient des éclairs dorés dans ses cheveux, elle ressemblait à une reine, pensa Nickie. Les gens dans l'église semblaient retenir leur souffle.

Mme Beeson se redressa, prit une inspiration et poursuivit.

— Ce que je m'apprête à vous dire, je le dis pour le bien de tous. Nous devons nous soumettre. Que nous comprenions pourquoi ou pas. Les voies du Seigneur sont impénétrables.

Et elle marqua à nouveau un long temps d'arrêt. Nickie sentait la tension monter au creux de son ventre. Tout le monde était figé. Un silence assourdissant régnait dans l'église.

Quand Mme Beeson reprit, sa voix était à peine plus forte qu'un soupir, pourtant on y décelait une telle ferveur que l'on pouvait parfaitement saisir chaque mot.

— Althea l'a dit et redit. Mais je n'ai pas voulu l'entendre. « Plus de chiens. Plus de chiens », dit-elle. C'est très clair. D'une façon ou d'une autre, nos chiens gênent.

— Quoi ?!? s'écria une femme dans les premiers rangs.

Quelqu'un la fit taire.

— Oui, tonna Mme Beeson. Je m'en rends compte maintenant. Je le vois dans ma propre vie, dans les sentiments que j'éprouve pour mon petit Saucisse. (Elle se pencha en avant, agrippant l'autel à deux mains.) Pourquoi accordons-nous à un animal l'amour qui devrait revenir à nos familles ? Pourquoi devrions-nous

217

accorder à un animal l'amour que nous devrions réserver à Dieu ? Mes chers amis, il faut agir. Je sais que c'est dur, mais les chiens… tous les chiens… doivent partir.

Nickie sentit son cœur s'emballer. Les chiens devaient partir ? Mais que disait-elle ?

Une clameur monta dans les rangs de l'assemblée. Il y eut des éclats de voix, des « quoi ? » et des « non ! » auxquels Mme Beeson répondit en écartant les bras tel un archange prêt à prendre son envol.

– Écoutez ! cria-t-elle.

Tout le monde se tut à nouveau.

– Je sais que c'est douloureux. Mais la dureté des temps exige des sacrifices hors du commun. Et, à travers cette mesure, il m'apparaît que l'Oracle nous envoie un message : plus nous refusons les plaisirs de ce monde et toutes ces choses auxquelles nous sommes bien trop attachés, plus nous faisons de place dans notre cœur à Dieu. C'est ce que je ne cesse de vous répéter : quand on possède l'intime conviction que la mission est juste – ça se sent au plus profond de son âme –, alors on est déterminé à tout entreprendre pour la mener à bien. Tout…

Une fois encore, un lourd silence parcourut les travées. De rares personnes se levèrent et quittèrent l'église – un homme hurla même : « Elle se trompe ! » en passant la porte –, mais tous les autres restèrent. Nickie en vit certains se tourner vers les uns et les autres, l'air grave et déterminé, puis opiner du chef avant de regarder à nouveau l'autel, dans l'attente d'instructions.

– Les choses se dérouleront ainsi, poursuivit Mme Beeson. Après-demain, j'enverrai un bus dans tous les foyers qui possèdent un chien. Vous mettrez votre chien dans le bus et le chauffeur les emmènera dans la nature, à plusieurs kilomètres d'ici, dans un endroit où ils seront libres de retourner à la vie sauvage, un état qu'ils n'auraient jamais dû quitter. Il ne sera fait aucun mal aux animaux. Et quand nous, citoyens de Yonwood, nous nous serons acquittés de notre tâche avec dévouement et ferveur, nous serons libres de consacrer l'intégralité de notre amour au seul qui en soit digne : notre Seigneur.

Nickie était sur des charbons ardents. Jamais elle ne les laisserait emmener Otis. Jamais.

Pourtant, bien vite, elle réalisa qu'elle n'avait aucun souci à se faire pour lui puisque tout le monde ignorait que Greenhaven abritait un chien. Les seules personnes, à par elle, qui connaissaient l'existence d'Otis étaient Amanda et Grover. Elle allait le garder à l'abri, le cacher – elle serait hyper-prudente quand elle le sortirait – et quand la maison serait vendue, elle l'emmènerait avec elle, en ville.

En effet, Nickie venait d'abandonner tout espoir d'atteindre son objectif premier, qui était de vivre à Greenhaven avec ses parents. Bien sûr, elle aimerait toujours Greenhaven, et Yonwood également, mais elle ne voulait plus vivre dans un endroit où Mme Beeson et son Oracle délivraient des instructions censément venues du Très-Haut.

24
Le bracelet

Ce vendredi matin-là, comme presque tous les vendredis matin, Grover sortit de chez lui pour se rendre à l'école. Mais, contrairement aux autres jours, quand il passa devant le garage auto, non loin de chez lui, deux hommes se jetèrent sur lui. Ils s'étaient cachés derrière une grille, dans l'allée adjacente. Ils étaient tout simplement sortis de leur cachette à l'instant où Grover approchait. Avant que celui-ci ne réalise ce qui lui arrivait, ils lui avaient chacun attrapé un bras et, en un éclair, un des agents avait sorti un bracelet de sa poche et le lui avait attaché au poignet droit. Après quoi il avait actionné le bouton d'une commande à distance et le bracelet s'était mis à vibrer : MMMM-*mmmm*-MMMM-*mmmm*, indiquant par là même qu'il était activé.

Grover se débattit et s'enfuit. Mais, bien sûr, il était déjà trop tard. Le bracelet électronique était en place. Il secoua le bras, s'agita, comme si un scorpion l'avait piqué, comme si un essaim d'abeilles l'attaquait. Mais rien n'y fit. Partir, fuir. Il ne pouvait plus penser qu'à ça. Il courut, contourna sa maison, puis s'engagea dans Woodfield Road, où les rares passants qu'il croisa le regardèrent avec horreur. Il ne leur accorda pas même un regard. Partir, fuir, courir. Il dépassa l'école, à la lisière des terrains de sport, traversa la Grand-Rue, où les fenêtres du Bon Coin étaient toujours éteintes. Enfin, la vibration flottant toujours dans son sillage, telle une bruyante queue de cerf-volant, il s'engagea au pas de course sur le chemin grimpant vers les bois.

Après dix minutes de montée, il s'arrêta. La longue plainte monotone du bracelet – MMMM-*mmmm*-MMMM-*mmmm* – sifflait dans sa tête de manière obsédante. Il fallait qu'il fasse quelque chose contre ça. La matinée avait beau être fraîche, il avait chaud, à cause de la course. Il retira donc son blouson, ainsi que le sweat qu'il portait en dessous. Puis il remit le blouson et noua solidement les manches du sweat autour de son poignet. Ça lui faisait un bras comme une massue, avec une grosse bosse au bout. Le bruit était étouffé, mais encore audible. Et si lui pouvait l'entendre, cela serait également le cas pour toutes les créatures, humaines ou animales, qui peuplaient ces bois. Il dénoua donc son sweat, retira son blouson et son T-shirt, puis remit le blouson (une opération impossible avec une massue au bout du bras). Après quoi il noua le T-shirt autour de son poignet, ainsi que le sweat. Ça lui faisait un poignet comme un ballon de foot. Son bras ressemblait à une sucette géante. En plus, ça ferait une bonne arme, ajouta-t-il mentalement. Dommage que Teddy Crane et Bill Willard ne soient pas là pour y goûter.

L'épaisseur double avait réduit le bruit du bracelet à un infime bourdonnement. Ça ferait l'affaire. Grover se remit en marche.

Mais pour aller où ? Pour faire quoi ? Il n'en avait pas la moindre idée. Son plan se résumait à fuir la ville et toutes les grimaces compatissantes et un brin réprobatrices qu'il ne manquerait pas de croiser partout, dans le regard des passants, de ses camarades d'école et même de ses professeurs. Non. Il allait trouver un moyen de retirer ce machin. Il ne retournerait pas à la maison avant d'y être parvenu.

Il grimpa à vive allure, animé par la rage. Au bout d'une demi-heure, il parvint à l'endroit où il était venu quelques jours plus tôt, au ruisseau. Un bon coin pour faire une halte, pensa-t-il. Qui plus est, il avait soif. Il pourrait se désaltérer.

Agenouillé au-dessus du ru, lapant l'eau fraîche au creux de sa main, il se souvint de la tache blanchâtre qu'il avait aperçue au loin la dernière fois qu'il était venu là. Quelqu'un ? Durant un court instant, il cessa de bouger et tendit l'oreille à la recherche d'un bruit de pas. De l'eau coulait encore de son menton. Mais le temps qu'il fasse lui-même silence, tout ce qu'il pouvait entendre était le faible gémissement du bracelet, vibrant sous sa monstrueuse épaisseur de tissu : *MMMM-mmmm-MMMM-mmmm*, comme une sirène hurlant dans le lointain.

Il essuya sa main mouillée sur son pantalon et se remit en route. Durant un instant, il envisagea de chanter bien fort pour couvrir le bruit. Mais s'il y avait vraiment quelqu'un de peu recommandable qui rôdait par ici, c'était le meilleur moyen d'attirer son attention. Aussi tenta-t-il, à défaut, de se concentrer sur le pépiement des oiseaux.

Le sentier serpentait à flanc de montagne. De temps à autre, les arbres s'éclaircissaient, lui offrant une vue sur la ville, en contrebas. Les cours devaient avoir commencé maintenant. Ils allaient s'apercevoir de son absence. Bill et Teddy étaient-ils passés chez lui après lui avoir posé le bracelet, pour prévenir ses parents ? Quelqu'un était-il parti à sa recherche ?

Aux alentours de midi, il avait pratiquement atteint la crête et il commençait à avoir faim. Il se trouva qu'il avait quelques vieux biscuits dans sa poche. Il les avala. Mais ça ne faisait pas un déjeuner. À cette période de l'année, il ne trouverait pas grand-chose à manger dans les bois. Les mûres, ce n'était pas la peine d'y compter. Il y avait bien des tonnes de champignons, mais il ne s'y connaissait pas suffisamment pour faire la différence entre les comestibles et les vénéneux. Il n'avait d'autre choix que de supporter sa faim pendant un moment, voilà tout. Encore heureux qu'il ait pris un copieux petit-déjeuner.

Arrivé sur une petite étendue herbeuse, il décida de s'arrêter pour s'attaquer au bracelet. Un gros rocher, large et plat, émergeait du sol au bout du pré. Il s'y assit et retira le tas de tissu qu'il avait au poignet. Le bruit hideux du vibreur résonna dans la montagne. Grover grimaça. Ce bruit lui vrillait les tympans.

Le bracelet en lui-même consistait en un anneau de

métal d'environ un centimètre d'épaisseur, parfaitement ajusté (on distinguait à peine la charnière), d'une couleur vaguement argentée et gravé de deux sillons qui faisaient tout le tour de l'objet. Le bruit venait de l'intérieur. En l'absence de toute fente, de tout bouton ou de toute pièce mobile, Grover ne voyait vraiment pas comment atteindre le mécanisme.

Peut-être pouvait-il l'ôter en tirant simplement dessus. Il plia sa main autant qu'il put et tenta de la passer à travers le bracelet, en vain. Il glissa alors les doigts de sa main gauche dessous et tira de toutes ses forces dans l'espoir de briser la charnière, là encore sans autre succès que celui de s'abîmer la peau du poignet. De rage, il cogna le bracelet contre la roche. Mais c'est tout juste s'il en avait éraflé la surface, quant au bruit, il n'avait ni faibli ni cessé un seul instant. *MMMM-mmmm-MMMM-mmmm*. Il se retint pour ne pas hurler et décida de refaire une tentative.

Cette fois, il dénicha une pierre de la taille d'une boule de pétanque, posa son poignet sur le rocher et cogna le bracelet encore et encore. Après cinq minutes de pilonnage, il n'était parvenu qu'à entailler légèrement la surface du bracelet… et à se faire une belle plaie à la main. Il poussa un cri et jeta le caillou en l'air avant de capituler et de remettre les bandages autour de son poignet. Il était anéanti.

Il s'allongea sur le rocher chauffé par le soleil de midi et se perdit dans la contemplation du ciel où, très, très haut au-dessus de lui, un faucon décrivait de grands cercles. Qu'est-ce qu'il avait fait de mal ? Rien.

Qui avait-il agressé ? Personne. Alors pourquoi le torturait-on de la sorte ? Il n'avait pas d'explication. Althea Tower avait-elle marmonné quelque chose à propos des serpents ? Existait-il une loi contre les serpents dans un quelconque livre saint ? Il l'ignorait. Tout comme il ignorait comment y remédier.

Avec le sentiment d'être dans une impasse, il ferma les paupières. Étourdi par la chaleur du soleil, il s'assoupit.

Quand il rouvrit les yeux, il réalisa que l'après-midi était bien avancé. Les ombres des arbres s'allongeaient dans le pré. L'air se faisait plus frais. Grover se sentit faible. Qu'allait-il faire quand la nuit tomberait ? Que ferait-il demain ? Il avait faim. Et il avait froid aussi car, avec son T-shirt et son sweat noués autour de son poignet, il n'avait plus sur le dos que son maillot de corps et son blouson. Qu'est-ce qui valait mieux ? Avoir chaud et subir l'affreux bourdonnement entêtant du bracelet ou avoir froid en silence ? Il opta pour la deuxième solution, au moins pour l'instant.

Il réalisa alors qu'il allait devoir passer la nuit ici. Il n'y avait pas réellement songé auparavant, il n'avait cherché qu'à fuir. De toute manière, il n'avait pas d'autre choix. La nuit serait tombée avant qu'il ait eu le temps de redescendre – et, de toute façon, il ne voulait pas retourner en ville.

Le plus sage était donc de mettre à profit les quelques heures de jour qui lui restaient pour se préparer. Il allait se construire une sorte d'abri où passer la nuit. Il en profiterait pour chercher quelques noix et quelques baies à manger.

D'abord l'abri. Il voulait dormir au milieu des arbres, pas à découvert. Aussi traversa-t-il le pré avant de s'enfoncer dans l'épais sous-bois, pliant les ronces et cassant les branches qui obstruaient le passage. C'était comme se frayer un chemin à travers des barbelés, tant la végétation était dense et indocile. Le sol était jonché de feuilles mortes, parsemé de pierres, bosselé. Et humide. Bref, pas l'endroit rêvé pour un bivouac.

Il poursuivit néanmoins sa route et, après quelques minutes de recherche, il découvrit une sorte de petite cuvette, au pied de grands pins, où s'étaient amassées des millions d'aiguilles. Il en charria plusieurs brassées et en fit un matelas au fond du trou. Ça devrait faire l'affaire, se dit-il intérieurement. Maintenant manger.

Quelques rayons de soleil passaient encore la ligne de crête, illuminant les arbres à l'autre extrémité du pré. Grover rebroussa chemin à travers les ronces du sous-bois. Arrivé à la lisière de la clairière, il vit quelque chose remuer dans les arbres, face à lui. Une forme blanche.

Il s'immobilisa. Les arbres le cacheraient, s'il ne bougeait pas. Si seulement il avait eu des jumelles ! Son rythme cardiaque s'accéléra. Le terroriste entendrait-il le petit vrombissement du bracelet ?

La tache blanche se mouvait doucement. Elle semblait se diriger vers la clairière. Grover retint son souffle. Il plissa les yeux, tentant d'atténuer l'aveuglante lumière du couchant. La tache blanche s'agita, s'arrêta puis enfin sortit à découvert dans le pré.

Et le cœur de Grover s'arrêta. Ce dangereux rôdeur

qui défrayait la chronique depuis des semaines n'était pas du tout un terroriste. Et pour cause. Il n'était pas humain. Non, c'était un grizzly. Un grizzly blanc. Un prodige que jamais Grover n'avait observé et dont il n'avait même jamais entendu parler.

L'ours s'avança dans l'herbe. Il marchait de travers, comme si une de ses pattes était blessée. Le museau baissé, il dodelinait légèrement de la tête. Comme Grover le constata bien vite, sa robe n'était pas blanche à proprement parler, mais coquille d'œuf, et parsemée de taches grises.

Il s'approcha. Grover retint son souffle. Il ne craignait pas vraiment une attaque. Il avait déjà observé des ours dans ces montagnes, par le passé, et il savait que l'essentiel avec eux était de ne pas les prendre par surprise. Faites un bruit, manifestez votre présence et il s'immobilisera, flairera l'air puis s'éloignera de son pas traînant. Certes, mais cela n'empêchait pas les sueurs froides. Surtout dans le cas présent : il faisait presque nuit, il était parfaitement seul et il émettait un drôle de bruit que l'ours n'allait pas tarder à percevoir.

À peine s'était-il dit cela que la bête s'arrêta et leva brusquement la tête dans sa direction. Les derniers rayons du soleil révélèrent le rose de ses petites oreilles arrondies.

Grover fit ce qu'il pensait devoir faire. Il s'avança à découvert et s'immobilisa. Puis il leva le bras droit afin que le baluchon bourdonnant soit le plus haut possible, comme un feu rouge. Enfin, il prit sa plus grosse voix et cria :

– Hé, l'ours ! Je suis ton ami. Pas ton dîner !

Ils se regardèrent un instant. Grover distinguait clairement la truffe de l'animal, d'un brun-roux presque caramel, ainsi que ses yeux qui, dans le soleil rasant, brillaient autant que deux petits rubis.

– Je ne te veux aucun mal ! cria encore Grover, en agitant le bras. Ne reste pas par ici. Ce n'est pas sûr !

Comme s'il avait compris, l'ours se détourna. Sans précipitation aucune, il fit demi-tour et retraversa le pré d'un pas lourd et nonchalant. Une minute plus tard, il disparaissait dans les bois.

Cette nuit-là, Grover la passa enfoui dans les aiguilles de pin, dont il se couvrit comme il put, utilisant l'amas de tissu à son poignet comme oreiller. L'interminable plainte du bracelet résonnait à son oreille et, quand enfin il trouva le sommeil, elle s'insinua jusque dans ses rêves, peuplés d'avions de combat fondant sur lui en piqué et rasant le sol avant de remonter en chandelle dans le ciel, tous réacteurs hurlants. Au matin, il s'éveilla transi de froid, affamé, et conscient qu'il n'avait d'autre choix que de retourner à la maison. Par chance, on était samedi. Personne n'essaierait de l'envoyer à l'école.

25
Jour de visite

La maison était magnifique en ce samedi matin.
Les sols brillaient de tous leurs feux, les peintures étaient
éclatantes et, pour tout mobilier, ne restaient que les
plus belles pièces du lot, qui plus est, lustrées de frais.
Çà et là trônaient de grands vases d'où jaillissaient des
fagots de bois sec et des branches de pin.

Crystal arpentait les pièces du rez-de-chaussée à la
recherche du moindre défaut susceptible de décourager
l'acheteur éventuel. Une fissure dans la maçonnerie ?
On va accrocher un portrait d'ancêtre par-dessus ! Une
rayure sur le parquet ? On va mettre ce tapis persan par
ici ! Elle courait en tous sens, arrangeant ceci, déplaçant cela, sans cesser un seul instant de parler.

– La lampe Tiffany ! Tiens, là elle serait parfaite.
Attends, ces coussins, là… Nickie, tu veux bien aller
me chercher les coussins verts, à côté ? Ah, c'est mieux.
Je ne suis pas mécontente de moi. À part, peut-être…
Oui, c'est ça ! Le bureau au sous-main de cuir… on va
le mettre là. Nickie, aide-moi à le déplacer.

Plus d'une heure s'écoula ainsi sans que Nickie

puisse une seconde détacher ses pensées d'Otis, privé de petit-déjeuner et de sortie, et qui, tout seul deux étages au-dessus, n'allait certainement pas tarder à pleurer ou à aboyer. Hélas, pour une fois, Crystal prenait son temps.

À dix heures, elle alluma la radio.

– On va sûrement avoir des nouvelles, dit-elle avant de s'asseoir enfin quelques minutes pour écouter le flash d'informations.

Nickie l'imita.

« Nous attendons une déclaration de la Maison-Blanche d'une minute à l'autre, disait le journaliste. L'ultimatum du Président a expiré hier, mais, jusqu'à présent, aucune information n'a filtré quant à l'évolution de la situation. »

Elles attendirent, mais, en lieu et place de la déclaration annoncée, elles eurent droit à un reportage sur un tremblement de terre quelque part, à un autre sur une série d'émeutes ailleurs, puis à un sujet sur un couple de vedettes de cinéma qui venaient de se marier. Quand le premier journaliste reprit finalement l'antenne, ce fut pour annoncer qu'il n'avait pas de nouvelles concernant la situation internationale et inviter les auditeurs à rester à l'écoute.

– C'est bizarre, dit Crystal en éteignant la radio. Enfin, au moins ce n'est pas la guerre. Pas encore.

Et elle se remit au travail, s'agitant durant une nouvelle demi-heure, mettant la dernière touche ici et là. Enfin, elle se laissa tomber sur le sofa du petit salon et admira son œuvre.

– Pas mal, conclut-elle en regardant sa montre. Dix heures quarante-deux. On ouvre les portes à onze heures. Len ne devrait plus tarder.

– Tu as encore besoin de moi ? demanda Nickie.

– Non, non, répondit Crystal avec un vague signe de la main. Tu peux aller jouer.

– D'accord. J'ai juste quelques trucs à prendre à l'étage, d'abord.

Crystal opina machinalement du chef, attrapant déjà un pulvérisateur d'eau pour en asperger une fougère en pot.

Nickie se précipita dans les escaliers. Pauvre Otis, pauvre Otis. S'il avait fait par terre, elle ne le gronderait même pas. Au sommet des marches, elle franchit la première porte en trombe, en prenant toutefois soin de fermer derrière elle, puis elle fonça dans la nursery. Otis, jappant et pleurant, l'attendait derrière la porte. Elle s'avança, le chien recula en remuant la queue, poussant toujours des gémissements à fendre l'âme. Il l'avait attendue des heures, la truffe coincée sous l'interstice de la porte, ça se voyait. Elle balaya la pièce du regard. Une seule petite flaque, qu'elle s'empressa de nettoyer d'un coup de serpillière.

– Très bien, Otis. Sage. Plus que pour quelques minutes. Promis. Ça ira très vite, dit-elle au chien sautillant dans ses jambes. Je sais que tu dois avoir faim, mais il faut sortir d'ici d'abord. Et tu devras absolument rester *silencieux*.

À ces mots, elle attacha sa laisse au collier d'Otis et passa le lien de cuir autour de son museau pour l'empêcher d'aboyer. Puis elle le prit dans ses bras et sortit. Au premier, elle s'arrêta un instant afin d'épier Crystal. N'entendant rien, elle descendit la dernière volée de marches menant au couloir, près de la cuisine, et s'arrêta à nouveau, l'oreille aux aguets. Cette fois, des voix résonnèrent.

– Superbe ! s'extasiait Len. Tout comme toi, d'ailleurs.

– Flatteur, va ! Enfin, merci quand même, répondit la voix de Crystal.

Ils devaient se trouver dans le hall d'entrée. Parfait. Elle fila dans la cuisine, attrapa au passage une pomme et un petit pain qui se trouvaient sur la table, puis elle ouvrit la porte du jardin et lança :

– J'y vais ! *Bye !* Et bonne chance pour les visites !

Sans attendre de réponse, elle claqua la porte et sortit.

La journée n'était guère propice à la promenade. De gros nuages gris plombaient un ciel très bas et l'air était d'un froid coupant. Même emmitouflée dans la plus chaude de ses parkas, avec une grosse écharpe en laine autour du cou et un chapeau tombant sur ses oreilles, elle avait encore froid. Marcher la réchaufferait sans doute. Le problème, c'était le vent. Si seulement il avait pu tomber un peu. Elle serra Otis contre elle, la tête du chien blottie sous son menton.

Au coin, elle tourna dans Fern Street et s'engagea sur le chemin montant dans les bois. Quelques dizaines de mètres plus loin, elle posa Otis par terre. Instantanément, il tira sur sa laisse et fonça droit au pied d'un arbre. Il souleva alors précipitamment la patte arrière. Un jet d'urine fumant alla ricocher contre l'écorce.

– Bon garçon, le félicita Nickie qui, soudainement, se sentit libre et heureuse.

Le froid n'avait plus d'importance. Les bois mystérieux et inexplorés s'étendaient devant elle. Et aucune chance de tomber sur l'Oracle kidnappeuse de chiens ni sur ses espions. Quant au terroriste, eh bien si elle le voyait elle n'aurait qu'à se cacher, voilà tout.

Ils cheminèrent ainsi, Nickie d'un pas plein d'entrain, contente de pouvoir enfin se dégourdir les jambes, Otis zigzaguant d'un bord à l'autre du sentier, d'une odeur alléchante à une autre. Le sol – feuilles mortes givrées, brindilles, mottes de terre soudées par le gel – craquait sous les pieds. Partout où portait le regard : une infinie succession de troncs d'arbres marron-gris dont les branches nues s'entrelaçaient, dessinant une grille qui lui rappela la graphie en croix de la vieille lettre découverte dans la malle. Sous l'effet du vent, les branches s'entrechoquaient et frottaient les unes contre les autres. Les derniers lambeaux de feuillage s'éparpillaient sur le sol ici et là.

Il était un peu plus de onze heures. Elle décida de grimper encore avant de chercher un endroit où faire une pause, et manger le petit pain et la pomme qu'elle avait emportés. La plupart du temps, la vue se résumait à la forêt, dense de part et d'autre du chemin. Pourtant, après quelques minutes de marche, elle atteignit un endroit où les arbres s'éclaircissaient, offrant une bonne vue sur les toits de la ville, en contrebas. D'ici, tout semblait calme et serein. Les rues étaient vides. Elle s'amusa à essayer de retrouver Greenhaven, sans y parvenir. Cette vue de Yonwood – la ville où, il y a quelques jours encore, elle aurait tant voulu s'établir – la rendait un peu mélancolique. Ce qu'elle avait imaginé était si parfait : paisible et beau, si loin des troubles des grandes villes. Si quelqu'un lui avait dit à l'époque que Yonwood comptait vaincre les forces du mal en érigeant un bouclier du bien, elle aurait sans nul doute accueilli la nouvelle avec enthousiasme. Et pour cause, c'était typiquement le genre de choses qu'elle recherchait. Bizarre comme les événements pouvaient aisément prendre un tour qu'on n'avait pas prévu.

Elle continua d'avancer, par à-coups, car Otis ne cessait de s'arrêter pour fourrer son museau dans un buisson ou dans le lit d'humus qui recouvrait le sol. Certains endroits lui plaisaient tellement qu'il y fourrageait longuement. Nickie en profitait alors pour contempler la montagne autour d'elle. Des oiseaux voletaient parmi les branches, leurs gazouillis à peine perceptibles. Dans le ciel, les nuages avançaient doucement, faisant passer la forêt de l'ombre à la lumière, par intermittence. Quand le soleil réapparaissait, les cristaux de givre et les plaques de glace étincelaient comme du cristal.

Au bout d'une heure de marche, elle décida qu'il était temps de faire une pause, et de manger. Elle se mit donc en quête d'un endroit où se poser. Quelques mètres plus loin, un arbre était couché le long du chemin. Colonisé par les lianes et les ronces, le tronc était couvert de lichen. Elle déblaya quelques ronces pour faire place nette et attacha Otis à un bout de branche qui saillait du tronc. Puis elle s'assit, sortit sa pomme et son petit pain de leur sac en papier et les mangea, à l'exception de la dernière bouchée de petit pain, qu'elle donna à Otis. Puis elle roula en boule le sac de papier et le fourra dans sa poche.

C'est à cet instant qu'elle entendit des pas. Aucune erreur possible – une cadence nette et précise qui martelait le sol en amont du chemin, tout près. Le cœur de Nickie s'emballa. Devait-elle se cacher derrière un arbre ? Un arbre debout ou celui sur lequel elle était assise et qui était couché ? Otis coupa court à ses questions. En effet, après avoir relevé un instant la tête et fait tourner ses oreilles dans tous les sens, il avait lancé une volée d'aboiements signalant leur présence sans la moindre ambiguïté. Inutile de chercher à se cacher, ou à faire taire Otis. L'inconnu ne pouvait pas ne pas les avoir entendus. En outre, qui que ce soit, il n'allait pas tarder à émerger du virage et, de ce fait, les voir. Nickie espéra seulement que, terroriste ou psychopathe, il ait d'autres préoccupations qu'une fillette déjeunant sur le pouce.

Elle se figea sur sa souche et attendit. Quelques secondes plus tard, quelqu'un émergea bien du virage. En fait de terroriste, c'était Grover.

– Salut ! cria-t-il quand il la vit.

Puis il s'arrêta un court instant avant de faire une horrible grimace, en tirant sur les coins de sa bouche et en roulant de gros yeux ronds.

– Hou ! hurla-t-il. Un horrible terroriste ! Un

monstre odieux et sanguinaire ! Au secours ! Sauvez-moi !

— Arrête ça, lança Nickie, soulagée, esquissant déjà un sourire en coin.

Otis courut faire la fête à Grover, qui s'agenouilla pour le caresser – de la main gauche, puisque la droite était emmitouflée dans un amas de tissu. À son approche, Nickie perçut le bourdonnement du brace-let : MMMM-mmmm-MMMM-mmmm.

— Je peux le voir ? demanda-t-elle.

— C'est cinq dollars, ironisa Grover.

— Allez ! Fais voir !

Il dénoua les vêtements de son poignet. La plainte entêtante se fit plus pressante, jusqu'à occuper tout l'espace autour d'eux.

— C'est affreux, s'exclama Nickie en jetant un regard horrifié à la chose. Tu ne peux pas le casser en tapant dessus avec une pierre, ou un truc comme ça ?

— Sans me casser le bras par la même occasion, impossible. J'ai essayé, répondit Grover d'un air abattu en remettant le bandage en place. Mais... au fait ! Et toi ? Que fais-tu ici ?

— C'est le jour des visites. Il fallait que je tienne Otis à l'écart. Et pas seulement à cause de la maison. Mais aussi à cause de l'Oracle.

— Comment ça ? demanda Grover en s'asseyant sur le tronc d'arbre.

Nickie lui raconta ce que Mme Beeson avait dit.

— C'est prévu pour demain. Ils vont emmener tous les chiens.

Grover se cabra sur le tronc, manquant de tomber à la renverse, au sens littéral du terme.

– J'en reviens pas, commenta-t-il seulement, effaré.

– Moi non plus, avoua Nickie. Tu ne penses pas qu'elle pourrait avoir raison ? Que les chiens prennent trop de place dans nos cœurs, qu'ils monopolisent l'amour qu'on doit réserver à Dieu ?

– Non, je ne le pense pas, répondit Grover en reprenant son équilibre. (Otis promena une truffe inquisitrice sur son poignet, où résonnait toujours cet étrange bourdonnement.) Non, définitivement, non.

– Pour Otis, pas de problème puisque personne ne sait qu'il est là. Enfin presque personne. Tu ne diras rien, n'est-ce pas ?

– Non, rassure-toi, répondit Grover en grattant les oreilles du chien. Au fait, tu sais quoi ?

– Quoi ?

– J'ai vu le terroriste.

– Non ! Pour de vrai ?

– Oui, oui, de mes yeux vu, répondit Grover avant de lui raconter l'épisode de l'ours. C'était un albinos. C'est sûr, car je n'ai jamais entendu parler d'ours blancs, à part les ours polaires, évidemment, mais tu avoueras qu'en Caroline du Nord, c'est plutôt improbable. (Il marqua une pause, l'air pensif et même un peu triste.) Je lui ai dit de partir. Pour son bien. Les gens d'ici n'aiment pas la différence.

– Il était beau ?

– Pas vraiment. Il était sale, il avait des taches un peu partout et il boitait.

— T'as eu peur ?

Grover ne lui répondit pas, ses yeux étaient perdus dans le vague.

— Je pensais à un truc, dit-il finalement.

— Quoi ?

— La fenêtre cassée, je parie que c'était l'ours. Il a dû passer sa patte à travers la vitre.

— Tu veux dire au restaurant ?

— Mmh mmh ! À mon avis, il a piqué le poulet et accroché la serviette avec une griffe. Et le sang, elle a dit que c'était un R, mais, moi, j'ai toujours pensé que c'était une simple tache. Et je serais prêt à parier que, si on l'analysait, on trouverait que c'est du sang d'ours.

— Du sang d'ours, répéta Nickie, songeuse. C'est vrai que c'est venu à l'esprit de personne…

Ils restèrent assis en silence durant un moment, au son régulier du bracelet qui continuait à bourdonner sous son emballage de fortune.

— Il faut absolument que tu retires ce machin, dit Nickie. Qu'est-ce que tu vas faire ?

Grover se leva. Le vent avait encore forci et de lourds nuages noirs venant de l'est s'amoncelaient dans le ciel.

— Tant pis pour mes serpents, dit Grover. Je les ai déjà bien étudiés. Et puis, de toute façon, j'allais les relâcher cet été, au moment de partir en expédition.

— Ça y est ? Tu as assez d'argent ? demanda Nickie, surprise.

— Ça ne saurait tarder. J'ai réussi à faire quatre-vingt-dix-sept mots avec « Nickel Vaisselle et mes plats étincellent ! ». Si avec ça je remporte pas le premier prix !

Ils reprirent ensemble le chemin à l'envers. Grover parla des animaux albinos tout le long du chemin – à quel point ils étaient rares, surtout parmi les ours, dont, à sa connaissance, on n'avait jamais rapporté le moindre cas ; ou encore comme certains peuples anciens ou éloignés attribuaient un caractère sacré à ce phénomène. Nickie ne l'écoutait que d'une oreille. Elle était maussade. Triste à l'idée que Grover n'allait probablement pas gagner son jeu-concours et, par voie de conséquence, ne pourrait pas partir en expédition ; et triste que Greenhaven ait peut-être déjà un nouveau propriétaire, un étranger qui n'apprécierait pas cette demeure autant qu'elle.

Le ciel était entièrement couvert maintenant.

– On dirait qu'il va neiger, fit remarquer Grover.

26
Catastrophe

— Alors ? Comment se sont passées les visites ? demanda Nickie.

— Très bien, répondit Crystal.

— Des acheteurs ?

— Euh… On a une offre.

Crystal ne semblait pas aussi contente que Nickie l'aurait cru.

— Une offre de qui ?

— Un couple de retraités. Les Hardesty. Ils ont de grands enfants, mais qui ne vivent plus avec eux depuis longtemps. Ils veulent monter un centre de remise en forme pour les seniors. Vitamines, médecine par les plantes, gymnastique, plus toute une bibliothèque sur la perte des cheveux, les rhumatismes et l'arthrose… Enfin, ce genre de truc, quoi. Toujours est-il qu'ils offrent un bon prix et qu'ils sont disposés à signer très vite, dès qu'ils auront vendu leur maison en ville. J'ai appelé ta mère pour lui annoncer la nouvelle. Elle pense qu'on devrait accepter.

Alors c'était fini. L'objectif numéro un s'écroulait. C'était sans espoir. Ce soir-là, une fois encore, Nickie attendit que Crystal soit endormie pour se glisser discrètement au second et passer la nuit dans la nursery, en compagnie d'Otis. Le chien se roula en boule auprès d'elle. Il sentait les bois.

Le lendemain matin, Nickie se leva alors que le ciel était encore noir. Elle sortit Otis, attendit patiemment dans le froid qu'il ait fait ce qu'il avait à faire, puis elle le ramena en haut et retourna se coucher dans son lit habituel, où elle attendit le jour.

Dès que les premières lueurs de l'aube filtrèrent entre les rideaux, Nickie se leva et s'habilla sans faire de bruit. Puis elle descendit à la cuisine, où il faisait encore frisquet. Elle se prépara rapidement des toasts, avala un verre de lait. Puis elle sortit dans la rue en vue d'assister à ce qui se passerait quand les auxiliaires de Mme Beeson se présenteraient pour emmener les chiens.

Elle ignorait à quelle heure le ramassage allait commencer et où les premières mises en fourrière auraient lieu. Pourtant, comme elle s'en rendit compte bien vite, ils étaient faciles à repérer. En effet, à peine avait-elle descendu la côte qu'elle avisa un bus scolaire roulant au pas dans la Grand-Rue. Le véhicule ne contenait aucun enfant. À Trillium Street, il prit à droite. La camionnette bleue qui le suivait en fit autant. À la faveur du virage, Nickie remarqua que ses flancs étaient frappés d'une enseigne blanche : « Église de la Vision ardente ». À côté du chauffeur se tenait Mme

Beeson, tandis que d'autres personnes occupaient les banquettes arrière. Il n'y avait plus une place de libre.

Nickie allongea le pas et suivit la camionnette.

Les deux véhicules s'arrêtèrent devant une petite maison à la façade ocre. Mme Beeson, accompagnée de quatre fonctionnaires de la police locale, descendit de la camionnette.

Un des policiers frappa à la porte. Un homme vint ouvrir, tenant en laisse un épagneul blanc et feu. Il fit deux caresses à l'animal avant de retourner à l'intérieur et de refermer vivement la porte. Le policier conduisit le chien au bus, puis tout le monde remonta en voiture pour se rendre à la maison suivante.

Alors c'est comme ça que ça se passait. Nickie suivit le bus, bientôt imitée par d'autres personnes qui avaient également choisi d'observer le déroulement de l'opération de déportation des chiens. Martin se trouvait parmi eux, hochant du chef d'un air grave tandis que le ramassage des chiens se poursuivait. Comment avait-elle pu envisager un seul instant de tomber amoureuse de lui ?

Partout, les gens y allaient de leurs commentaires. La majorité d'entre eux, semblait-il, étaient d'accord avec la décision de Mme Beeson.

— Bien sûr, c'est dur, commenta une grosse femme portant un chapeau de laine verte. Mais faire le bien demande toujours des sacrifices, vous ne croyez pas ? Personnellement, je n'ai pas de chien mais, si j'en avais un, je le donnerais sans hésiter.

— Beaucoup de gens ont eu du mal à s'y résoudre,

ajouta un homme au crâne chauve et aux grosses lunettes rondes en opinant du chef. Mais, quand ils comprennent qu'il s'agit d'une mesure pour le bien de tous, ils sont fiers de ce qu'ils ont fait. Ils se sentent plus forts, si vous voyez ce que je veux dire…

Nickie repensa aux sentiments qu'elle avait éprouvés en arrêtant le chocolat. Oui, effectivement, elle avait éprouvé de la fierté. Et ce d'autant plus que la décision lui coûtait. Mais comment pouvait-on transposer ça à son chien, et l'abandonner dans le froid, sans autre forme de procès ? Car les implications de ce choix n'étaient pas neutres. La vie des chiens en dépendait.

– Il faut faire confiance à notre Oracle. Et mettre de côté notre égoïsme personnel. Pour le bien de tous, affirma la femme au chapeau vert avec un hochement de tête entendu.

Nickie avait le plus grand mal à voir ce qu'il y avait de bon dans la situation actuelle. À chaque foyer possédant un chien, le bus s'arrêtait, un policier frappait à la porte. Puis il attendait que le propriétaire attache son chien et l'amène dehors. Certains affichaient une mine digne et courageuse, comme le premier chez qui la brigade s'était arrêtée : une petite caresse sur la tête de l'animal, et ils retournaient prestement à l'intérieur en claquant la porte, pour ne pas voir les hommes emmener leur brave toutou. Ailleurs, ce n'était pas toujours la même histoire, surtout quand il y avait des enfants. Des cris et des pleurs éclataient dans la maison, certains enfants réussissant même à échapper à leurs parents pour se jeter au cou de leur chien en hurlant : « Non, non, ne l'emmenez pas ! Je vous en prie ! » Les policiers avaient alors la lourde tâche de séparer chien et enfant et les parents de retenir les élans de leur progéniture. De rares familles refusèrent tout bonnement d'ouvrir leur porte. Mme Beeson nota leur adresse.

Au bout d'une heure, alors qu'un deuxième, puis un troisième bus se furent joints au premier afin de contenir tous les chiens et qu'un concert d'aboiements, de pleurs et de hurlements s'échappait des vitres, Nickie sentit la pression atteindre un niveau difficilement supportable. Elle tremblait, claquait des dents. Et pas seulement à cause du froid. Subitement, elle n'en put plus. Elle courut jusque chez elle pour cacher Otis là où personne ne le trouverait, juste au cas où. Au cas où la fourrière viendrait fouiner du côté de Greenhaven.

Tout en courant, elle ne cessait de se répéter : « Tout va bien. Personne ne sait qu'il est là. J'ai le temps. Personne n'est au courant à part Amanda et Grover. Tout va bien. » Pourtant, les hurlements des chiens la poursuivaient.

Il lui serait sûrement impossible de cacher plus longtemps à Crystal l'existence d'Otis, mais tant pis. Elle s'en moquait maintenant. De toute façon, tôt ou tard, elle aurait bien fini par le découvrir. Il valait mieux tout lui dire. Comme ça elle l'aiderait à le cacher. Oui, Crystal pourrait faire ça. Elle ne les laisserait jamais l'emmener.

Arrivée devant Greenhaven, elle remarqua que la voiture de Crystal n'était pas là. Où avait-elle pu aller ?

Prendre un brunch dehors ? Peu importe. Nickie se rua dans l'allée, avalant d'un bond les quelques marches de pierre du perron. Elle ouvrit la porte et se précipita à l'assaut des escaliers. Elle s'arrêta brutalement juste avant le premier. Amanda se tenait en haut de l'escalier, Otis dans les bras.

Nickie se figea un instant avant de pousser un soupir de soulagement.

— Ah ! s'exclama-t-elle. Tu y as pensé toi aussi !

— Pensé à quoi ?

Otis lui fit des léchouilles dans le cou. Elle recula vivement la tête.

— À cacher Otis ! poursuivit Nickie. Pour qu'ils ne le trouvent pas. Personne ne sait qu'il est ici, mais on ne sait j…

— Ils savent, répondit froidement Amanda, toujours parfaitement immobile.

— C'est pas vrai !?! Dans ce cas, il n'y a pas une minute à perdre. Comment ils ont su ? Viens, on v…

— Je l'ai dit à Mme Beeson, avoua Amanda d'une voix blanche.

— Tu as quoi ? s'étrangla Nickie avec l'impression qu'on venait de lui planter un couteau dans le cœur.

— J'ai appelé Mme Beeson et je le lui ai dit. Oui, je lui ai dit. Et j'en suis fière. Tu croyais quoi ? Que j'allais risquer de tout foutre en l'air ? Que j'allais désobéir à l'Oracle ?

Nickie se jeta sur Otis, les deux mains en avant.

— Non ! hurla Amanda. Elle a dit « plus de chiens ». Il faut qu'ils partent !

– Tu ne peux pas l'emmener ! geignit Nickie en se jetant à nouveau sur Otis, qui se débattait frénétiquement entre les bras d'Amanda.

Celle-ci serra le chien contre elle et évita l'assaut en se dérobant sèchement d'un pas de côté et en tournant les épaules. Quand Nickie lui attrapa le bras pour la supplier, Amanda se dégagea si violemment qu'elle l'envoya au sol. Puis elle se retourna vers l'escalier. Nickie se précipita à sa suite.

À l'instant où Amanda atteignait le sommet de l'escalier, Nickie fut sur elle. Elle aurait pu la pousser. C'eût été facile. Elle aurait lâché Otis, qui se serait rattrapé comme les chiens savent le faire, tandis qu'elle aurait dégringolé tout le long de ce bel escalier de chêne, aux marches nettes et fraîchement cirées. Elle se romprait peut-être le cou, se tuerait. Au tout dernier moment, l'envie avait beau lui brûler les doigts, elle se retint de le faire, se contentant de s'accrocher à la chemise d'Amanda. Celle-ci tourna brutalement les épaules. Nickie lâcha et se retrouva assise sur la plus haute marche.

Avant qu'elle ait eu le temps de se relever, Amanda était au milieu de l'escalier. Nickie se lança à sa poursuite, mais cette dernière avait trop d'avance, elle ouvrait déjà la porte d'entrée quand Nickie atteignait à peine le bas de l'escalier. Amanda se rua dehors et fila dans l'allée qui descendait vers le trottoir. Trottoir sur lequel Nickie déboula bientôt, juste à temps pour voir Amanda s'enfuir en courant vers le croisement de Cloud Street et Trillium Street, là où le sinistre museau carré du bus scolaire venait d'apparaître.

C'est à cet instant que les sanglots envahirent sa gorge et que les larmes montèrent à ses yeux. Elle continua de courir en criant sur un demi-pâté de maisons car, ensuite, elle vit l'homme descendre du car et Amanda courir vers lui en tenant toujours Otis dans ses bras, et l'homme prendre Otis… et s'engouffrer dans le bus. À cet instant, Nickie se figea et hurla. Quelqu'un sortit d'une maison et lui fit les gros yeux. Elle hurla à nouveau. Le bus démarra et tourna au coin de la rue. Elle courut à sa poursuite, criant à s'étouffer, mais il tourna encore et disparut.

Deux furieuses envies la taraudaient. Premièrement, retrouver Amanda pour lui tordre le cou ; deuxièmement, retrouver Crystal et lui demander de suivre le bus en voiture pour récupérer Otis.

Sauver Otis précédait l'exécution d'Amanda dans l'ordre des priorités. Mais où était Crystal ? Solidement campée sur ses jambes, Nickie tourna la tête dans tous les sens, cherchant désespérément un indice. Crystal lui avait peut-être laissé un mot ? Elle retourna à Greenhaven à toute allure, fouilla pièce après pièce. En vain. Peut-être qu'elle était au restaurant ? Les mains tremblantes, elle feuilleta l'annuaire jusqu'à trouver le numéro. La personne qui décrocha lui répondit qu'elle n'était pas là. Elle fila à nouveau dehors, s'arrêta sur le trottoir, jetant des regards fébriles à gauche et à droite. Avait-elle le temps de courir en ville pour retrouver le bus et se débrouiller pour en faire sortir Otis ? Elle était incapable de répondre. Son cerveau avait cessé de fonctionner. Son souffle était entrecoupé de sanglots et de hoquets, son cœur battait à tout rompre. Elle poussa un long trille strident. Un hurlement irrépressible.

La voiture de Crystal apparut au coin de la rue, remonta jusqu'à Greenhaven et s'arrêta. Aussitôt, Nickie frappa à la vitre. Crystal baissa le carreau.

– Ils ont pris Otis ! cria Nickie. Amanda… Elle est venue ! Et elle m'a trahie. Elle a kidnappé Otis et maintenant il est dans le bus avec tous les autres chiens ! Il faut que tu m'aides ! Je t'en prie ! Si on suit le bus, on pourra peut-être le…

Crystal la regarda, interdite. Elle avait un gobelet de café à la main et un sac de viennoiseries posé à côté d'elle, sur le siège passager.

– Pour l'amour du Ciel, de quoi parles-tu ?

– Ils emmènent les chiens ! s'écria Nickie. J'ai pas le temps de t'expliquer. S'il te plaît, s'il te plaît, est-ce que tu peux me conduire ? Je te raconterai en route.

Le visage épouvanté de Nickie dut faire son effet sur sa tante car, l'instant de stupeur passé, elle répondit simplement :

– Allez, monte.

27
La poursuite

Le plus succinctement possible, Nickie raconta toute l'histoire à Crystal. Celle-ci fit les yeux ronds. La mâchoire tombante, elle répéta les propos de Nickie d'un ton incrédule : « Tu as eu un *chien* là-haut pendant tout ce temps ? » ; « Il y avait une *fille* dans le placard ? » ; « Tu livres *bataille* contre les forces du *mal* ? » ; « Elle dit que les chiens font *quoi* ? »

Mais tout ce que Nickie voulait savoir, c'était la direction qu'avaient prise les bus.

— Plus tard, plus tard, répétait-elle d'une voix hachée, où résonnaient encore les sanglots qui l'avaient secouée. Je t'expliquerai plus tard. Tourne par là !

La voiture s'engagea dans Cloud Street.

— C'est là qu'Amanda l'a donné… Ensuite, je crois qu'ils ont bifurqué par Birch Street… Mais c'était il y a peut-être… cinq minutes… ou dix. Comment savoir où est le bus à l'heure qu'il est ?

Crystal continua sur Cloud Street.

— Ton Oracle, là. Où est-ce qu'elle a dit qu'il fallait emmener les chiens ?

— Dans les bois ! Loin d'ici dans les bois, pour qu'ils puissent revenir à la vie sauvage, un état qu'ils n'auraient jamais dû quitter.

— Bizarre, dit Crystal, conduisant à la limite du crissement de pneus. À de rares exceptions près, les chiens ne sont plus sauvages depuis des centaines de milliers d'années. Ils ont besoin de nous.

— Et on a besoin d'eux ! hurla Nickie. Je veux Otis !

Elles tournèrent dans Spruce Street. Chou blanc. La rue était déserte. Le ciel saupoudrait des flocons de neige épars. Crystal alluma les essuie-glaces. La voiture descendit Grackle Street et bifurqua dans la Grand-Rue.

— Regarde ! s'écria Nickie en pointant du doigt le bout de la rue, où une tache jaune semblait émerger de la grisaille. Le bus !

Mais, la seconde suivante, celui-ci quitta la Grand-Rue et disparut.

— Il a tourné à droite, dit Nickie. C'est la direction du col, il va dans la montagne. Ça veut dire qu'ils ont fini de ramasser les chiens et qu'ils les emmènent hors de la ville. On pourrait pas rouler un peu plus vite ?

— Admettons que l'on rattrape effectivement les bus, qu'est-ce qu'on fait après ? demanda Crystal en écrasant la pédale des gaz.

— On les suit jusqu'à ce qu'ils s'arrêtent, répondit Nickie, le buste penché en avant, les deux mains agrippées au tableau de bord. Et quand ils relâchent les chiens, on récupère Otis.

— Et ceux des autres gens ?

— J'en sais rien. Ça serait super si on pouvait les sauver aussi.

— Et si les gars du bus nous empêchent de reprendre ton chien ?

— Je ne sais pas. Je n'ai pas encore envisagé cette éventualité. Tu pourrais accélérer ?

Elles s'engagèrent dans High Peak Road, une route étroite bordée par des rangées d'arbres et qui serpentait à flanc de colline. La neige s'était mise à tomber plus fort. Des tourbillons de flocons balayaient la route, réduisant la visibilité à quelques dizaines de mètres. Crystal leva le pied. Aucune trace des bus.

— Je me demande si c'est vraiment une bonne idée, objecta-t-elle.

Nickie ne répondit pas. Les yeux rivés sur la route, elle tentait désespérément de percer le rideau de flocons blancs. Comment Otis pourrait-il survivre à une tempête de neige ? Il était encore petit. Il ne savait même pas comment se nourrir tout seul.

— Pourquoi as-tu attendu si longtemps pour me parler de ce chien ? demanda Crystal.

— Je pensais que tu l'emmènerais à la fourrière. Tu as dit que c'est ce que tu ferais.

— Moi ? s'exclama Crystal en secouant la tête. Résultat, avec le temps tu t'es attachée à lui, c'est ça ?

Nickie acquiesça en silence. Des larmes montèrent à nouveau à ses yeux. Elle ne pouvait plus parler.

— Mais… explique-moi un peu cette histoire d'Oracle, poursuivit Crystal. Elle affirme que l'amour qu'on donne à son chien, c'est de l'amour en moins pour Dieu, c'est ça ?

Nickie hocha la tête. Le ciel était de plus en plus sombre à mesure que l'après-midi touchait à sa fin. Dans les bois, l'obscurité était telle qu'on ne distinguait plus les troncs des arbres.

– Ça devrait aussi concerner les chats, alors ? Non ? Et puis les perruches, les hamsters, et même les gens qui ne méritent pas qu'on les aime… Comment fait-on la différence entre ce qui est susceptible d'être aimé ou pas, selon l'Oracle ?

– Je ne sais pas.

Nickie ne voulait pas parler de ça maintenant. Elle voulait juste aller plus vite. La voiture ralentissait désespérément à chaque virage. Crystal avait allumé ses phares, mais leur faisceau éclairait davantage les bourrasques de neige que la route. Nickie avait mal au cou à force de se crisper en avant, dans l'espoir d'apercevoir quelque chose.

– L'amour, c'est l'amour, ajouta Crystal. Du moment que tu aimes autre chose que les vols à main armée, les bombardiers ou les enlèvements d'enfants, je ne vois pas où est le mal.

– On peut aller plus vite ?

– Pas si on veut rester sur la route, répondit Crystal en secouant doucement la tête. D'ailleurs, je crois qu'on ferait mieux d'abandonner. C'est trop dangereux.

À ces mots, elle ralentit encore un peu plus pour s'engager dans un virage et donna un coup brusque sur la pédale de frein. La voiture partit en travers. Émergeant de l'épais rideau de neige, une grosse masse jaune fondait sur elles.

— Le bus ! s'écria Nickie. Il redescend !

Crystal braqua sur le bas-côté et s'arrêta. Derrière le premier bus, un autre, et encore un autre, tous trois le toit couvert de neige. Ils passèrent et descendirent bruyamment vers la vallée.

— Comment savoir si les chiens sont toujours dedans ? demanda Nickie. Ou s'ils les ont relâchés ?

— M'est avis que ces chauffeurs de bus ne veulent pas plus que moi traîner sur la route par ce temps, dit Crystal en redémarrant. Je suis prête à parier qu'ils ont balancé les chiens quelque part et qu'ils ont fait demi-tour.

— Alors on continue, hurla Nickie en sautant frénétiquement sur son siège. On va les retrouver !

Crystal continua d'avancer, regardant la route d'un air sombre et conduisant plus lentement que jamais. Dix minutes plus tard, elles arrivèrent à un endroit où la forêt s'éclaircissait. À droite de la route s'étendait un champ, couvert d'une fine couche de neige. Nickie y remarqua aussitôt des traces de pneus.

— Stop ! cria-t-elle. Je pense que c'est là qu'ils ont fait demi-tour. Arrête la voiture, je vais voir.

— Nous aussi on rebrousse chemin, répondit Crystal en se garant sur le bas-côté.

Nickie sortit en trombe et courut jusqu'aux empreintes de roues. Elle balaya du regard les alentours. Au bout du champ, là où la forêt reprenait, elle vit quelque chose qui bougeait. Un chien. Non, deux chiens. Peut-être même trois, courant vers les arbres.

– Otis ! appela Nickie, même si les chiens qu'elle venait d'apercevoir étaient trop grands pour qu'il s'agisse d'Otis. Otis ! Otis ! Viens, mon chien !

Les animaux disparurent parmi les arbres. En admettant qu'ils l'aient entendue, ils ne lui prêtèrent aucune attention. Pour eux, c'était l'aventure, la découverte de l'exaltant frisson de la liberté – au moins dans un premier temps. Ils ne comprenaient pas encore qu'au fond des bois, il n'y avait ni gamelle ni flambée dans l'âtre auprès duquel se réchauffer en compagnie d'un maître aimant.

Crystal sortit de la voiture et vint se planter près d'elle.

– Je vais juste là-bas, dit Nickie. Tu m'attends ? Je cours juste au fond du champ pour appeler Otis à l'orée du bois, pour qu'il m'entende…

– Une tempête de neige s'annonce, objecta Crystal. Et il fait presque nuit. Je ne vais certainement pas te laisser t'enfoncer dans les bois maintenant. J'ai bien peur que nous ne soyons arrivées trop tard.

– Non ! pleura Nickie. C'est tout près, regarde.

Joignant le geste à la parole, elle montra du doigt l'extrémité du champ, là où la forêt barrait l'horizon d'une ligne sombre.

– Otis ! hurla-t-elle à nouveau.

Mais rien ne bougea dans le champ, sinon des tourbillons de neige, dans la blancheur cotonneuse desquels disparut bientôt la forêt.

— Il faut qu'on rentre, dit Crystal d'une voix douce et compatissante.

C'est à peine si Nickie prononça un mot durant la descente. Elle resta le nez collé à la fenêtre, le regard perdu sur les troncs fantomatiques qui défilaient de l'autre côté de la vitre. Elle avait beau être consciente qu'il faisait trop noir pour voir quoi que ce soit, elle ne pouvait détourner les yeux de la forêt. Son cœur lui pesait comme une pierre.

— Je suis désolée pour tout ça, chérie, dit Crystal en s'arrêtant devant Greenhaven. Je n'avais pas idée de ce qui se passait. Mais comment ai-je pu être aussi aveugle ?

— Tu étais occupée. Tu avais d'autres choses en tête, répondit Nickie, tout à coup si lasse qu'elle avait à peine la force d'ouvrir la portière.

Malheureusement, même après qu'elles furent entrées dans la maison, Crystal n'arrêtait pas de poser des questions, et Nickie était obligée d'expliquer, puis il fallut se faire quelque chose à manger, au grand désarroi de Nickie qui n'avait pas faim du tout ; et Crystal de parler encore, comme quoi c'était bizarre que le Président n'ait toujours pas annoncé si la guerre était déclarée ou pas. Une éternité semblait s'être écoulée quand Nickie s'allongea enfin dans son lit et ferma les yeux. Et bien sûr, à ce moment-là, elle n'était plus fatiguée du tout. Elle resta longtemps à fixer le plafond en pensant à Otis, seul et affamé dans le froid et la tempête de neige. Elle se rappela l'ours albinos, qui pourrait tout à fait dévorer un petit chien. Elle repensa à Mme Beeson, qui causait tant de peine en essayant de faire le bien ; et à l'origine de tout ça : la vision d'Althea Tower, l'Oracle. Enfin, elle revit ce qu'elle-même avait fait. À ce stade, elle enfouit son visage dans l'oreiller, essayant de ne plus penser du tout.

— Je veux ma maman, murmura-t-elle dans un sanglot. Et mon père aussi. Je veux rentrer à la maison.

28
Encore un tour dans les bois

Le lendemain matin, un épais manteau de neige recouvrait la ville. Les toits des maisons, comme les branches des arbres, étaient coiffés de blanc. Depuis la fenêtre de sa chambre, Nickie remarqua que les flancs de la montagne, d'un gris terne toutes ces dernières semaines, avaient viré au blanc. Sous les rayons du soleil cet océan immaculé étincelait de mille feux.

C'était magnifique. Si elle n'avait été aussi triste, Nickie se serait précipitée dehors pour faire des bonshommes de neige et des igloos. Mais elle n'avait pas l'esprit à ça ce matin-là. En outre, Crystal avait du travail pour elle.

Nickie supplia sa tante de la conduire à nouveau au sommet de High Peak Road afin qu'elle puisse chercher Otis. Mais Crystal refusa. La journée était chargée. Et puis, jamais elles ne retrouveraient le chien dans cette immense forêt, encore moins depuis que celle-ci était ensevelie sous la neige. Enfin, quoi qu'il arrive, elles allaient bientôt partir, qu'est-ce que Nickie ferait d'un chien en ville ?

Sa mission consistait à nettoyer la nursery : remettre les meubles et les lampes à leur place, emballer les jouets et les jeux, jeter tout ce qui était vieux, cassé ou inutile. Toute la matinée y passa. C'était atroce de ne pas avoir Otis auprès d'elle. Quand elle prit en main ses gamelles, une pour la nourriture et l'autre pour l'eau, son cœur se serra. Elle fourra tristement les deux écuelles dans un grand sac en plastique pour ne plus les voir.

Nickie avait décidé de conserver la photo des frères siamois. Crystal n'y voyait pas d'objection. Elle pouvait en faire ce qu'elle voulait, la garder pour elle, ou la vendre. Elle avait appelé un expert en objets anciens à ce sujet. L'homme en offrait trois cents cinquante dollars, sans même l'avoir vue. Mais Nickie n'avait pas l'intention de la vendre, pas plus que la lettre écrite en croix. Après tout, ces quelques morceaux de papier constituaient les seuls souvenirs de son séjour ici. Elle les remisa donc précautionneusement au fond de sa valise.

Elle avait aussi demandé à Crystal si elle pouvait garder le carnet de son grand-père. En effet, elle avait le sentiment que ces quelques pages lui avaient tenu compagnie, le temps qu'elle avait passé à Greenhaven. Elle prit l'objet entre ses mains et en tourna les pages, repensant aux étranges notes qu'elles contenaient. Le professeur avait ressenti une bouffée de chagrin dans la chambre du fond, et il y avait vu – ou, tout au moins, avait cru voir – quelque chose. Elle s'assit sur le banc sous la fenêtre et feuilleta le carnet jusqu'à retrouver le passage en question :

4/1 Expérience troublante hier soir. Je suis allé dans la chambre du fond pour chercher les ciseaux et j'ai cru voir une silhouette à côté du lit. Une femme aux cheveux bruns, flottant dans un tissu blanc vaporeux. Je me suis senti submergé d'une affreuse tristesse. J'ai dû m'appuyer contre la porte pour ne pas tomber. La silhouette s'est évaporée. Peut-être devrais-je prendre rendez-vous avec l'ophtalmo ou le cardiologue.

En relisant ces mots, elle se souvint de la mort d'un enfant et de la douleur de sa mère, il y avait bien longtemps, un 4 janvier, le jour même où le grand-père avait rédigé cette note. Se pouvait-il qu'il s'agisse d'un écho, que son arrière-grand-père ait perçu comme une résurgence du passé ?

À la mort de l'enfant, sa mère avait dû éprouver une douleur affreuse, poignante, comme un coup de couteau. Un coup qui aurait laissé une cicatrice à côté du lit de la chambre. Une cicatrice si profonde qu'elle aurait perduré durant un siècle. Le vieux professeur, lui-même au crépuscule de sa vie, avait peut-être tout simplement ressenti cette douleur, et même entraperçu l'image furtive de cette mère accablée de douleur en ce jour de funeste anniversaire.

Ou alors, poursuivit mentalement Nickie en refermant le carnet et en laissant son regard se perdre dans la réverbération du soleil sur la neige, le professeur avait peut-être lu le récit de cette tragédie quelque part et puis il l'avait oubliée. Son esprit lui avait tout simplement joué un tour. Peut-être encore qu'il avait juste inventé tout ça pour étayer la théorie des « univers parallèles » à laquelle il semblait s'intéresser et aux « fuites » entre passé, présent et avenir.

Son arrière-grand-père avait-il réellement eu une vision d'un passé révolu ? L'Oracle avait-elle réellement vu l'avenir ? Impossible à dire.

Elle mit le carnet dans sa valise, à côté de la photo des jumeaux et de la lettre en croix, puis elle retourna à son ménage dans la nursery. Quand elle eut terminé, la pièce était exactement dans le même état que la première fois qu'elle en avait poussé la porte – entièrement vide à l'exception du tapis roulé dans un coin, du rocking-chair et du lit en fer. Le soleil dessinait un rectangle oblique sur le parquet. À quoi ressemblerait cette pièce une fois que les nouveaux propriétaires auraient emménagé ? L'idée qu'elle fût remplie d'haltères et de vélos d'appartement la rebutait. Cette pièce n'était tout simplement pas faite pour ça. Elle le savait. Elle n'était pas faite non plus pour accueillir un bureau, pour être envahie par le ronron des ordinateurs et les petites lumières clignotantes des imprimantes, des modems et des scanners. Non, cette pièce était faite pour les enfants.

Ensuite, elle se rendit chez Grover pour lui dire au revoir. Le chasse-neige était passé, comme en témoignaient les deux petits talus de part et d'autre de la rue. Ils étaient déjà en train de fondre. Des rigoles d'eau s'écoulaient sur l'asphalte.

En passant, Nickie capta des bribes de conversation. Pour l'essentiel, celles-ci tournaient autour de l'étonnant silence de la Maison-Blanche. Pas de déclaration de guerre. Pas d'accord de paix non plus. Rien. Et ce silence dérangeait. Les gens se disputaient sur le fait de savoir si c'était de bon ou de mauvais augure.

Pour sa part, Nickie avait tellement d'autres choses en tête que la question de la guerre ne la souciait guère. Elle descendit Trillium Street.

Il n'y avait personne sous le porche quand elle arriva devant chez Grover – il faisait bien trop froid pour ça. Elle frappa à la porte. Mémé Carrie vint lui ouvrir.

– Bonjour, madame, dit Nickie. Est-ce que Grover est là ?

– Dans sa cabane à serpents, répondit mémé Carrie. Ils sont venus lui enlever son zinzin.

– Tant mieux, se félicita Nickie.

– Cette femme a de drôles d'idées, tout de même, poursuivit mémé Carrie.

Supposant qu'elle voulait parler de Mme Beeson, Nickie répondit :

– Elle veut que la ville soit parfaite.

– Pff ! La perfection n'est pas de ce monde, ma pauvre chérie. La vie est un grand foutoir, qu'on le veuille ou non.

À ces mots, elle fit entrer Nickie, qui prit le couloir et traversa la maison jusqu'à la porte du jardin. Dehors, le sol était glissant. Elle avança prudemment jusqu'au cabanon, où elle trouva Grover occupé à ranger ses terrariums vides.

– Salut, dit Nickie.

– Salut, répondit-il, sans faire – pour une fois – ni grimace ni blague.

– Je suis venue te dire au revoir. On part après-demain.

– Si seulement je pouvais en dire autant, répondit Grover en posant les cages de verre sur une des étagères du bas avant de remplir l'espace ainsi libéré par une pile de magazines. Ils ont chopé ton chien ?

Nickie acquiesça d'un signe de tête. Elle ne pouvait toujours pas en parler sans fondre en larmes, aussi changea-t-elle de sujet.

– Tu as eu des résultats ? Pour tes jeux-concours ?

– Pas encore.

– Bah ! Ça ne va pas tarder.

– Tu parles ! Je ne gagnerai probablement pas, et je serai coincé ici pour toujours.

– Ne sois pas si pessimiste, tout peut arriver.

– C'est vrai, ça ! Tout peut arriver ! répéta Grover d'un ton théâtral en ouvrant la bouche et en faisant de grands yeux ronds, faussement étonnés. Je pourrais trouver un super-boulot de serveur au restaurant ! Ou m'enrôler dans l'armée ! Et… va savoir ! La planète va peut-être exploser en vol !

– Je ne crois pas un seul instant à tout ça, répondit Nickie, bien qu'au fond d'elle-même elle fût profondément convaincue que toutes ces hypothèses n'étaient pas aussi saugrenues qu'il pouvait y paraître

Mais elle voyait bien que Grover était abattu, et elle voulait le rasséréner.

– Moi, je crois que tu vas la faire, ton expédition.

– Mmh, tu dis ça pour me remonter le moral.

– Pas du tout, répondit Nickie avec assurance.

De fait, elle venait d'avoir une idée – une idée brillante, même. Et, tout à coup, elle ne parlait plus pour soutenir un ami dans la peine. Non, elle disait simplement la vérité.

– Je peux voir ton avenir, dit-elle. Et je *sais* que ça va arriver.

– À la bonne heure, répondit Grover, toujours maussade. Et toi, tu vas être Président du monde…

– Tu verras ce que je te dis, répondit Nickie avec un sourire. En tout cas, ça a été un plaisir de faire ta connaissance.

Et elle retourna à Greenhaven, le cœur léger. Un sentiment qu'elle n'avait pas éprouvé depuis au moins deux jours.

Le jour suivant, un soleil radieux illuminait le ciel. Debout sur le trottoir, Nickie observait les allées et venues d'un groupe de costauds, grognant et suant, qui transportaient les imposants meubles de bois massif de la maison au ventre d'un camion commissionné par la salle des ventes. Elle vit ainsi partir la lampe à abat-jour de parchemin qu'elle avait utilisée durant son séjour, ainsi que moult commodes, lits, armoires et bureaux, jusqu'au rocking-chair de la nursery, qui se retrouva coincé à l'arrière du camion, tel un prévenu en partance pour le dépôt. Quand le premier poids lourd fut plein, un second pointa le bout de son nez. Cette fois, les costauds prirent le chemin de la cave, où des générations de lits, de chaises et de tables de salle à manger les attendaient, entassées les unes sur les autres. Il leur fallut des heures pour faire place nette.

Après le départ des déménageurs, Crystal et Nickie inspectèrent une dernière fois la maison. Leurs pas résonnaient sur les sols nus. L'écho répétait leurs paroles chaque fois qu'elles élevaient la voix. Bizarrement, bien qu'entièrement dépouillée de son mobilier, la maison ne paraissait pas triste. Nickie avait même le sentiment qu'elle était heureuse de se retrouver ainsi soulagée du fardeau qu'elle avait loyalement porté durant toutes ces années. Elle semblait heureuse de pouvoir enfin respirer un bol d'air frais, ses grandes fenêtres impeccablement propres s'ouvrant sur un avenir qu'elle paraissait attendre en toute sérénité. Même Crystal semblait partager ce sentiment.

– Vraiment, c'est une très belle maison. Elle est mieux sans ces affreux meubles victoriens. Je verrais très bien un canapé blanc juste là... devant la fenêtre du petit salon... avec une chouette table basse devant, dit Crystal en tendant le bras vers l'endroit, tête penchée comme pour mieux se représenter le résultat. Et puis, bien sûr, une rénovation complète de la cuisine, avec un carrelage en ardoise et des éléments en bouleau ou en pin blanc pour apporter un peu de clarté... (Elle s'arrêta dans l'encadrement de la porte de la cuisine, les bras ballants.) Mais qu'est-ce que je raconte ? Ça va être une salle de sport.

Et elle poussa un profond soupir, auquel Nickie joignit le sien.

C'était triste de voir comment les choses avaient tourné. La perte d'Otis était certainement le pire, mais force était de constater qu'en plus elle avait manqué tous les objectifs qu'elle s'était fixés. Au bout du compte, jamais elle ne vivrait ici avec ses parents ; elle n'était pas tombée amoureuse ; et elle n'avait rien fait pour rendre ce monde meilleur.

Demain matin, elle quitterait cet endroit, probablement pour toujours, aussi décida-t-elle de retourner une dernière fois dans les bois pour chercher Otis. Et également pour faire ses adieux à Yonwood

Avec ce qui lui restait d'argent, elle s'acheta un casse-croûte, un paquet de chips, deux cookies au beurre de cacahuète et une bouteille de jus de raisin au café. Elle fourra le tout dans son sac à dos, au côté d'un sachet en plastique rempli de croquettes pour chien et des deux écuelles d'Otis (au cas où). Elle s'engagea dans le raidillon et se retrouva rapidement dans les bois, où l'ombre des arbres zébrait la neige de longues silhouettes bleutées. La douceur du soleil lui caressait le visage. Elle marchait avec une énergie obstinée. Toutes les cinq minutes environ, elle s'arrêtait pour appeler Otis. Aucun aboiement, même lointain, ne lui répondit. Seul le goutte-à-goutte de la neige fondue tombant des branches venait rompre le silence sylvestre.

Elle arriva bientôt à la souche sur laquelle elle s'était assise avec Grover, trois jours plus tôt. Elle s'arrêta pour contempler la ville, en contrebas. Un ciel d'azur s'étendait à l'infini au-dessus des toits. Un océan d'air bleu. Dieu était-il quelque part là-haut ? Avait-il en ce moment même les yeux baissés sur la terre, qu'il embrassait d'un seul regard ? Était-il en train de juger les actes des uns et des autres, décidant qui était bon et qui ne l'était pas ? S'apprêtait-il au contraire à faire table rase de l'univers ? Elle aurait voulu savoir. Elle aurait voulu être sûre. Malheureusement, il s'agissait là d'un domaine où son imagination débordante semblait atteindre ses limites. Elle ne pouvait tout simplement pas imaginer comment un être, si immense soit-il, pouvait tout voir depuis le ciel. Elle ne voyait pas non plus comment un Dieu pouvait dire une chose à l'Oracle de Yonwood et son contraire à un autre Oracle ailleurs sur la planète. Parce que, clairement, tous ces gens qui prétendaient entendre des messages divins n'entendaient pas tous la même chose. Toutes les nations en guerre soutenaient que Dieu était de leur côté. Mais comment Dieu pouvait-il être de plusieurs bords en même temps ?

Après mûre réflexion, Nickie ne pouvait envisager que trois solutions. Soit il y avait une cohorte de Dieux différents, envoyant des messages contradictoires à différents émissaires, soit Dieu ne s'adressait pas du tout aux simples mortels, soit les gens *pensaient* entendre la voix de Dieu alors qu'en réalité il s'agissait d'autre chose.

Un oiseau traversa son champ de vision, volant juste au-dessus de la cime des arbres. Il se posa sur la plus haute branche d'un grand pin, leva le bec vers le ciel et poussa un long gazouillis compliqué. Était-ce Dieu qui parlait aux oiseaux ou les oiseaux qui parlaient à Dieu ?

Elle appela Otis une fois encore, hurlant son nom au milieu de l'immensité de la forêt. Aucune réponse, sinon les trilles de l'oiseau qui chantait à tue-tête. Soudain, elle éprouva un profond découragement. Elle n'avait plus rien à faire ici. Elle était prête à partir, prête à quitter cet endroit qui lui faisait tant de peine. Elle retira son sac à dos et sortit les gamelles d'Otis. Elle vida sa bouteille d'eau dans la première, le sac de croquettes dans la seconde, puis elle plaça les deux écuelles au bord du chemin, au bout du tronc abattu. Peut-être les trouverait-il. Peut-être qu'un autre chien tomberait dessus. Ça lui rappellerait sans doute sa maison et l'inciterait à descendre le chemin pour retrouver son maître.

Le sachet contenant son casse-croûte était toujours dans son sac à dos. Elle réalisa qu'elle n'avait pas faim. La seule idée d'avaler quelque chose lui retournait l'estomac, aussi posa-t-elle le sac sur le tronc. L'image lui plut. Il y avait un cadeau pour un chien et un cadeau pour un homme. Des offrandes pour ceux qui en auraient besoin. Pourquoi ne pas améliorer encore la présentation ? Elle inspecta les alentours, fouillant le tapis de feuilles mortes, levant les yeux vers les branches. Au pied d'un arbre, elle trouva des pommes de pin. Elle ramassa la plus belle, la plus dodue, la plus régulière, et s'enfonça un peu plus loin. À l'ombre des grands pins, la neige n'était pas encore fondue. Ses pieds s'enfonçaient dans l'épais tapis blanc. Ses chaussures étaient mouillées. Quelques mètres plus loin, elle découvrit un buisson portant de jolies baies rouges. Elle en arracha une branche. Elle dénicha également une belle pierre lisse, veinée de blanc. Elle rapporta alors son butin près de la souche et disposa le tout autour de ses offrandes. La branche faisait comme un bras protecteur au-dessus du sac de victuailles, les baies comme des bijoux. La pierre représentait son cœur, lourd et dur ; quant à la pomme de pin, c'était juste une pomme de pin, une chose à laquelle la nature avait donné une forme quasi parfaite.

Elle recula d'un pas et contempla son œuvre. Très bien. Mais il manquait une touche finale. Que pouvait-elle ajouter ? Elle fouilla ses poches. Dans celle de gauche, elle palpa un morceau de papier. Elle le sortit, c'était la photo de l'acarien, légèrement écornée. Elle la coinça entre la pomme de pin et la pierre, afin qu'elle tienne debout. Cela ajoutait une note de bizarrerie qui collait parfaitement à ce qu'elle voulait exprimer. L'image faisait comme un rappel. Elle semblait dire : « Souvenez-vous que je suis là moi aussi, avec toutes ces autres choses que vous ne pouvez pas voir. Le monde est une source infinie de surprises étranges. »

Elle descendit le chemin. Si aucun chien ne trouvait la nourriture, peut-être qu'un écureuil le ferait, ou l'ours blanc. Et si personne ne trouvait ces offrandes, elles seraient pour Dieu. Mais pas pour le Dieu de l'Oracle, pas pour ce Dieu méchant et tatillon qui jetait l'anathème sur toutes sortes de choses. Non, ce serait pour son Dieu à elle, le Dieu des chiens, des serpents, des acariens, des ours albinos et des frères siamois; le Dieu des étoiles, des vaisseaux spatiaux et des autres dimensions; un Dieu universellement bon qui aimait tout le monde et qui rendait chaque chose merveilleuse.

29
Le dernier jour

Le lendemain matin, Crystal se débattit avec les services postaux. En effet, il restait une trentaine de cartons d'objets divers qu'elle voulait garder et emmener chez elle, dans le New Jersey. Tout ne rentrait pas dans la voiture. Elle fit trois voyages au bureau de poste.

Pendant que Crystal s'occupait de l'expédition, Nickie fit le tour de la maison vide, briquée du sol au plafond, pour faire ses adieux à chacune des pièces : le petit salon au parquet lustré, la salle à manger, la cuisine propre comme un sou neuf, les chambres, vides et impeccablement balayées. Dans celle du fond, elle s'arrêta pour voir si elle ressentait un écho de la douleur qui avait submergé son arrière-grand-père, cette peine venue d'un passé depuis longtemps révolu. Mais elle n'éprouva que son propre chagrin d'abandonner cette demeure.

Enfin, elle monta au second. Les deux pièces qui servaient de débarras étaient encore remplies de reliques attendant une décision de la part de Crystal. La nursery était vide. Pourtant, à côté du banc sous la fenêtre, elle pouvait presque sentir la présence des êtres qu'elle avait croisés ici : ceux qui avaient écrit des lettres, tenu un journal, pris des photos ou, au contraire, posé devant l'objectif, ceux qui avaient archivé des images de journaux, collectionné les cartes postales, bref tous ceux qui, d'une manière générale, avaient passé un moment de leur vie ici. Bien sûr, elle ressentait aussi, avec une pointe de douleur, l'esprit juvénile et joueur d'Otis.

Le tintement de la sonnette résonna en bas. Elle était seule à la maison. Il fallait qu'elle réponde. Elle descendit les escaliers, traversa l'entrée et ouvrit la porte. Amanda se tenait sur le seuil, une valise à la main. Elle avait une mine affreuse, le teint verdâtre. Ses cheveux étaient ramassés en un chignon informe, son visage reflétait l'expression de quelqu'un qui s'attend à être assassiné d'une seconde à l'autre.

— Va-t'en ! Je ne veux pas te voir.

— Non, il faut que tu m'écoutes, répondit Amanda, la bouche tremblante, comme si elle allait se mettre à pleurer. J'ai quelque chose à te dire.

— Tu as tué Otis ! coupa simplement Nickie en refermant la porte.

Amanda bloqua le battant d'une main et s'avança dans l'encadrement.

— Écoute-moi, dit-elle d'une voix chevrotante, des larmes plein les yeux. Je pensais que c'était une bonne action. Un sacrifice ! C'était très douloureux, crois-moi, mais comme disait Mme Beeson, plus ça te coûte, mieux c'est. (Elle supplia Nickie du regard, qui, elle, la

271

fusilla d'un œil noir.) Et puis… tout le monde abandonnait son chien, j'ai pensé que c'était bien.

Nickie tourna le dos à Amanda, sans toutefois refermer la porte. Elle alla dans le petit salon et s'assit par terre, adossée au mur sous la fenêtre. Amanda la suivit.

— Comme j'aimerais ne jamais avoir fait ça. Je n'ai pas arrêté de penser à lui… perdu dans la neige…

Amanda sanglotait maintenant. Sa voix était hachée et balbutiante. Elle remonta le bas de son sweat pour s'essuyer le nez.

— Et comment se fait-il que tu aies changé d'avis ? demanda Nickie.

— Parce que je n'arrêtais pas de penser à Otis… et parce que j'ai trouvé la liste de Mme Beeson.

— Quelle liste ?

Amanda s'assit par terre, face à Nickie. Elle retira son blouson car le soleil réchauffait la pièce. Nickie constata alors qu'elle était plus maigre que jamais.

— C'était sur un petit bout de papier… dans la cuisine d'Althea… sous l'annuaire du téléphone, répondit Amanda. Je sais que je n'aurais pas dû regarder… mais je l'ai fait quand même.

— Et alors ? C'était quoi ? demanda Nickie d'une voix froide et autoritaire destinée non seulement à établir une distance avec Amanda, mais aussi à masquer son intérêt.

— Des noms, répondit Amanda. Environ une cinquantaine. En haut de la page, il y avait juste marqué « Pécheurs ». Suivait une liste de noms, accompagnés de quelques commentaires. Du genre : « Chad Morris, rebelle et revêche » ; « Lindabell Truefoot, souillon » ; « Morton Wilsnap, inverti » ; jusqu'à « Amanda Stokes ».

– Toi ? s'exclama Nickie, oubliant son ton froid et distant sous l'effet de la surprise.

– Oui, moi. Et, à côté, c'était marqué « insubordonnée ». Comment est-ce possible ? s'étrangla Amanda d'une voix blessée. J'ai toujours fait tout ce qu'elle me demandait de faire.

– On peut difficilement dire le contraire, commenta Nickie avec une froideur retrouvée.

– Tout sauf une petite chose, poursuivit Amanda. C'était quand j'ai acheté ces romans à l'eau de rose que j'aime lire de temps à autre. Elle les a trouvés et elle m'a sermonnée. Des lectures malsaines, qu'elle disait. Influence néfaste. Corruption des âmes pures, enfin, bref, tout le tremblement…

– Et qu'est-ce qui est censé arriver aux gens qui sont sur cette liste ?

– Bracelet électronique. C'était écrit au bas de la page. Tous ces gens doivent porter un bracelet. Même moi ! s'indigna Amanda en croisant les bras sur sa frêle poitrine. Mais ça ne se passera pas comme ça. Je ne vais pas me laisser baguer. Je pars chez ma cousine, dans le Tennessee. Je ne l'aime pas trop, mais ce sera toujours mieux que d'être ici. Avant de partir, je voulais te dire que j'étais vraiment désolée. Pour Otis. Crois-moi, je regrette sincèrement ce que j'ai fait.

Elle avait l'air si triste que Nickie la prit presque en pitié. Aussitôt, elle eut une pensée pour Otis, tout seul au milieu des bois enneigés, dans le froid, le ventre vide, et elle se cuirassa contre Amanda.

– Tu me pardonnes ?

– Si tu me rendais Otis, peut-être.

– Mais je ne peux pas. Mon bus part dans vingt minutes.

Amanda joignit les mains sous son menton. Le regard implorant, la tête légèrement penchée sur le côté, elle évoquait ces personnages de l'ancien temps, qu'on voit sur les images pieuses.

– *S'il te plaît.*

Nickie se souvint alors que, durant un temps, elle aussi s'était conformée avec enthousiasme aux préceptes de Mme Beeson. Elle aussi avait voulu faire le bien, de toutes ses forces. Elle se rappela aussi qu'elle avait été à deux doigts de pousser Amanda dans l'escalier. Elle puisa au plus profond de son âme pour y trouver un peu de mansuétude, puis elle leva les yeux vers Amanda, dont les joues étaient mouillées de larmes, et soupira :

– Très bien, je te pardonne.

Certes, il planait encore un brin de rancœur dans ce pardon, mais c'était ce qu'elle pouvait faire de mieux.

– Merci, dit Amanda en se levant prestement. Bon, ben... j'y vais.

– Quoi ? Là ? Maintenant ? Mais... et l'Oracle ?

– T'inquiète pas, ils trouveront bien quelqu'un d'autre pour s'occuper d'elle.

– Tu l'as laissée toute seule ?

– Oui, mais tout va bien. Elle dormait quand je suis partie.

Amanda attrapa sa valise et s'avança dans l'entrée.

– Adieu, dit-elle simplement avant de franchir la porte.

Nickie la regarda s'éloigner en traînant la jambe à cause de sa valise. Dès qu'elle fut hors de vue, Nickie jeta un blouson sur ses épaules et se précipita dehors, en direction de la maison de l'Oracle.

30
Nickie et l'Oracle

Rien ne bougeait autour de la maison de Grackle Street, sinon un oiseau qui voleta un instant autour de la mangeoire vide avant de s'en aller, déçu. Nickie essaya la porte principale et, contre toute attente, la trouva ouverte. Elle pénétra à l'intérieur de la maison où régnait un lourd silence. Ne voyant personne nulle part, elle s'engagea dans le couloir et jeta un coup d'œil dans toutes les pièces. La cuisine. Le bureau. La salle de bains. Personne. Au bout du couloir, une volée de marches. Elle les gravit et se retrouva devant deux portes. Elle hésita un instant, en choisit une et l'ouvrit.

La pièce était pleine de livres. Les murs étaient couverts de rayonnages. Il y en avait jusqu'au plafond. Partout des livres et encore des livres : sur le sol, sur le bureau... Il n'y avait guère que le gros fauteuil club à côté de la fenêtre qui ne disparaissait pas sous les livres. Une faible lumière hivernale filtrait par les carreaux. Personne ici non plus. Sur le rebord de la fenêtre, une autre mangeoire, vide elle aussi.

Elle recula, ouvrit l'autre porte, et elle s'aperçut bien vite qu'il s'agissait de la chambre de l'Oracle.

À quoi s'attendait-elle ? À un antre obscur ? À un lieu saint orné de scènes pieuses et de statues d'ange-lots ? Quoi qu'il en soit, ce n'était ni l'un ni l'autre. Juste une chambre ordinaire, avec un lit devant une grande fenêtre. La fenêtre était close. L'air était lourd et confiné, comme si on n'avait pas aéré depuis long-temps. Une femme était étendue dans le lit. Ses che-veux châtain clair s'étalaient en longues vagues éparses sur une pile d'oreillers blancs. Elle avait le teint très pâle. Ses grands yeux gris, figés dans une expression de terreur froide, lui mangeaient le visage. Son regard semblait se perdre derrière Nickie, comme si elle la regardait sans la voir. Sa bouche était entrouverte, mais aucun son n'en sortait.

Nickie pénétra dans la pièce, le cœur cognant dans sa poitrine. Elle n'avait pas réfléchi à ce qu'elle dirait, une fois en présence de l'Oracle, et elle avait l'esprit totalement vide.

– Madame Oracle ? dit-elle. **Il faut que je vous** demande…

L'Oracle demeura parfaitement immobile. L'avait-elle entendue ? La voyait-elle seulement ? Nickie reprit son souffle et fit une nouvelle tentative, plus fort cette fois.

– Madame Oracle ! Je suis Nickie ! Il faut que je vous parle !

Les mains de l'Oracle s'agitèrent au-dessus de la cou-verture, mais elle ne dit rien.

– C'est à propos des chiens, poursuivit Nickie. Pourquoi avez-vous dit « plus de chiens » ? Il faut que je sache.

L'Oracle fronça les sourcils comme si elle entendait une langue étrangère. Elle baissa les yeux sur ses mains. Ses lèvres tremblèrent mais aucun bruit ne sortit de sa bouche.

– Ils ont emmené les chiens ! reprit Nickie en forçant la voix. Vous êtes au courant ? C'est à cause de vous ! Ils ont emmené Otis. Maintenant, il est perdu dans la montagne. Et ils ont pris aussi les serpents de Grover ! Pourquoi avez-vous fait ça ? Je veux savoir !

L'Oracle ouvrit la bouche. Elle avait l'air égarée… ou effrayée. Des mèches de cheveux tombaient sur son visage. Elle n'esquissa pas le moindre geste pour les écarter.

Soudain, Nickie perdit son sang-froid. Toute la peine et la colère accumulées ces derniers jours refirent instantanément surface. Elle fit trois pas vers l'Oracle, l'attrapa par le bras et hurla à quelques centimètres de son visage :

– Mais parlez ! Dites-moi pourquoi ils ont emmené les chiens ! Il *faut* que je sache !

Face à ce déchaînement de passion, enfin l'Oracle répondit.

– Les chiens ? demanda-t-elle dans un filet de voix. Les chiens ?

– Oui ! hurla Nickie en lui secouant le bras. Mme Beeson nous a dit que les chiens devaient partir ! Elle a dit que nous ne devions pas aimer les chiens, que nous ne devions aimer que Dieu. Je ne comprends pas. Je veux que vous m'expliquiez !

Durant un instant, l'Oracle la fixa d'un regard de braise. Puis elle retomba sur ses oreillers… et dans son mutisme.

Nickie lâcha son bras. C'était sans espoir. Les neurones de l'Oracle avait fondu sous l'effet de sa vision. Peut-être qu'elle ne pouvait plus communiquer avec les simples mortels, mais seulement avec Dieu.

Nickie se détourna de la gisante et s'approcha de la fenêtre. Elle jeta un œil au-dehors, dans le jardin où, disait-on, l'Oracle avait eu sa vision. Un jardin parfaitement ordinaire : un petit carré de pelouse roussie par le gel, une chaise, quelques arbres où voletaient des oiseaux. Nickie ouvrit la fenêtre. Une bouffée d'air frais, où résonnaient quelques gazouillis d'oiseaux, s'engouffra dans la pièce. Elle resta là sans bouger, profitant de l'air frais, avec la sensation d'être vide, comme un sac dont tout le contenu se serait déversé d'un coup sur le sol.

Derrière elle, le lit craqua.

Nickie fit volte-face. L'Oracle s'était redressée et assise dans son lit. Ses longs cheveux tombaient en cascades désordonnées sur sa chemise de nuit blanche. Elle repoussa les couvertures, passa ses jambes au bord du lit, et se mit péniblement debout, tremblant de tout son corps. Elle était à peine plus grande que Nickie. Quand elle prit la parole, sa voix était rauque et sèche, comme si elle n'en avait pas fait usage depuis longtemps, pour autant, on comprenait très bien ce qu'elle disait.

— J'ai oublié de donner à manger aux oiseaux. C'était quand la dernière fois que j'ai rempli la mangeoire ?

— Je ne sais pas, répondit Nickie. Il y a des mois.

— Des mois ? répéta l'Oracle en se passant une main sur le visage. Comment ça, des mois ? Ce n'est pas possible !

Et pourtant, c'est ainsi.

— Tu étais en train de me dire quelque chose, dit l'Oracle après avoir secoué la tête comme quelqu'un qui cherche à reprendre ses esprits. Je n'ai pas compris ce que tu disais. Tu peux répéter ?

Nickie expliqua donc à nouveau comment ils avaient emmené les chiens.

— Et quoi d'autre ?

— Ils ont arrêté la chorale de l'église, les radios et les comédies musicales sous prétexte que vous auriez dit « plus de chant ». Ce sont des commandements divins, a dit Mme Beeson.

— Des commandements divins ?

— Oui. Et puis vous avez dit « plus de lumière », alors les gens ont éteint toutes leurs lampes.

L'Oracle repoussa les mèches de cheveux qui tombaient sur son visage puis baissa les yeux sur le sol. Les bras croisés sur sa poitrine, elle frissonna, sans dire un mot. Durant un instant, Nickie pensa qu'elle était retombée dans son mutisme. Mais, tout à coup, elle releva la tête et, cette fois, sa voix était ferme.

— Écoute, j'ai été très malade. Brisée par le chagrin, je me suis laissé submerger par ma vision. Il est temps pour moi de revenir à la réalité. Tu peux m'aider à m'habiller ?

Nickie s'exécuta. Elle fit le tour de la commode et du placard pour trouver des vêtements : un pantalon gris et un épais pull-over blanc, qu'elle aida l'Oracle à enfiler. Quand elle fut habillée, l'Oracle s'assit au bord de son lit, épuisée.

– Dis-m'en un peu plus à propos de Mme Beeson. Qu'est-ce qu'elle dit exactement ?

Nickie expliqua comment Mme Beeson s'employait à interpréter les paroles de l'Oracle et à faire la chasse à tous les comportements coupables, afin d'éradiquer le mal de Yonwood. Ainsi les gens étaient-ils supposés réserver leurs chants et leur amour à Dieu et non aux serpents, ou aux chiens, ou…

Tandis qu'elle parlait, les grands yeux gris de la vieille femme se remplirent de larmes qui coulèrent bientôt sur ses joues.

– Je comprends maintenant, dit-elle finalement. C'est une horrible méprise. C'était ce que *voyais* que je décrivais. Cette vision dont je n'arrivais pas à me défaire. C'était affreux. Indicible. Un monde à feu et à sang. Des villes rasées. Plus rien ! Plus rien du tout !

– Vous vouliez parler des villes ? s'exclama Nickie. Mme Beeson pensait que vous vouliez dire « vice » et donc que vous condamniez les pécheurs, mais, en fait c'est « ville » que vous vouliez dire ?

– Exactement. Toutes les villes détruites. Les gens disparus. Plus de chants. Plus de danses. Plus de lumière. Plus d'animaux. Même pas de chiens. Tous partis, comme évaporés ! Mais c'était ce que je voyais, pas des commandements divins.

Nickie était tellement éberluée que, durant une seconde, elle en oublia de refermer sa mâchoire béante.

– Vraiment ? dit-elle quand elle eut enfin retrouvé sa voix.

– Mais oui ! Ce n'était que moi, dit l'Oracle en secouant doucement la tête.

– ...

Nickie demeurait immobile, les bras ballants. Le choc était si violent qu'elle mit un moment avant de reprendre le fil de sa pensée.

– Pourquoi disiez-vous « plus de mots, plus de mots » ? Mme Beeson elle-même n'a jamais compris.

L'Oracle ouvrit de grands yeux et plaqua une main sur son front.

– « Plus de mots » ? Mais quelle drôle d'idée. Pourquoi aurais-je dit une chose pareille ? Plus de mots, plus de mots, murmurait-elle comme à elle-même.

Puis soudain, elle croisa le regard de Nickie et les larmes montèrent à nouveau à ses yeux.

– Oh ! s'écria-t-elle. C'était sûrement « plus de moineaux » ! Peut-on imaginer un monde sans aucun oiseau, pas même un moineau ? Ce serait insupportable.

Elle agrippa sa chemise de nuit, posée sur le lit, et s'essuya les yeux.

– Peut-être que votre vision n'était pas exacte, qu'elle ne se réalisera jamais, dit Nickie d'un ton réconfortant – ça lui faisait de la peine de voir l'Oracle dans un tel état, si fragile et si triste.

– Peut-être pas. Comment savoir ? Mais j'ai toujours ces affreux cauchemars. Ma vision qui recommence. Je

vois nos dirigeants sur le point d'entrer en guerre. Je crie :
« Non, ne faites pas ça ! » mais ils ne m'entendent pas.

Elle frissonna.

— Je veux juste m'assurer d'une chose, dit Nickie en
venant se placer à son côté pour la réconforter. Vous
n'avez pas dit qu'on ne devait pas aimer les chiens,
n'est-ce pas ?

— Non, bien sûr que non, répondit l'Oracle en prenant les mains de Nickie dans les siennes. Jamais je
ne dirais une chose pareille. J'aime les chiens. J'aime le
monde. Tout le monde.

Et, pour la première fois, elle esquissa un sourire.

— Bien, puisque vous semblez aller mieux, madame
Oracle, je vais m'en aller.

— Oh, je t'en prie. Appelle-moi Althea. Je ne veux pas
être un oracle… Mais… et toi ? Comment t'appelles-tu ?

— Nickie.

— Merci, Nickie. Je crois que tu m'as réveillée.

Elle tenta de se mettre debout, tangua une seconde
sur ses jambes et se rassit immédiatement.

— Peut-être qu'un peu d'air frais…

Nickie l'aida à s'approcher de la fenêtre. Elle huma
l'air à pleins poumons.

— Que c'est bon, dit-elle. Et écoute ! Les oiseaux…

Mais Nickie avait entendu autre chose. Un faible
bruit, au loin, mais néanmoins reconnaissable entre
tous : des aboiements.

31
À nos amours

Nickie sentit son cœur bondir dans sa poitrine.

– Des chiens ! s'exclama-t-elle. On dirait des chiens !
Faut que j'y aille.

– Oui, oui, acquiesça Althea. Vas-y ! Je suis si contente
que tu sois venue. Mais va maintenant. Allez ! Vite !

Nickie se rua dans l'escalier. Quand elle fit irruption
dehors, les aboiements étaient plus forts. Un concert
de jappements, de grognements et de glapissements.
Mais où étaient-ils ?

Elle courut en direction du parc. Alertés par les
bruits, d'autres habitants étaient également sortis de
chez eux. La rue résonnait de cris. Arrivée dans la
Grand-Rue, Nickie se joignit à une cohorte de gens.
Les voitures ralentissaient pour voir ce qui se passait ;
parmi elles, Nickie avisa soudain celle de Crystal.

– Crystal ! héla Nickie. Arrête-toi !

Crystal baissa sa vitre.

– Quoi ? Qu'y a-t-il ?

Pour toute réponse, Nickie pointa du doigt le bout
de la rue, où une meute de dix, vingt ou trente chiens

venait d'apparaître, descendant de la colline, et qui se répandait dans la rue en une vague aussi désordonnée que bruyante. Elle courut dans leur direction. Deux secondes plus tard, elle fut submergée par un flot canin qui la dépassa sans s'arrêter. Elle courut à la suite des chiens, cherchant désespérément des yeux la petite silhouette familière d'Otis au milieu de cette forêt de pattes et de queues.

— Otis ! Otis, où es-tu ?

La meute était en plein centre-ville maintenant. Sur son passage, les gens sortaient des magasins et s'arrêtaient sur le trottoir, bouche bée. Les chiens couraient au milieu de la Grand-Rue. Durant un instant, il vint à l'esprit de Nickie qu'ils allaient peut-être traverser la ville et retourner dans les bois. Les faits la contredirent aussitôt, quand la meute bifurqua dans Grackle Street et s'engouffra dans le petit parc. Les chiens de tête faisant demi-tour pour faire rentrer dans le rang les retardataires, créant ainsi une folle ronde qui, après quelques tours enfiévrés, s'arrêta graduellement pour renifler les poubelles, inspecter les buissons et se faire les griffes sur le tronc des arbres.

Nickie était maintenant entourée par une foule de gens qui se pressaient autour du parc en laissant éclater leur joie.

— Hé ! C'est Max ! cria quelqu'un avec enthousiasme

— Je vois Missy, lui répondit une autre voix. Viens, ma fille ! Viens !

Un petit groupe de gens arborant un T-shirt « Non ! Ne faites pas ça ! » vint se placer juste devant Nickie, à la lisière du square. Les épaules voûtées, les bras croisés, ils formèrent une ligne, comme s'ils avaient voulu faire rempart contre toute tentative d'évasion.

– C'est mauvais signe, dit l'un d'eux.

Son voisin murmura quelque chose en réponse, mais Nickie ne fit aucun effort pour écouter ce qu'il avait à dire. Jouant des coudes, elle se fraya un chemin au premier rang. Où était Otis ? Difficile à dire dans ce tourbillon de poils, de museaux et de queues. Était-il dans la meute ? Elle ne le voyait pas. Un boxer renversa une poubelle. Aussitôt, cinq ou six chiens se précipitèrent sur cette manne. Dressé sur ses pattes arrière, un corniaud noir lapait l'eau de la fontaine publique. Les gens couraient dans tous les sens en hurlant le nom de leur chien. Les maîtres se jetaient au cou de leur toutou qui leur répondait avec force léchouilles et battements de queue.

Mais où était son chien à elle ? Un frisson lui parcourut l'échine. Et s'il n'était pas… ?

Ses craintes s'envolèrent l'instant suivant, quand elle repéra Otis sous une table de pique-nique, flairant un papier gras, la queue pointée vers le ciel.

– Otis ! hurla Nickie.

Le chien leva les yeux. La surprise se lisait dans son regard. Il pencha la tête, la regarda un instant, puis trottina vers elle d'un pas sautillant, le papier gras collé à la truffe.

Nickie le prit dans ses bras et lui caressa le sommet du crâne en répétant encore et encore à quel point elle était heureuse. Otis se tortilla entre ses bras et lui lécha le menton. Des brindilles et des morceaux d'écorce étaient emmêlés dans son pelage. Il avait les pattes mouillées et pleines de boue. Un étrange fumet, mélange d'humus, de moisi et de crotte de chien montait de son poil. Il était sale comme un peigne.

C'est alors qu'un éclat de voix retentit par-dessus le bruit de la foule.

– Attendez ! Attendez ! Ne faites pas ça ! Il ne faut pas ! On ne peut pas les reprendre.

Nickie tourna la tête. Brenda Beeson, coiffée de son éternelle casquette rouge, se tenait à la lisière du parc, faisant de grands gestes.

Les effusions cessèrent. Les gens hésitèrent. Jusqu'à ce qu'une femme brune se penche sur un petit chien, le prenne dans ses bras et l'apporte à Mme Beeson. Nickie réalisa bientôt qu'il s'agissait de Saucisse, dont les longues oreilles pendantes étaient couvertes de toutes sortes de détritus.

Mme Beeson posa les yeux sur l'animal, tendit les bras… puis les retira aussitôt. Elle tourna le dos, se retourna à nouveau avant de se figer, en proie à un affreux dilemme.

C'est à cet instant qu'un souffle de stupeur traversa la foule, du côté de Grackle Street. Toutes les têtes se tournèrent en même temps. D'un pas lent et légèrement chancelant, Althea Tower, emmitouflée dans une ample cape grise, descendait le trottoir en direction du parc. Elle avait visiblement tenté d'attacher ses cheveux avec un ruban, sans grand succès car de longues mèches flottaient autour de sa tête au gré du vent. Elle était si petite et si menue qu'elle ressemblait presque à une enfant – une enfant sachant à peine marcher qui se dirige avec un enthousiasme juvénile vers les balançoires.

Les gens étaient si choqués de la voir qu'ils la regardaient s'approcher sans bouger. Deux jeunes hommes finirent néanmoins par courir à sa rencontre pour lui offrir leur bras et la conduire dans le parc où la foule la pressa alors de tous côtés.

· – Merci, merci. Tout va bien. Je vais bien, dit Althea Tower. Une petite fille est venue chez moi et elle m'a un peu secouée. Tenez, c'est cette petite, là ! (Elle pointa Nickie du doigt en souriant.) Et je crois bien qu'elle m'a réveillée.

Elle murmura quelque chose à l'oreille de l'homme qui se trouvait à sa gauche et fit un geste du menton en direction de Mme Beeson. Ils s'avancèrent vers elle, qui semblait s'être changée en statue de sel. Seuls ses yeux bougeaient, oscillant sans cesse entre Althea venant à sa rencontre et Saucisse, qui gigotait dans les bras de la femme aux cheveux bruns. Arrivée à sa hauteur, Althea prit Mme Beeson par le bras et toutes deux s'éloignèrent à l'écart de la foule pour parler.

Consciente des sujets qu'elles allaient aborder, Nickie n'éprouva pas le besoin de rester plus longtemps. Laissant derrière elle cet entrelacs de chiens et de gens, elle quitta le square en direction de Greenhaven, Otis dans les bras. À mi-chemin, elle vit Crystal, qui venait de quitter la voiture garée devant la maison, et qui accourait vers elle.

– Mais, par tous les diables, que se passe-t-il ?

— Les chiens sont revenus, répondit Nickie. Regarde, je te présente Otis.

Crystal se pencha sur le chien qui, pour toute réponse, ouvrit son long museau et bâilla à s'en décrocher la mâchoire.

— Mmh, charmant.

— Je l'emmène.

— Euh… Je ne sais pas si ça va être possible, répondit Crystal. Tu es sûre que votre résidence tolère les…

— Oh oui, les chiens sont admis, affirma Nickie.

Bien sûr, elle ignorait totalement si tel était le cas. Mais elle s'en moquait. Au besoin, elle leur ferait changer les règles. En cas de refus, elle se faisait fort de convaincre sa mère de déménager.

— Mmh, dans ce cas, conclut Crystal, qui, de toute évidence, ne voulait pas entamer de discussion à ce sujet.

De retour à Greenhaven, elles mirent leurs dernières affaires dans les valises et les portèrent dans la rue. Un soleil rasant faisait étinceler la voiture et briller les dernières plaques de neige.

— En partant, il faut que je m'arrête à l'agence immobilière, dit Crystal en fourrant les valises dans le coffre. J'en ai pour une minute.

Nickie profita de cette halte pour retirer les brindilles prises dans le pelage d'Otis, qu'elle tenait sur ses genoux. Il avait beau être sale et puant, elle adorait le contact de son petit corps musclé contre elle. Quelques minutes plus tard, il parut fatigué et posa sa tête sur sa cuisse. Elle aimait plus que tout regarder sa gueule à l'envers, avec ses petites lèvres noires et la pointe de ses canines dépassant de ses babines. Elle gratta alors la terre prise entre ses coussinets, faisant peu de cas des saletés que cela amassait sous ses ongles.

Crystal passa beaucoup plus de temps que prévu dans l'agence. Nickie commençait à sérieusement s'impatienter quand elle apparut enfin, accompagnée de Len. Elle s'installa au volant, baissa sa vitre.

– Je te tiens au courant, dit Len en se penchant à la fenêtre, les mains appuyées sur le rebord de la portière. Normalement demain, ou au pire après-demain.

– Entendu, répondit Crystal. En espérant que tout se passe bien. Enfin, j'attends ton coup de fil.

– Tu peux compter sur moi, affirma Len en la regardant de l'air sérieux et concentré dont il semblait coutumier. Je t'appelle. Sois sans crainte.

– Bon ! Ben… Au revoir, dit Crystal, tout sourire, en posant une main sur celle de Len.

Celui-ci se pencha à l'intérieur et déposa un petit baiser sur sa bouche. C'était juste un bisou, mais Nickie sentit, en dépit de son manque d'expérience en matière amoureuse, qu'il représentait beaucoup pour tous les deux.

Crystal appuya sur le bouton qui commandait la fermeture de la vitre, chaussa ses lunettes de soleil et appuya sur l'accélérateur. La voiture descendit la Grand-Rue et sortit de la ville.

– Il doit te rappeler ? demanda innocemment Nickie alors qu'elles s'engageaient sur la bretelle menant à l'autoroute.

– Oui, au sujet de l'offre pour la maison. Les Hardesty semblent hésiter. Ils en ont trouvé une autre apparemment plus adaptée à ce qu'ils veulent faire. Ils pourraient retirer leur offre.

– Et qu'est-ce qui se passerait dans ce cas ?

– Je ne sais pas, répondit Crystal en prenant de la vitesse pour se fondre dans le trafic de l'autoroute. Ça va dépendre de… Je ne sais pas. On verra bien.

Elles roulèrent un moment en silence, Nickie démêlant avec application une brindille coincée sur l'oreille d'Otis.

– Len t'aime vraiment bien, dit-elle finalement.

Un sourire illumina le visage de Crystal.

– Je sais. Moi aussi je l'aime bien.

– Est-ce qu'il va venir dans le New Jersey et s'installer avec toi ?

– Oh, Seigneur ! Non, j'en doute, répondit Crystal en appuyant sur l'accélérateur pour doubler deux gros camions.

Sans se départir de son petit sourire, elle se tourna vers Nickie, toujours occupée à démêler délicatement la brindille de l'oreille d'Otis sans tirer sur ses poils.

– Mon petit doigt me dit que tu es amoureuse, dit Crystal.

Nickie tressaillit et lui jeta un regard interrogateur.

– Oui. Tu es amoureuse de ce chien.

Nickie réalisa soudain que c'était vrai. Elle n'en avait pas eu conscience jusqu'ici, pourtant, c'était un fait, elle était bel et bien amoureuse d'Otis. Car c'était bien ça, être amoureuse, non ? Vouloir être au côté de l'être aimé tous les jours, avoir le cœur déchiré quand il n'est pas là et sauter de joie à la seule idée de le retrouver, ne pas se soucier de savoir s'il sent mauvais, vouloir prendre soin de lui et finir par *aimer* jusqu'à sa saleté et ses disgrâces. Aucun doute, c'était bien ça, être amoureuse. Aussi vrai qu'elle n'était pas tombée amoureuse de Grover, le candidat idoine, elle s'était amourachée d'un chien. Un chien au lieu d'une personne. Qu'importe, c'était toujours de l'amour. Un amour qu'il serait toujours temps de reporter sur un bipède plus tard.

Elles arrivèrent finalement en ville et Nickie mit à exécution la bonne idée qu'elle avait eue quelques jours plus tôt. Avec l'aide de Crystal, elle vendit trois cents cinquante dollars la photo des frères siamois. Elle y ajouta vingt-cinq dollars de sa poche et envoya la somme à Grover, accompagnée d'un mot qui disait : *Félicitations ! Vous avez gagné le premier prix de la grande tombola multi-produits des joueurs réunis.* Quelques jours plus tard, elle reçut une carte postale de Grover : *Un magnifique spécimen de couleuvre à échelons prendra bientôt le chemin de chez toi, par la poste. Merci pour tout.* Heureusement, aucun serpent n'arriva jamais.

Il s'avéra que la résidence n'autorisait pas la présence de chiens. Un contretemps qu'une lettre du père de Nickie se chargea de balayer le jour même de son arrivée. Sa mère ouvrit fébrilement l'enveloppe et poussa un cri de joie.

– Sa mission est prolongée pour une durée indéterminée ! Il veut qu'on le rejoigne ! Et tu ne devineras jamais où il est !

— Ah oui ! répondit Nickie. J'avais oublié de te dire… Je sais. C'est en Californie.

— Exact. Mais comment le sais-tu ?

— Il le disait dans ses cartes. J'ai fini par trouver. Je savais bien qu'il n'écrivait pas ces étranges post-scriptum sans raison.

— C'est vrai qu'ils étaient pour le moins déroutants…

— Donne-moi les cartes postales, je vais te montrer.

Sa mère alla chercher les cartes. Nickie les étala sur la table.

— Regarde. Ça m'a pris du temps, mais j'ai fini par trouver. Chacun de ces messages contenait un chiffre. Trois mésanges. Un cookie. Minuit, c'est-à-dire douze. Et puis neuvième anniversaire. C'est le mode de cryptage le plus simple. Papa me l'a appris. Chaque chiffre correspond à une lettre de l'alphabet. Trois c'est C. Un A. Douze L. Neuf I. À ce stade, il était facile de savoir où il était.

— Voyez-vous ça ! Tu sais que tu es une petite finaude, toi ! Ah ! C'est pas merveilleux ? La Californie !

— Si ! C'est génial ! répondit Nickie en enlaçant sa mère par la taille et en la serrant très fort.

Elle savait ce que la Californie représentait pour sa mère. C'est là qu'elle avait grandi et là aussi que sa famille avait vécu pendant des générations. Dans un sens, pour elle, c'était un retour aux sources.

La semaine suivante fut consacrée au déménagement. Pendant qu'elles emballaient, rangeaient et triaient, Nickie raconta à sa mère tout ce qui s'était passé à Yonwood : la rencontre avec Otis et Amanda, l'Oracle, Grover et ses serpents jusqu'aux trois objectifs qu'elle s'était fixés en arrivant.

– Qu'en est-il de ces objectifs ? demanda sa mère. Tu les a atteints ?

– Non, aucun. Sinon celui de tomber amoureuse. Et ça, c'est Otis.

Mais elle se trompait. Car il faut parfois beaucoup plus de temps que prévu pour savoir si l'on a atteint ou non les objectifs qu'on s'est fixés. Et, parfois, comme ce fut le cas pour Nickie, on les atteint de la plus surprenante des manières.

Ce qui se passa ensuite

La maison de Californie était une ferme au cœur d'un domaine qui s'étendait au pied de collines verdoyantes. Des hectares de terres que Nickie et Otis avaient tout loisir d'explorer. Nickie aimait la vie ici. En hiver, il neigeait et, l'été, les champs regorgeaient de papillons.

Crystal retourna dans le New Jersey, où Len ne tarda pas à lui faire une visite. Elle lui rendit la politesse en retournant plusieurs fois à Yonwood. Ainsi arrivèrent-ils rapidement à la conclusion qu'ils étaient faits l'un pour l'autre et qu'il convenait donc de sceller leur union par un mariage en bonne et due forme. Par chance, les Hardesty se rétractèrent. L'idée qui avait germé dans l'esprit de Crystal lors de son séjour put donc être mise en pratique. Greenhaven fut retiré de la vente et le couple s'y installa bientôt, Crystal pouvant ainsi donner libre cours à ses goûts en matière de décoration, qui faisaient la part belle au mobilier ultramoderne, clair, aussi dépouillé qu'onéreux. Quatre enfants naquirent de cette union. Une fille et trois garçons, qui investirent naturellement la nursery du second pour dessiner, jouer avec leur chiot, regarder la télé et sauter sur le petit trampoline que leurs parents y avaient installé. Deux perruches vivaient là, en plus d'un hamster. Durant les cinq années qui suivirent, Nickie prit l'avion chaque été pour passer un mois à Greenhaven, avec ses petits cousins. Ainsi réalisa-t-elle en partie son objectif premier.

L'été où Nickie eut douze ans, et Grover quatorze, ils rendirent visite à Hoyt McCoy, qui leur fit une démonstration du féerique univers qui scintillait sur les murs de sa maison. Puis il les conduisit à l'étage et leur montra son télescope ainsi qu'une quantité impressionnante de matériels destinés à l'observation des astres.

– Je scrute les étoiles à la recherche de signes de vie extraterrestre, confia-t-il. C'est difficile. Tous les objets astronomiques sont si loin. La lumière de l'étoile la plus proche met cinquante ans à nous parvenir. C'est fou ! Mais il y a d'autres univers ! Qui sont peut-être beaucoup plus proches du nôtre. Pas plus loin que cette chaise, là.

Ses yeux brillaient. On sentait vibrer la passion dans chacun de ses mots.

– Imaginez une faille, une crevasse dans notre univers, qui nous donnerait, ne serait-ce qu'un instant, accès à une autre dimension, à un autre monde. Juste une fraction de seconde, juste assez longtemps pour prouver que c'est possible. Vous pensez qu'une telle chose pourrait se produire un jour ?

Ils répondirent qu'ils l'ignoraient.

— Moi je sais, poursuivit Hoyt. Ce serait trop long à expliquer, mais l'hiver où tu étais là, Nickie… Eh bien, je dois dire qu'à Washington on m'a prêté une oreille attentive dans les plus hautes sphères de l'État. Et ils ont été sidérés par ce que j'avais à leur dire.

— Washington ? répéta Grover. Sidérés ?

— Mmh mmh, bougonna Hoyt. En tout cas, ils ont été suffisamment abasourdis, à un moment critique, pour écarter certains projets dont les conséquences auraient pu s'avérer désastreuses. Dans une certaine mesure, je suis parvenu à leur faire admettre qu'il serait peut-être plus judicieux d'explorer le monde que de le détruire. Mais j'en ai déjà trop dit, oublions cela.

Ils eurent beau le bombarder de questions, il n'en dit pas davantage.

Suite à cette discussion, Nickie se demanda longtemps si Hoyt McCoy avait joué un rôle dans le processus qui avait permis d'éviter la guerre. Les gens avaient attendu plus d'une semaine après que l'ultimatum du Président fut écoulé. L'anxiété fut d'autant plus grande que les informations ne rapportèrent que des ragots et des on-dit durant cette période. Un jour, le gouvernement fit enfin une annonce. Un accord avait finalement été trouvé avec les Nations de la Phalange. La guerre n'aurait pas lieu. Les machines de guerre des uns et des autres furent remisées dans les dépôts et les terroristes se fondirent dans l'ombre menaçante d'où ils étaient sortis. De folles rumeurs circulèrent, selon lesquelles le gouvernement avait été contacté par un vaisseau extraterrestre qui avait permis aux grands de ce monde de trouver une issue pacifique à la Crise. Cette hypothèse, à laquelle personne ne croyait vraiment, ne fut jamais étayée par aucune preuve. La majorité de la population attribuait cette fin heureuse au simple fait que Dieu était de leur côté.

Brenda Beeson fut profondément bouleversée d'apprendre que les borborygmes de l'Oracle n'étaient pas des messages du Tout-Puissant. D'ailleurs, au fond, elle continuait d'y croire dur comme fer et poursuivait vaille que vaille sa croisade contre le mal, exhortant les gens à ne pas perdre la foi. Pour preuve, elle faisait valoir que, si la guerre avait effectivement été évitée, le terroriste, lui, était toujours là-haut dans les bois. Jusqu'à un certain jour de printemps, l'année suivante, au cours duquel une jeune photographe, répondant au nom d'Annie Everard, partit en forêt, son appareil en bandoulière, avec l'intention de photographier les fleurs sauvages ; au lieu de ça, elle revint avec un cliché relativement net d'un ours albinos. La ville tout entière poussa un ouf de soulagement. Maintenant que le danger était écarté, la population décida de s'en remettre aux lois des hommes plutôt qu'à des commandements censément venus d'en haut.

Mme Beeson trouva ce revirement absolument désespérant. Elle se présenta aux élections municipales l'année suivante. Battue, elle décida de se consacrer entièrement à l'étude. Dans sa maison, elle installa un bureau équipé d'un puissant ordinateur, branché à une connexion Internet très haut débit, et apprit à se servir de toutes sortes de logiciels conçus pour traquer, lire et classer l'information. Ainsi armée, elle se plongea corps et âme dans l'étude des écritures saintes d'ici et d'ailleurs afin de comprendre une fois pour toutes ce que Dieu disait vraiment.

Althea Tower demanda qu'on veuille bien cesser de l'appeler l'Oracle. Elle se confondit en excuses pour toutes les choses faites en son nom, spécialement l'épisode des chiens, même si, au fond, ce n'était pas sa faute. Elle aménagea un espace au fond de son jardin où les gens pouvaient déposer leurs chiens quand ils partaient en vacances. Elle organisa aussi des balades gratuites autour de la ville pour observer les oiseaux. Les mangeoires de sa maison restèrent pleines été comme hiver. Néanmoins, il lui arrivait toujours de faire des cauchemars. Elle ne recouvra jamais totalement la santé.

Au cours de ces années, Grover ne fit que de courts séjours à Yonwood. En effet, après l'expédition organisée par « Pointe de flèche », il passa l'année suivante chez sa tante, en Arizona, afin de suivre le programme « Jeune Herpétologiste » tous les week-ends. À dix-sept ans, son diplôme du second degré en poche, il partit étudier en Thaïlande. Finalement, sa vie fut tout ce dont il avait toujours rêvé : aventureuse, passionnante et utile. Ainsi sillonna-t-il sans relâche les marais de Malaisie, les forêts du Cachemire et les déserts du Maghreb jusqu'à ce que personne ne connaisse mieux que lui les espèces menacées qui peuplent ces terres.

Des années plus tard, Crystal envoya à Nickie deux coupures de presse tirées du *Yonwood Daily*. Le premier concernait Grover qui, selon l'article, était devenu un expert de renommée mondiale réputé pour ses recherches sur un serpent amazonien jusqu'ici inconnu, le boa à langue de feu. En effet, il avait découvert qu'une glande de l'appareil digestif de cet animal sécrétait une substance chimique singulière, possédant de puissantes propriétés analgésiques. Depuis, les médecins des cinq continents utilisaient quotidiennement cette molécule dans le traitement de la douleur. À la lecture de ces lignes, Nickie ne put réprimer un sourire, repensant à son objectif numéro trois. Finalement, lors de son premier voyage à Yonwood, elle avait effectivement fait quelque chose de bien pour l'humanité : elle avait donné sa première impulsion à la carrière de Grover, ce qui allait le conduire à cette découverte.

L'autre article concernait Althea Tower. Un bref encart annonçait son décès. Elle avait attrapé une vilaine grippe, qui avait évolué en pneumonie, et elle était morte à l'âge de soixante-quatre ans.

Ainsi l'Oracle n'était plus de ce monde quand il apparut que ses terribles visions allaient peut-être devenir réalité.

En effet, les conflits qui avaient menacé la planète quand Nickie avait onze ans n'avaient jamais été totalement résolus. Suite à la première Crise, les dirigeants s'étaient tournés un temps vers la quête du savoir. Ils avaient concentré leurs efforts sur la science, tenté de percer les mystères de l'univers et, ce faisant, ils avaient fait progresser le monde sous bien des aspects. Mais le temps avait passé. Les responsables s'étaient succédé, une génération en remplaçant une autre. Les peurs ancestrales et les vieilles querelles avaient refait surface, plus vives que jamais.

Ainsi, longtemps après que Nickie eut atteint l'âge mûr, se fut mariée et eut eu des enfants – et que son mari (grâce auquel elle avait pu réaliser son objectif numéro deux) eut trouvé la mort –, le monde sombra à nouveau dans de noirs abîmes. L'Oracle avait peut-être vu juste, pensa Nickie. Peut-être qu'elle avait effectivement vu l'avenir – un avenir seulement plus lointain qu'on ne l'avait pensé à l'époque. Car les horreurs de ce qui se passait étaient à la hauteur de ce qui l'avait si profondément affectée.

Partout dans le monde, des gens animés par une foi indéfectible en une vérité se battaient contre d'autres gens, croyant en une autre vérité. Une seule chose les rassemblait. Ils croyaient tous que la vérité qu'ils défendaient – avec absolument tous les moyens dont ils disposaient – était la seule qui vaille. Tous les pays du monde se dotèrent d'un arsenal de guerre, chacun pointant des missiles sur son voisin. On envoya des soldats assiéger des villes, conquérir des terres, et tandis que les déserts, les forêts et les mers se transformaient en champs de bataille, de nouvelles maladies firent leur apparition, que les troupes en campagne et les flots de réfugiés disséminèrent partout dans le monde. Des centaines de milliers de gens périrent. La terreur se répandit comme une traînée de poudre à la surface du globe. On en vint à craindre pour la survie de la race humaine.

C'est alors que le vaste projet sur lequel avait travaillé le père de Nickie, cinquante plus tôt, fut finalement mis à profit. Il s'agissait d'une ville entière, construite sous la terre, sans aucun lien avec l'extérieur. Une ville possédant suffisamment de réserves pour que ses habitants puissent échapper aux fléaux de la surface pendant plusieurs générations. Arrivé au point où la survie même de l'espèce humaine paraissait menacée, le gouvernement demanda à un groupe de gens triés sur le volet s'ils se portaient volontaires pour cette entreprise. Nickie, en tant que descendante directe d'un des Bâtisseurs, était parmi eux.

Déchirée, elle hésita un long moment avant de prendre sa décision. Elle aimait le monde et elle redoutait la perspective de passer le restant de ses jours dans les ténèbres. Mais c'est justement parce qu'elle aimait le monde qu'elle décida finalement d'accepter. Après tout, elle avait soixante ans et avait eu sa part de bons moments et ce qui comptait le plus pour elle, c'était de s'assurer qu'il y aurait encore des gens une fois qu'elle ne serait plus là pour aimer, protéger et chérir le monde autant qu'elle l'avait fait. Qui s'émerveillerait de la beauté de la nature, de ses perfections et de ses mystères s'il n'y avait plus personne ? Elle se porta volontaire. Alors qu'elle glissait dans la boîte sa lettre d'engagement, elle se remémora le troisième des objectifs qu'elle s'était fixés des années plus tôt : faire quelque chose de bien pour l'humanité. Toute sa vie durant, à son échelle, elle avait tenté de s'y conformer. Mais l'acte le plus important, c'était peut-être maintenant qu'elle le réalisait – le plus important et le dernier.

En outre, elle était curieuse. Ce serait comment de vivre dans une ville souterraine ?

Quand le jour décisif arriva, elle était à la fois triste et excitée. Dans le train qui la menait à destination, elle entama la rédaction d'un journal. Mais quand le groupe, après avoir parcouru un long tunnel, se présenta au bord de la rivière qui devait les conduire à la ville, elle eut peur que les chefs de l'expédition ne découvrent ce qu'elle avait écrit (c'était contraire au règlement). Aussi emballa-t-elle son carnet dans un chapeau de pluie, autour duquel elle noua une ceinture, puis elle le cacha derrière un rocher. Peut-être qu'un jour quelqu'un trouverait son témoignage. Un témoignage pour le monde de demain.

Remerciements

Mes chaleureux remerciements vont à tous ceux qui m'ont encouragée et aidée tout au long des nombreuses versions qu'a connues ce livre au premier rang desquels Susie Mader, Pat Carr, Charlotte Muse, Patrick Daly, Sara Jenkins, Molly Tyson et Christine Baker. Un remerciement particulier à mon éditeur, Jim Thomas, qui m'a poussée sans relâche au moment où j'en avais le plus besoin ainsi qu'à Jordan Benjamin qui a accepté de partager avec moi sa connaissance approfondie des reptiles (et qui m'a permis d'assister en direct au goûter d'un serpent).

Table des matières

Jeanne DuPrau

L'auteur

Jeanne DuPrau vit en Californie. Elle est l'auteur de nombreux livres éducatifs aussi bien pour les adultes que pour les enfants. Elle a également été professeur et éditeur. Récompensé par de nombreux prix et adapté au cinéma, *La cité de l'ombre* est son premier roman pour la jeunesse. Il lui a été inspiré par l'ambiance dans laquelle elle a grandi aux États-Unis durant les années 1950 et 1960. À cette époque, certaines personnes se fabriquaient des abris antinucléaires de crainte d'une attaque atomique. Mais ce texte doit aussi beaucoup à son amour de la littérature fantastique : *Les Chroniques de Narnia*, de C. S. Lewis, figurent parmi ses livres favoris. Écrit ultérieurement, *L'oracle de Yonwood* est le volume qui précède *La cité de l'ombre* et *Le peuple d'en haut*, parus chez Gallimard Jeunesse.

Mise en pages : Maryline Gatepaille

Loi n° 49-956 du 16 juillet 1949
sur les publications destinées à la jeunesse
ISBN : 978-2-07-061453-0
Numéro d'édition : 151683
Numéro d'impression : 94309
Dépôt légal : mars 2009

Imprimé en France sur les presses de CPI Firmin-Didot